HEYNE BÜCHER

SCIENCE FICTION

Herausgegeben
von Wolfgang Jeschke

Von Terry Pratchett erschienen in der Reihe
HEYNE SCIENCE FICTION & FANTASY:

Das Licht der Phantasie · 06/4583
Das Erbe des Zauberers · 06/4584
Die dunkle Seite der Sonne · 06/4639
Gevatter Tod · 06/4706
Der Zauberhut · 06/4715
Pyramiden · 06/4764

TERRY PRATCHETT

Die dunkle Seite der Sonne

Roman

Deutsche Erstausgabe

Science Fiction

WILHELM HEYNE VERLAG
MÜNCHEN

HEYNE SCIENCE FICTION & FANTASY
Band 06/4639

Titel der amerikanischen Originalausgabe
THE DARK SIDE OF THE SUN
Deutsche Übersetzung von Andreas Brandhorst
Das Umschlagbild schuf Ron Kirby

4. Auflage

Redaktion: Friedel Wahren

Printed in Germany 1992
Umschlaggestaltung: Atelier Ingrid Schütz, München
Satz: Schaber, Wels
Druck und Bindung: Elsnerdruck, Berlin

ISBN 3-453-03902-5

KAPITEL 1

»Schlicht und einfach voraussagen.«

Charles Sub-Lunar.
Aus: *Die Lichter am Himmel sind kleine Scheinwerfer.*

IM ZODIAKALLICHT WEHTE ein warmer Wind aus dem Osten, ließ trockenes Schilf erzittern.

Der Sumpfnebel zerfaserte in fransige Streifen, löste sich allmählich auf. Kleine, nachtaktive Geschöpfe krochen hastig in den Schlamm. In der Ferne, verborgen im verschnörkelt wirkenden Dunst, hallte der Schrei eines Vogels über die schwimmenden Riedfelder.

Auf einem der großen Seen in der Nähe des offenen Meeres hißten drei kleine weiße Windschalen ihre zarten Segel, nahmen Kurs auf die heranrollenden Brandungswellen.

Dom wartete dicht hinter den Brechern, zwei Meter unter der wogenden Oberfläche. Dünne Luftblasen lösten sich aus seinem Kiemenbündel. Er hörte die Schalen, bevor er sie sah: Das von ihnen verursachte Geräusch klang so, als kratzten Schlittschuhe über fernes Eis.

Er lächelte schief und wußte, daß er nur eine Chance hatte. Einige der dünnen Schweifranken konnten innerhalb weniger Sekunden töten, und wenn er nicht achtgab, gab es keine zweite Gelegenheit. Er spannte die Muskeln, stieß sich ab.

Und sauste nach oben.

Die Schale erbebte heftig, als Dom den stumpfen Bug packte, die Beine herumschwang, um den grünen, blattähnlichen Strukturen auszuweichen. Die Welt reduzierte sich plötzlich auf kalten, nach Salz schmeckenden

Schaum, der ihn mit einer weißen Blase umhüllte. Winzige, silbrige Fische glitten pfeilschnell an Dom vorbei, und einen Atemzug später lag er quer auf der Hülle.

Die Windschale tobte, holte immer wieder mit dem knöchernen Mast aus und schlug zu. Dom beobachtete die zuckenden Bewegungen eine Zeitlang, schnappte nach Luft und schob sich langsam zu dem großen, kalkfarbenen Buckel am Mastfuß.

Ein Schatten raste über ihn hinweg, Dom rollte sich zur Seite und sah, wie der Mast eine Delle im Rumpf hinterließ. Als der Holm wieder zurückschwang, griff er danach, fand den Nervenknoten und richtete sich auf.

Seine Finger ertasteten die richtige Stelle, übten Druck aus.

Die Windschale beendete ihren wilden Tanz über den Wellenkronen, prallte mit solcher Wucht aufs Wasser, daß Doms Zähne klapperten. Das Segel vibrierte unsicher.

Dom strich zärtlich über das Nervenkonglomerat, um die Schale zu beruhigen. Nach einer Weile stand er auf.

Das gehörte zum Ritual: Man mußte sich erheben, um den Sieg zu demonstrieren. Die besten Dagon-Fischer steuerten Windschalen allein mit den Zehenspitzen. Dom beneidete sie, er erinnerte sich daran, daß er sie an Feiertagen von der Familienbarkasse aus beobachtet hatte: zwei- oder gar dreihundert Fischer, die Seite an Seite auf ihren halbzahmen Windschalen zurückkehrten, während die purpurne Sonne Achguckmal im Meer versank. Manche der jüngeren Männer tanzten auf den Rümpfen, sprangen und drehten sich um die eigene Achse, warfen Fackeln — und hielten ihre lebenden Gefährte die ganze Zeit über wie problemlos unter Kontrolle.

Dom kniete vor dem Nervenknoten, lenkte die große Semipflanze durch die schmalen und kurvenreichen Kanäle des Sumpfes, vorbei an Seerosenkolonien und dahintreibenden Schilfinseln. Auf einigen davon sah er blaue Flamingos, die bei seinem Anblick zischten und stolz davonstakten.

Ab und zu hob Dom den Kopf, blickte gen Norden und hielt nach verräterischen Punkten am Himmel Ausschau. Korodore würde ihn schließlich finden, aber Dom vertraute darauf, daß er ihn nicht gleich abholte. Vermutlich beschränkte er sich darauf, Dom einige Stunden lang zu beobachten — immerhin war auch Korodore einmal jung gewesen. Ja, selbst er. Im Gegensatz zu Doms Großmutter, die den Eindruck erweckte, als sei sie schon als Achtzigjährige zur Welt gekommen.

Außerdem dachte Korodore bestimmt daran, daß Dom am nächsten Tag die Ernennung zum Vorsitzenden erwartete, womit er in rechtlicher Hinsicht zu seinem Chef wurde. Was jedoch wahrscheinlich überhaupt nichts an seinem Verhalten änderte. Für den alten Korodore kam die Pflicht immer an erster Stelle; Schwierigkeiten und Probleme waren das Salz in der Suppe seines Lebens.

Dom lächelte zufrieden, während die Windschale mit anmutiger Eleganz durchs ruhige Wasser glitt. Wenigstens hatten die Fischer keinen Grund, ihn Schwanzhand zu schimpfen — obgleich ihm nach wie vor der Status als anerkannte Grünhand fehlte. Die letzte und entscheidende Prüfungszeremonie der Dagon-Fischer fand auf dem Meer statt, während einer vom Mondschein erhellten Nacht ... wenn die Dagone mit weit aufgerissenen, rasiermesserscharfen Muschelmäulern aus der Tiefe emporstiegen.

Mit einem sanften Ruck stieß die Windschale an eine Schilfinsel. Dom sprang leichtfüßig an Land, ließ sein Gefährt in der Lagune treiben.

Der Joker-Turm, auffallendstes Merkmal des westlichen Horizonts, ragte direkt vor ihm in die Höhe. Dom lief darauf zu.

Achguckmal ging auf und tauchte die schlanke Pyramide in einen rosafarbenen Schein. Der Nebel verzog sich, gab die Basis des gewaltigen Bauwerks frei, doch die Spitze verlor sich in den ewigen Wolken, fast acht Kilometer über dem Meer. Dom bahnte sich einen Weg durch das trockene, spröde Riedgras, stoppte erst einen Meter vor der glatten, milchweißen Wand.

Vorsichtig streckte er die Hand aus.

Ein Erinnerungsbild formte sich in seinem Inneren: Hrsh-Hgn, der schließlich begriff, daß endlose Vorträge über Planetenökonomie bei dem Jungen irgendwann auf leicht nachvollziehbaren Unmut stießen. Daraufhin schaltete er die Fakstafel ab, holte eine Ausgabe der von Sub-Lunar verfaßten *Galaktischen Chroniken* hervor und erzählte Dom von den Jokern.

»Nenn mir die Völker, die nach dem Menschheitsgesetz alss menschlich gelten«, begann er.

»Phnoben, Menschen, Drosken und die Erste Sirianische Bank«, antwortete Dom sofort. »Darüber hinaus gibt der Unterabsatz Eins Robotern der Klasse Fünf das Recht, menschlichen Status zu beantragen.«

»In Ordnung. Und die anderen?«

Dom zählte sie an den Fingern ab. »Creapii sind supermenschlich, Roboter der Klasse Vier sub-menschlich. Für Sonnenhunde fehlt eine Klassifizierung.«

»Und weiter?«

»Bei den anderen Spezies bin ich mir nicht ganz sicher«, gestand Dom ein. »Ich meine die Jovianer und so. Über sie hast du mir nichts gesagt.«

»Spielt keine Rolle. Weißt du, ssie sind viel zu fremdartig. Es gibt einfach keine gemeinsame Basis. Wass der Mensch bei intelligenten Rassen als selbstverständlich erachtet — zum Beispiel das Gefühl der eigenen Identität —, ist das Ergebnis einer ruhigen und gemächlichen Zweibeiner-Evolution. Wie dem auch ssei: Wichtig ist, daß sich alle bisher bekannten zweiundfünfzig Völker während der letzten fünf Millionen Jahre entwikkelten.«

»Davon hast du mir schon gestern berichtet«, warf

Dom ein. »Du meinst Sub-Lunars Theorie der Galaktischen Weisheit.«

Der Phnobe nickte und sprach über die Joker. Die Creapii fanden den ersten Joker-Turm, und als sie ihn nicht öffnen konnten, warfen sie eine Annihilierungsmatrix darüber ab. Später fand sich nicht einmal ein einziger Kratzer an dem riesigen Bauwerk, doch einige benachbarte Sonnensysteme waren zerstört worden.

Die Phnoben brauchten erst gar nicht nach einem Joker-Turm zu suchen: Einer erhob sich auf ihrer Heimatwelt Phnobis, ragte aus dem Meer bis zu den Immerwährenden Wolken empor und bildete die Grundlage der planetenweiten Frss-Gnhs-Religion. Mit anderen Worten: Die Phnoben hielten den Turm für die Säule des Universums.

Von der Erde stammende Kolonisten entdeckten insgesamt sieben, einen im Asteroidengürtel des Systems Alt-Sol. Zu jener Zeit wurde das Joker-Institut gegründet.

Die jungen Völker der Menschen, Creapii, Phnoben und Drosken sahen sich staunend einer Galaxis gegenüber, in der es von den Mementos einer uralten, verschwundenen Spezies wimmelte. Aus ihrer Ehrfurcht erwuchs die Legende von der Heimatwelt der Joker. Sie kam einer lockenden Verheißung gleich, die über viele Lichtjahre hinweg nicht nur Abenteurer in Versuchung führte, sondern auch Narren und Glücksritter ...

Doms Gedanken kehrten in die Gegenwart zurück, er berührte den Turm und verspürte ein sanftes Prickeln, dann einen kurzen stechenden Schmerz. Mit einem Satz sprang er zurück, rieb sich die tauben, fast gefrorenen Finger. Um die Mittagszeit sank die Temperatur des Bauwerks auf einen Tiefststand: Es nahm die Hitze in sich auf und verwandelte sie in Frost.

Dom setzte sich wieder in Bewegung, wanderte um den Turm herum, spürte die ihm entgegenwogende Kühle. Als er den Kopf in den Nacken legte und in die

Höhe sah, beobachtete er fasziniert, wie sich das Licht dicht an den Flanken des riesigen Gebäudes trübte — als sei es ebenfalls ein Gas, verschlungen von der Säule. Dieser Vorstellung mangelte es natürlich an Logik, aber sie hatte einen gewissen künstlerischen Reiz.

Der junge Mann bemerkte ein kurzes Aufblitzen am Himmel: ein nach Süden fliegender Gleiter der Sicherheitsabteilung. Dom trat zur Seite, duckte sich in ein Schilfgeflecht und fragte sich, was ihn überhaupt in den Sumpf führte. Die Hoffnung, Freiheit zu finden? Ja, vielleicht. Der letzte Tag, den er ohne die schwere Last der Verantwortung verbringen konnte. Die letzte Gelegenheit, sich auf seiner Heimatwelt Verkehrtherum zu bewegen, ohne von Leibwächtern und einer Vielzahl mehr oder weniger subtiler Schutzmechanismen umgeben zu sein. Er hatte diesen Ausflug sorgfältig geplant und vorbereitet, sogar Korodores allgegenwärtige Roboterinsekten zerquetscht, die ihm bis ins Schlafzimmer nachspionierten. Angeblich diente das alles den Erfordernissen der Sicherheit.

Dom wußte, was ihm nun bevorstand: Er mußte nach Hause zurückkehren, und dort erwartete ihn eine Begegnung mit Großmutter. Er kam sich ein wenig närrisch vor und überlegte, was er eigentlich vom Turm erwartete: einen Hauch von kosmischer Allmacht, vermutlich auch das Gefühl der Ewigkeit. Ganz sicher nicht das unbehagliche Empfinden, ständig beobachtet und überwacht zu werden. Es erinnerte ihn viel zu sehr an das Anwesen seiner Familie.

Dom drehte sich um.

Heiße Luft zischte auf, und irgend etwas zuckte an ihm vorbei, traf den Turm. Als der Strahl auf die kalte Wand prallte, erblühte die Hitze zu einer Blume aus Eiskristallen.

Der junge Mann warf sich reflexartig zu Boden, rollte mehrmals um seine Achse, sprang wieder auf die Beine und stürmte los. Ein zweiter Schuß verfehlte ihn, und weiter vorn platzte eine trockene Samenkapsel funkenstiebend auseinander.

Dom widerstand der Versuchung, einen Blick über die Schulter zu werfen, entsann sich des gnadenlosen Attentatstrainings Korodores. Das Wissen um die Identität des Mörders lohnte kaum den eigenen Tod. »Des Neugiers Preis ist ein letztes, im wahrsten Sinne des Wortes endgültiges Erlebnis«, lautete eine von Korodores Weisheiten.

Am Rande der Lagune holte Dom kurz Atem und stieß sich ab. Als er ins Wasser tauchte, sengte ihm der dritte Blitz über die Brust.

Irgendwo ertönte lautes Glockengeläut, weit draußen auf dem Meer — oder vielleicht nur in Doms Kopf. Kühles Grün umfing ihn, ein leises Blubbern ...

Dom erwachte. Ein tiefer Instinkt veranlaßte ihn, die Augen geschlossen zu halten. Er versuchte mit den übrigen Sinnen, einen Eindruck der Umgebung zu gewinnen.

Er ruhte auf der Mischung aus Sand, Schlamm, trokkenen Schilfhalmen und Schneckenhäusern, das in den meisten Regionen von Verkehrtherum als Boden galt. Er lag im Schatten, hörte ganz in der Nähe das Donnern der Brandung. Außerdem: Der Untergrund erzitterte im Rhythmus der Wellen. Die Luft roch und schmeckte nach Salz, Sumpf, Riedpollen — und auch noch etwas anderem. Dom nahm ein feuchtes, muffiges Aroma auf, das ihm irgendwie vertraut erschien.

Etwas hockte nur wenige Zentimeter von ihm entfernt. Dom hob das eine Lid wenige Millimeter und sah ein kleines Wesen, das ihn mit großem Interesse anstarrte. Rosafarbenes Haar wuchs aus der schuppigen Haut, bedeckte einen rundlichen, pummeligen Körper. Die Schnauze schien einen Kompromiß zwischen Schnabel und Rüssel darzustellen. Das Geschöpf besaß drei unterschiedlich beschaffene Beinpaare — und galt auf Verkehrtherum praktisch als Legende.

Hinter Dom zündete jemand ein Feuer an. Er versuchte, sich aufzusetzen, zuckte so heftig zusammen, als werde ihm eine mindestens fünfhundert Grad heiße Metallstange auf die Brust gepreßt.

»O juvindo may psutivi«, sagte eine freundlich klingende Stimme.

Ein alptraumhaftes Gesicht erschien über Dom. Graue Haut hing in langen Falten unter Augen, die auf das Vierfache ihrer normalen Größe angeschwollen zu sein schienen. Die kleinen Pupillen darin sahen aus wie Perlen in Milch. Lange, flache Ohren stülpten sich nach vorn, und ein fast unerträglich modriger Gestank schlug dem jungen Mann entgegen. Das Licht der Sonne spiegelte sich auf einer großen Brille wider.

Der Phnobe versuchte, sich auf Janglisch mit ihm zu verständigen. Dom kramte in den Archiven seines Gedächtnisses und antwortete auf Phnobisch.

»Oh, ein Gelehrter!« erwiderte die Gestalt trocken. »Ich heiße Fff-Shs. Und Sie sind der Vorsitzende Sabalos.«

»Noch nicht ganz — die Ernennung findet morgen statt.« Dom stöhnte, schnitt eine Grimasse, als ihn neuerlicher Schmerz durchzuckte.

»O ja! Vermeiden Ssie unter allen Umständen abrupte Bewegungen. Ich habe die Brandwunde behandelt. Sie isst nicht weiter schlimm.«

Der Phnobe stand auf, trat aus Doms Blickfeld. Das winzige Wesen beobachtete ihn noch immer.

Dom drehte langsam den Kopf. Er befand sich auf einer kleinen Lichtung in der Mitte einer jener Schilfinseln, die wie träge durch die breiten Sumpfgräben schwammen. Seltsamerweise trieb dieses besondere Exemplar gegen den Wind. Dom horchte, vernahm unter dem Riedgeflecht das leise Gebrumm eines alten Deuteriummotors.

Weiter oben spannte sich ein grob geflochtenes Netz, verbarg die Lichtung vor Beobachtern in Gleitern und

Schwebern. Der junge Mann fragte sich, ob das etwas nützte: Das Triebwerk und die Zusatzmechanismen unter dem Schilf konnten auf Dauer nicht einmal der elektronischen Aufmerksamkeit einfacher Ortungsgeräte entgehen. Andererseits: In den Sümpfen gab es Hunderttausende von solchen Inseln — es war wie mit der Suche nach der sprichwörtlichen Nadel im Heuhaufen.

Dom begann damit, erste Schlüsse zu ziehen.

Der Phnobe ging an ihm vorbei, in der einen Hand ein doppelschneidiges Tshuri-Messer. Er spielte nachdenklich damit, warf es hoch in die Luft, fing es wieder auf, hielt den Blick dabei ständig auf Dom gerichtet. Der junge Mann sah kurz an sich herab, stellte fest, daß er völlig nackt war — abgesehen von dem trockenen Salz, das eine dünne Kruste auf seiner schwarzen Haut bildete.

Einige Sekunden später hörten sie das ferne Summen eines Gleiters. Der Phnobe hechtete zur Seite, schob einige Riedhalme fort und schaltete den Inselmotor aus. Einen Sekundenbruchteil später stürzte er auf Dom zu, bedrohte ihn mit dem Messer.

»Keinen Laut!« zischte er.

Sie lagen völlig still, bis das Brummen des Schwebers wieder verklang.

Der Phnobe war ein Pilak-Schmuggler. Die vom Verkehrtherum-Direktorium zugelassenen Dagon-Fischer fuhren zu Hunderten aufs Meer, wenn die großen, zweischaligen Muscheln aus der Tiefe emporkamen. Im Licht des Mondes trachteten sie danach, den Bewohnern der Tiefe die Perlen aus perlmuttartigem Pilak zu entreißen. Sie benutzten dabei Rettungsleinen, lederne Rüstungen und komplexe Schutzapparaturen — wie zum Beispiel das Fabrikfloß, zu dem auch ein Lazarett gehörte. Solche Maßnahmen führten dazu, daß abgetrennte Hände nur kleine Pannen darstellten und selbst der Tod seine Endgültigkeit verlor.

Aber es gab auch andere Fischer. Sie tauschten Sicherheit gegen eine seltsame Vorstellung von Aufregung, akzeptierten als Preis sowohl ein illegales Vermögen als auch den vollständigen Mangel jeder Gelegenheit, es zu verprassen. Den Umständen zufolge arbeiteten sie allein und zeichneten sich durch ein bemerkenswertes Geschick aus. Dann und wann leitete das Direktorium eine Kampagne gegen sie ein und unternahm halbherzige Versuche, den Pilakschmuggel nach Außenwelt zu verhindern. Heutzutage wurden entlarvte Schmuggler nicht mehr getötet — das hätte direkt gegen das Eine Gebot verstoßen —, aber die alternative Strafe war für sie viel schlimmer als der Tod, den sie jede Nacht herausforderten. Dom fürchtete, daß der Fischer die Konsequenzen zog und das Geschenk des Lebens zurückforderte.

Der Phnobe stand auf, hielt das Messer an der schweren, nach vorn zeigenden Klinge.

»Warum bin ich hier?« fragte Dom unsicher. »Meine letzten Erinnerungen ...«

»Ssie schwammen ganz friedlich zwischen den Seerosen, mit einer Stripper-Verbrennung quer über der Brust. Die Leute von der Ssicherheitsabteilung sind seit dem Sonnenaufgang unterwegs. Ich hatte den Eindruck, daß sie jemanden suchen, vielleicht einen Verbrecher. Nun, ich gab meiner Neugier nach und zog Ssie an Bord.«

»Danke«, sagte Dom und setzte sich auf.

Der Schmuggler zuckte mit den Achseln. Angesichts seiner knochigen, breit- und hochschultrigen Statur wirkte diese Geste erstaunlich ausdrucksvoll.

»Wie weit sind wir vom Turm entfernt?«

»Ich fand Sie vierzig Kilometer jenseits der Himmelssäule. Und seitdem haben wir etwa zweitausend Meter zurückgelegt.«

»Vierzig! Aber am Turm hat jemand auf mich geschossen.«

»Für einen Ertrunkenen schwimmen Ssie verblüffend gut.«

Dom stemmte sich langsam in die Höhe, den Blick nach wie vor auf das Messer gerichtet.

»Sammeln Sie viel Pilak?«

»Achtzehn Kilo während der letzten achtundzwanzig Jahre«, erwiderte der Phnobe und beobachtete geistesabwesend den Himmel. Dom stellte eine rasche Berechnung an.

»Offenbar sind Sie recht fähig.«

»Nun, manchmal sterbe ich. In anderen Zeitlinien. Vielleicht bietet mir dieses Universum die sprichwörtliche Große Chance. Vielleicht sind alle meine anderen Selbstentsprechungen tot. Was bedeutet es schon, fähig zu sein?«

Das Messer sauste noch immer zwischen den beiden Händen hin und her, und die Sonne starrte wie ein neugieriges Auge vom Firmament herab. Dom spürte eine gewisse Benommenheit, dumpfe Schmerzen, die an seinen Gedanken nagten. Dennoch gelang es ihm, auf den Beinen zu bleiben — er wartete auf eine passende Gelegenheit.

Der Phnobe zwinkerte.

»Ich suche ein Omen«, erklärte er.

»Wozu?«

»Um herauszufinden, ob ich Ssie töten soll.«

Oben glitt ein Schwarm blauer Flamingos dahin. Dom holte tief Luft und bereitete sich vor.

Das Messer zuckte fort, flog so schnell, daß es der junge Mann aus den Augen verlor, schien die Schwerkraft zu verspotten. Dom beobachtete, wie sich der Sonnenschein ganz kurz auf den Klippen widerspiegelte. Einer der Flamingos löste sich aus der fliegenden Gruppe, schien zur Landung anzusetzen — und fiel ins Schilf.

Dom empfand die Anspannung wie das Vibrieren eines dünnen, straff gespannten Drahts.

Der Schmuggler ignorierte seinen Begleiter, trat an die erlegte Beute heran, zog das Messer aus der Brust und begann damit, den Vogel zu rupfen. Nach einer Weile hielt er inne, sah abrupt auf und hob die Klinge.

»Ein guter Rat. Spielen Sie nie wieder mit dem Gedanken, jemanden anzugreifen, der mit einem Tshuri-Messer ausgerüstet ist. Ssie sehen ganz wie jemand aus, der zu viele Leben zu vergeuden hat. Vielleicht neigen Ssie deshalb dazu, unnötige Risiken einzugehen. Wer beschließt, ein Narr zu sein und solche Waffen nicht zu respektieren, macht bittere Erfahrungen.«

Dom ließ den angehaltenen Atem entweichen und stellte sich das Beil eines Scharfrichters vor, das gerade seinen Hals verfehlt hatte.

»Außerdem ...« fuhr der Phnobe fort. »Wo bleibt die Dankbarkeit? Nun, wir essen gleich. Und anschließend können wir uns unterhalten.«

»Ich habe viele Fragen«, entfuhr es Dom. »Wer hat auf mich geschossen? Wie ...«

»Tss, tss! Warum Fragen stellen, die nicht beantwortet werden können. Wie dem auch sei: Ssie sollten an *Bater* denken.«

»Bater?«

Dom spürte den durchdringenden Blick des Schmugglers auf sich ruhen. »Haben sie noch nie etwas von der Wahrscheinlichkeits-Mathematik gehört? Obgleich man Sie morgen zum Vorsitzenden des Verkehrtherum-Direktoriums ernennt — wodurch Sie zum Erben ungeheurer Reichtümer werden? Vielleicht ist es besser, wir reden erst und essen nachher.«

Achguckmal hing in den Dunstschwaden, die aus dem Sumpf krochen. Die Insel schwamm tropfnaß durch die klammen Schleier, hinterließ eine faserige Nebelspur, die sich mit gespenstischem Eigenleben durchs stumme Ried wand.

Fff-Shs trat aus der Basthütte am Inselrand und deutete ins gestaltlose Grau.

»Nach dem Radar isst Ihr Gleiter kaum mehr als hundert Meter entfernt.« Der Phnobe streckte die Hand aus, deutete in eine bestimmte Richtung. »Ich ssetze Ssie hier ab.«

Ernst schüttelten sie sich die Hände. Dom drehte sich um, blieb an der Wassergrenze noch einmal stehen. Der Schmuggler folgte ihm mit dem kleinen rattenartigen Wesen, das fast die ganze Zeit über auf seiner Schulter geschlafen hatte.

»Morgen findet eine große Feier statt, nicht wahr?«

Dom seufzte. »Ja, ich fürchte schon.«

»Und bekommen Ssie Geschenke? Gehört dass dazu?«

»In der Tat. Aber meine Großmutter meinte, die meisten kämen von denen, die anschließend irgendwelche Gefälligkeiten erwarten. Deshalb darf ich sie nicht annehmen.«

»Nun, mir geht es nicht darum, Gunst zu erlangen — *mein* Geschenk werden Sie nicht zurückweisen.« Der Phnobe griff nach dem leise quiekenden Geschöpf. »Hier. Sie wissen sicher, was das ist, oder?«

»Ein Sumpf-Ig.« Dom nickte. »Unser Planetenwappen zeigt ihn zusammen mit einem blauen Flamingo. Doch die Ambientenexperten behaupten, es gebe nur noch etwa dreihundert von ihnen auf ganz Verkehrtherum. Ich kann ihn nicht …«

»Dieser Wicht läuft mir schon seit vier Monaten nach. Er wird Sie begleiten. Ich habe ohnehin das Gefühl, daß er meine Gesellschaft satt hat.«

Der Ig sprang vom Arm des Schmugglers, machte es sich an Doms Hals bequem, schob den Schwanz in den Mund und begann sofort zu schnarchen. Der junge Mann lächelte, und der Phnobe schnitt eine kurze Grimasse.

»Ich hielt ihn für eine Art Talisman«, sagte er. »Vielleicht nur Wunschdenken, weiter nichts.« Er beobachtete den aufgeblähten Mond Verkehrtherums, der im Süden aufging.

»Eine gute Nacht für die Jagd«, sagte der Dagon-Fischer, und mit zwei langen Schritten verschwand er im sich verdichtenden Nebel.

Dom setzte zu einer Erwiderung an, überlegte es sich dann aber anders und schwieg. Eine ganze Zeitlang blieb er ruhig stehen.

Schließlich wandte er sich um und sprang ins warme abendliche Meer.

Neben Doms Gleiter dümpelte der massige Rumpf eines Sicherheitsfliegers auf den Wellen. Als der junge Mann an Bord kletterte, trat eine Gestalt aufs flache Deck.

Dom starrte ins Fadenkreuz eines Molekülstrippers, sah darüber die verlegene Miene eines jungen Sicherheitsbeamten.

»Chel! Es tut mir leid, Sir. Ich ... ich wußte nicht ...«

»Sie haben mich gefunden«, erwiderte Dom kühl. »Herzlichen Glückwunsch. Ich kehre jetzt heim.«

»Äh, ich bin angewiesen worden, Sie zurückzubringen«, sagte der Wächter unsicher. Dom schenkte ihm keine Beachtung und ging an Bord seines Schwebers. Der Sicherheitsbeamte schluckte, sah auf den Stripper herab, musterte dann den zukünftigen Vorsitzenden des Direktoriums — und hastete in die Kontrollblase. Als er das Funkgerät erreichte, war Doms Gleiter bereits einige hundert Meter entfernt, tanzte über die Wellenkämme und stieg auf.

Auszug aus *2001 und so weiter: Eine anekdotische Geschichte des raumfahrenden Menschen* — von Charles Sub-Lunar (Fghs-Hrs & Calligna, Terra Novae).

»Es sollten hier Verkehrtherum und die Familie Sabalos erwähnt werden — zwei Begriffe, die als synonym gelten können. Verkehrtherum ist einer der beiden Planeten des Systems CY Aquirii, eine Welt, die hauptsächlich aus Wasser besteht. Dort herrscht ein angenehmes, wenn auch recht feuchtes Klima, und das Ernährungsspektrum eignet sich besonders für Leute, die eine Fischdiät vorziehen. Die Bewohner sind intelligent und abgehärtet, haben aufgrund der starken Ultraviolettstrahlung schwarze Haut und keine Körperbehaarung.

Besiedelt wurde der Planet im Jahre des Suchenden Affen (Anno salutis 675), und die ersten Kolonisten waren Menschen von der Erde und Phnoben. Das mag der Grund sein, warum die pan-humanen Beziehungen auf dieser Welt besser sind als auf allen anderen.

John Sabalos — der Dynastie-Gründer — baute sich ein Haus am Schlangenfluß, mit Blick übers Meer und den Großen Knarrenden Sumpf. Seine einzige und herausragende Fähigkeit bestand darin, Glück zu haben. In den schwimmenden zweischaligen Muscheln, die ab und zu aus der Tiefe des Ozeans emporstiegen, entdeckte er hundert Zentimeter durchmessende Perlen, die aus rohem Pilak bestanden. Wie sich später herausstellte, ließ sich aus dieser Substanz eine weitere Todesimmunitätsdroge herstellen. Hinzu kam: Pilak mangelte es an den teilweise recht fatalen Nebenwirkungen der anderen sechsundzwanzig antigeriatrischen Medikamenten. Der neue Stoff wurde zur Grundlage des Familienvermögens. John I. erweiterte sein Haus, legte einen Obstgarten aus Kirschbäumen an und regierte als erster Vorsitzender, nachdem auf Verkehrtherum eine Direktoriums-Verwaltung entstand. Er starb im Alter von 301 Jahren.

Sein Sohn John gilt als Prasser. Hier soll nur ein Beispiel seiner pathologischen Verschwendungssucht genannt werden: Er kaufte eine Schiffsladung exotischer Früchte von Drittes Auge — und der überwiegende Teil davon traf verfault ein. In der stinkenden Masse hatte sich auch ein seltsamer grüner Schleim gebildet, und wie ein Zufall wollte, besaß er regenerative Eigenschaften. Damals geriet die Dagon-Fischerei aufgrund einer astronomisch hohen Verletzungsrate in eine ernste Krise, und die Entdeckung des Heilschleims löste das Problem: Innerhalb eines Jahres galt es als ein Zeichen von Männlichkeit, mindestens ein Körperglied in der besonderen grünen Tönung der zellduplizierenden Substanz vorweisen zu können.

John II. kaufte dem Tsio-Subdirektorium der Erde die Cheopspyramide ab, ließ sie in einem Stück nach Verkehrtherum transportieren und sie in einer öden Region nördlich seiner Wohnkuppeln aufstellen. Als er Interesse für Luna zu zeigen begann und sich mit der Absicht trug, den kleineren, aber immer noch brauchbaren Mond Verkehrtherums zu ersetzen, verfrachtete ihn seine Tochter Joan I. auf die andere Seite des Planeten. Sie brachte ihn dort in einer Villa unter, nahm den Platz ihres Vaters ein und agierte als Leitende Direktorin. Joan war wie neuer Treibstoff für den Motor des Sabalos-Vermögens, das bisher auf dem eher brüchigen Fundament reinen Glücks ruhte: Innerhalb von nur zwölf Monaten verdoppelte es sich. Als strenge Sadhimistin führte Joan I. viele Reformen durch, setzte sich auch für die Verabschiedung des Menschheitsgesetzes ein.

Ihr Sohn John III. — sie fand Zeit für einen kurzen Ehekontrakt mit einem Vetter — betätigte sich in einer damals noch völlig neuen Wissenschaftssparte: Er wurde zu einem herausragenden Wahrscheinlichkeits-Mathematiker. Es geht das Gerücht, John III. habe auf diese Weise sowohl der Mutter als auch seiner Frau Vian entkommen wollen, einer aus dem System Alt-Sol stammenden Adligen mit ausgesprochen guten Beziehungen. Angeblich diente die Heirat nur dazu, bessere Verbindungen zur Erde zu schaffen. Wie dem auch sei: Vians Kontraktpartner verschwand unter seltsamen Umständen, kurz vor der Geburt seines zweiten Sprößlings, der den Namen Dom erhielt. Es heißt, John III. fiel einem Unfall in den weltumspannenden Sümpfen zum Opfer.

Viele Geheimnisse umgeben den jungen Dom. Die Urheber einiger Geschichten, die man sich über ihn erzählt, legen aus verständlichen Gründen Wert darauf, anonym zu bleiben. Zum Beispiel behauptet man, am Tage seiner Ernennung zum Vorsitzenden des Direktoriums erwarte ihn der ...«

Sterne funkelten am Himmel, als Dom die Mole erreichte. Sie erstreckte sich von den Wohnkuppeln aus weit ins künstlich angelegte Hafenbecken, das den noch nicht domestizierten Windschalen als Heimstatt diente.

Lampen leuchteten. Einige Fischer, die es besonders eilig hatten, bereiteten ihre lebenden Gefährte für den nächtlichen Fang vor. Eine alte Frau fritierte Königsmuscheln auf einem Holzkohleofen, und aus dem Lautsprecher eines kleinen Radios ertönte, von kaum jemandem beachtet, die Melodie eines alten Lieds von der Erde. Der Refrain lautete: »Deine Füße sind zu groß.«

Dom steuerte auf die Mole zu, legte neben dem stummen Rumpf eines großen Lazarettfloßes an und stieg die Leiter hoch.

Als er auf die Kuppeln zuhielt, wurde er sich der absoluten Stille bewußt. Sie breitete sich wie eine Kielwelle vor ihm aus, erfaßte alle Anwesenden. Der matte Lampenschein spiegelte sich in neugierigen Augen wider. Die alte Frau hob ebenfalls den Kopf und musterte den jungen Mann — ihre Pupillen schienen sich dabei in zwei Sondierungsinstrumente zu verwandeln.

Als Dom die Treppe hochging, die zum Hauptsegment des Sabalos-Anwesens führte, hörte er eine leise Stimme. »Ganz gleich, was die anderen Leute sagen: Er ist nicht wie sein Va ...« Ein dumpfes Ächzen folgte, und Dom sah einen Ellenbogen, der sich in eine weiche Magengrube bohrte.

Ein Roboter der Klasse Drei stand vor der Tür, bewaffnet mit einem altmodischen Schaller. Servomotoren summten, als sich der junge Mann näherte, und die Maschine nahm eine drohende Haltung an.

»Halt — wer da?« rasselte ein korrodierter Sprachprozessor und fügte die traditionelle sadhimistische Frage hinzu: »Gegner oder Freund Aller Erden?«

»FALLE, versteht sich«, erwiderte Dom und widerstand der Versuchung, die falsche Antwort zu geben. Einmal hatte er sich dazu hinreißen lassen, nur um festzustellen, wie der antiquierte Apparat auf so etwas reagierte. Durch die Schaller-Entladung wären ihm fast die Trommelfelle geplatzt, und von einem nahen Lagerhaus blieben nur Trümmer übrig. Großmutter zeichnete sich durch einen individuellen Sinn für Humor aus: Sie lächelte nur selten, aber bei jener Gelegenheit lachte sie schallend — und verabreichte dem Jungen dann eine Tracht Prügel, um ihm eine zusätzliche Lektion zu erteilen.

»Sie können passieren, FALLE«, schnarrte der Wächter. Als sich Dom an ihm vorbeischob, leuchtete der Brustkommunikator des Roboters auf.

»Na schön«, erklang die Stimme Korodores. »Dom, eines Tages werden Sie mir erklären müssen, wie Sie verschwinden konnten, ohne den Alarm auszulösen.«

»Es hat mich nicht unerhebliche Mühe gekostet.«

»Treten Sie näher an den Scanner heran. Gut so. Die Narbe ist neu.«

»Jemand hat draußen im Sumpf auf mich geschossen, aber ich bin soweit in Ordnung.«

Korodore zischte leise, versuchte mit eiserner Disziplin, sich zu beherrschen.

»Wer?«

»Chel — woher soll ich das wissen? Außerdem: Es geschah vor einigen Stunden. Ich ... äh ...«

»Kommen Sie jetzt herein. In zehn Minuten erwarte ich Sie in meinem Büro, und dann werden Sie mir den Vorfall in allen Einzelheiten schildern — so detailliert, daß Sie selbst überrascht sein dürften. Ist das klar?«

Dom sah trotzig auf, biß sich dann auf die Lippe.

»Ja, Sir«, antwortete er kleinlaut.

»In Ordnung. Vielleicht können wir es uns ersparen,

daß ich dazu verdonnert werde, mit den Zähnen Entenmuscheln von einem Floß zu kratzen. Vielleicht können wir sogar verhindern, daß Sie für einen Monat Hausarrest bekommen.« Korodores Stimme wurde etwas sanfter, als er hinzufügte: »Was hat es mit dem Ding an Ihrem Hals auf sich? Kommt mir irgendwie bekannt vor.«

»Es ist ein Sumpf-Ig.«

»Ziemlich selten, nicht wahr?«

Dom hob den Kopf, betrachtete das Planetenwappen über der Tür: Ein blauer Flamingo und die phantasielose Darstellung eines Sumpf-Igs säumten ein sadhimistisches Symbol auf azurblauem Grund. Darunter bildeten viel tiefer als nötig in den Stein gemeißelte Zeichen das Eine Gebot.

»Ich kannte einmal einen Schmuggler, der ein solches Tier hatte«, fuhr Korodore fort. »Man erzählt sich einige seltsame Geschichten über jene Geschöpfe. Sie kennen die Legenden vermutlich. Nun, ich schätze, es droht keine Gefahr. Bringen Sie den Ig ruhig mit rein.«

Der kleine Bildschirm des Kommunikators wurde wieder dunkel, und der Roboter wich zur Seite.

Dom machte einen weiten Bogen um das Wohnquartier. In der Küche wurden die Vorbereitungen für das Bankett am nächsten Tag getroffen, und dementsprechend laut ging es dort zu. Der junge Mann schlich auf leisen Sohlen hinein, stahl einen Teller mit Seetang-Speisen und huschte wieder in den Flur. Ein phnobischer Fluch folgte ihm, doch damit hatte es sich auch schon. Dom grinste, wanderte durch den Gang, der schließlich in einem wahren Labyrinth aus Vorratsräumen und Speisekammern endete.

Daran schloß sich ein kleiner Hof an, über dem sich ein Dach aus getöntem Kunststoff spannte. Es filterte das Strahlen der Sonne, so daß selbst während eines Achguckmal-Mittags düsteres Zwielicht herrschte. Aus einigen im Plastik eingelassenen Düsen strömte grauer Dunst.

In der Mitte des freien Platzes erhob sich ein aus Ried errichtetes Miniaturschloß, und auf den daran angrenzenden Bereichen wuchsen mit sichtlichem Widerwillen einige Pilzkolonien. Dom strich den nassen Vorhang beiseite und trat ein.

Hrsh-Hgn saß in einer kleinen, mit lauwarmem Wasser gefüllten Bademulde und las einen Datenwürfel. Neben ihm brannte Fischöl in einer Lampe. Er hob seine zweigelenkige Hand und winkte, drehte Dom ein Auge zu.

»Freut mich, daß du hier bisst. Hör dir dass an: ›Ein Felsvorsprung zwanzig Kilometer südlich von Rampa auf Drittes Auge zeigt Fossilienschichten, die nicht aus ferner Vergangenheit stammen, sondern sich auf die Zukunft beziehen ...‹«

Der Phnobe unterbrach sich und stellte den Würfel vorsichtig auf den Boden. Er musterte zuerst Doms Gesichtsausdruck, betrachtete dann die Narbe, richtete seine Aufmerksamkeit schließlich auf den Ig, der sich um den Hals des jungen Mannes geschlungen hatte.

»Du versuchst, mir etwas vorzumachen«, sagte Dom. »Es gelingt dir sogar recht gut, besser als Korodore und den Leuten an der Mole, aber ich durchschaue dich trotzdem.«

»Wir sind alle ssehr froh, daß du gesund und munter zurück bisst.«

»Meine Güte, ihr seid so verblüfft und verwirrt, als sei ich gerade von den Toten auferstanden.«

Der Phnobe zwinkerte.

»Hrsh, morgen bin ich Vorsitzender des Direktoriums. Nun, das bedeutet nicht viel, aber ...«

»Es ist eine ssehr ehrenvolle Stellung.«

»Es bedeutet nicht viel, weil die wahre Macht nach wie vor von meiner Großmutter ausgeübt wird. Ich glaube jedoch, der Vorsitzende sollte über die eine oder andere Sache Bescheid wissen. Um nur ein Beispiel zu nennen: Warum hast du mir nie etwas von der Wahrscheinlichkeits-Mathematik erzählt? Und was ist mit meinem Vater passiert? Auf welche Weise kam er ums Leben? Wie ich von einigen Fischern hörte, soll es ihn irgendwo im Großen Knarrenden Sumpf erwischt haben.«

Eindrucksvolle Stille schloß sich an, so daß der Ig erwachte. Er kratzte sich hingebungsvoll.

»Komm schon«, drängte Dom. »Du bist immerhin mein Lehrer.«

»Es isst schon ziemlich spät geworden. Ich beantworte deine Fragen morgen, nach der Zeremonie.«

Dom stand auf. »Kann ich dir jemals wieder trauen? Chel: Es ist wichtig, Hrsh. Und du weichst mir aus.«

»Ach, tatssächlich? Da du offenbar gerade den Psychologen spielst: Was versuche ich vor dir zu verbergen?«

Dom beobachtete den Phnoben. »Angst und Furcht, glaube ich. Auch so etwas wie Mitleid. Und sogar ... Entsetzen.«

Er verließ wütend das Gebäude, und hinter ihm erzitterte der Vorhang. Hrsh-Hgn wartete, bis die Schritte des jungen Mannes verklangen, griff dann nach dem Kommunikator. Korodore meldete sich sofort.

»Ja?«

»Er hat mich gerade bessucht. Und ich hätte ess ihm fast gesagt! Er ist mißtrauisch geworden, ahnt etwas! Wir dürfen nicht zulassen, daß die Ereignisse den vorausgesagten Lauf nehmen.«

»Wir legen keineswegs die Hände in den Schoß. Ganz im Gegenteil: Wir werden uns die größte Mühe geben, mehr als nur maßgeblichen Einfluß auf den Kausalstrom zu nehmen, dem angeblichen Schicksal ein Schnippchen zu schlagen. Ich bin fest entschlossen, vom gesamten Sicherheitspotential Gebrauch zu machen. Aber das ändert nichts an der Ereignisevolution, die morgen ihren Höhepunkt erreicht. Die Zukunft läßt sich nicht ändern, mein lieber Hrsh-Hgn. Andernfalls wären siebzig Jahre der Wahrscheinlichkeits-Mathematik umsonst.«

»Genau darüber hat jemand mit ihm gesprochen — über die W-Analyse«, entgegnete Hrsh-Hgn. »Er erkundigte sich nach seinem Vater. Und wenn er sich erneut mit Fragen an mich wendet ... Ich schwöre, daß ich ihm dann alles sage.«

»Ach?« Korodores Stimme klang drohend.

Der Phnobe senkte den Blick und schwieg.

Draußen im Meer glitten die Dagone zur Wasseroberfläche empor, folgten damit den tief in ihnen verwurzelten Instinkten. In dieser Nacht erfreuten sich die Fischer an einem außerordentlich guten Fang, hielten das für ein Omen — wußten allerdings nicht so recht, in welche Richtung der Finger des Schicksals wies. Gegen Morgengrauen, als sich der Ozean wieder glättete und die überlebenden Dagone in ihre tiefe Heimat zurückkehrten, trieb eine kleine leere und halb überschwemmte Schilfinsel herrenlos vor der Insel.

KAPITEL 2

KORODORE SCHRITT LAUTLOS durch den leeren Korridor, der vom ersten Licht der aufgehenden Sonne erhellt wurde.

Er war stämmig gebaut, und eine Laune der Natur hatte ihm ein rundes fröhliches Gesicht gegeben, so daß er aussah wie ein freundlicher gutmütiger Schweinemetzger. Er bedauerte diesen Umstand keineswegs, sah sogar einen großen Vorteil darin. Außerdem gab es einen wichtigen Unterschied: Gewöhnliche Metzger neigten nur selten zu Tugenden wie Zurückhaltung und Unauffälligkeit: Wenn Korodore sein metaphorisches Schlachtermesser schwang, so geschah das hinter den Kulissen, in aller Heimlichkeit.

Eine Tür öffnete sich geräuschlos. Der untersetzte Mann setzte den Weg durch einen Nebengang fort, erreichte kurz darauf einen großen, runden Raum.

Im zentralen Kamin brannte ein Torffeuer, verwandelte sich allmählich in weiße Asche. Der Rest des Zimmers war nur spärlich eingerichtet: ein schmales Bett, Tisch und Stuhl, angefertigt aus Teilen einer Dagonschale, ein Kleiderschrank, an der gegenüberliegenden Wand ein sadhimistisches Symbol auf Kupferblech.

Darüber hinaus enthielt die Kammer einige Hinweise auf das Direktorium: eine große zusammengerollte Karte der Äquatorialregionen, eine offene Karteibox, auf der eine Uhr stand und die Galaktische Standardzeit anzeigte.

Die Merkmale der Wahrscheinlichkeits-Mathematik standen im krassen Gegensatz zur streng anmutenden Schlichtheit des Raums. Korodores Blick glitt über einige Neue Tarock-Karten hinweg. Die restlichen lagen an der einen Wand, die kristallenen Darstellungen auf ihnen unscharf. Auf der anderen Seite leuchtete der Schirm eines tragbaren Computers, die Diagramme im Projektionsfeld weckten vages Unbehagen. Holzkohle glühte in einer Pfanne auf dem Muscheltisch. Korodore schnupperte, nahm den seltsam scharfen Geruch des besonderen Linkswend-Räucherwerks wahr. Also hatte Joan im Kühlkopf-Zustand Zuflucht gesucht ...

Joan I. sah vom Tisch auf und schob ein großes schwarzes Buch beiseite.

»Konnten sie auch nicht schlafen?« fragte sie.

»Sicherheitsbeamte schlafen nie, wie Sie sehr wohl wissen, Madam.«

»Ja ... das ist mir klar.« Sie schüttelte den Kopf. »Es war nur eine Redewendung. Am Herd dort steht Kaffee.«

Korodore schenkte sich eine Tasse ein, sammelte langsam die Karten ein. Joan beobachtete seine völlig geräuschlosen Bewegungen.

»Ich habe mir erneut die Gleichungen angesehen«, sagte sie nach einer Weile. »Es zeichnet sich keine Veränderung ab. Die Berechnungen meines Sohnes stimmen. In dieser Hinsicht hatte ich natürlich nie Zweifel. Selbst Sub-Lunar unterzog sie einer eingehenden Analyse. Dom wird heute mittag sterben. Mord. Er hat nicht die geringste Chance.«

Joan zögerte. »Nun?« fragte sie.

»Sie meinen, was ich als verantwortlicher Sicherheitsoffizier davon halte? Wie ich dazu stehe, daß mein Schützling umgebracht wird — ganz gleich, welche Maßnahmen ich treffe?« Korodore zuckte mit den Schultern. »Was soll ich Ihnen darauf antworten? Ich verhalte mich so, als wüßte ich überhaupt nichts.« Er legte die Karten auf den Tisch und fügte hinzu: »Außerdem ... Ich kann es nicht glauben! Jedenfalls nicht ganz. In gewisser Weise hoffe ich nach wie vor.«

»Was jedoch zu keiner Modifizierung des Ereignismusters führt.«

»Nun, es wäre sicher vermessen von mir zu behaupten, ich verstünde die Wahrscheinlichkeits-Mathematik. Aber wenn das Universum so geordnet, so *unveränderlich* ist, daß man die Zukunft anhand einiger Zahlen bestimmen kann — warum hängen wir dann noch am Leben?«

Joan stand auf, ging zum Kleiderschrank und holte eine bis zu den Hüften reichende Perücke hervor.

»Diese Bemerkung beweist, daß Sie von W-Mathematik tatsächlich keine Ahnung haben«, erwiderte sie. »Wir machen weiter wie bisher, weil das Leben dem Tod prinzipiell vorzuziehen ist. Vor dieser Wahl hat die Menschheit von Anfang an gestanden, selbst damals, als wir noch glaubten, die Zukunft sei ein Kessel voller brodelnder Möglichkeiten.«

Joan kämmte die Perücke. »Es läßt sich nicht genau feststellen, auf welche Weise Dom sterben wird«, fuhr sie fort. »Vielleicht wählt das Institut uns beide aus, um ...«

Korodore wirbelte herum. »Ich habe uns alle mit den elaboriertesten Methoden überprüft!«

»Ach, Korodore. Sie tun mir leid. Ihr Glaube an Ursache und Wirkung ist geradezu rührend! Begreifen Sie denn nicht, daß in einer unendlichen Totalität alle denkbaren Universen existieren? Bestimmt gibt es irgendwo einen Kosmos, in dem Sie zu einem ...«

»Behauptungen, weiter nichts«, brummte der Sicherheitschef. »Thesen und Hypothesen.«

»Sie mißbilligen meine Einstellung«, sagte Joan und schmollte.

Korodore hob den Blick, betrachtete die goldene Jahrhundertscheibe auf ihrer Stirn und lächelte dünn.

»Ach, Madam, Sie sind zu alt, um mit solchen Tricks Erfolg zu haben. Was Ihre Frage betrifft: Ich mißbillige nicht etwa Ihre Einstellung, sondern Ihr Verhalten. Es erinnert mich viel zu sehr an Magie, an Hexenkunst.«

»Meine Kenntnisse der prä-sadhimistischen Religionen sind begrenzt, Korodore.«

»Na schön, Madam. *Was geschieht, wenn Dom nicht stirbt?*«

»Diese Möglichkeit ist völlig ausgeschlossen. Das derzeitige Fakten-Universum hat eine in sich geschlossene Definitionsstruktur. Der Junge wird den heutigen Mittag nicht überleben. In gewisser Weise hängt der ganze Kosmos von seinem Tod ab. Wenn er nicht stirbt, entdeckt er vielleicht die Heimatwelt der Joker, und das wäre schrecklich.«

»Aber wenn er doch mit dem Leben davonkommt?« beharrte Korodore.

Joan ignorierte seine Frage, rückte die Perücke zurecht und öffnete ein Fenster, durch das man aufs Meer blikken konnte. Die Dagon-Fischer kehrten mit der Flut zurück, und über ihnen leuchtete die kleine blaue Sonne Verkehrtherums. Am Horizont spiegelten sich ihre Strahlen wie funkenstiebend an den Flanken des Joker-Turms wider.

»Es ist viel zu heiß, um jetzt zu schlafen«, sagte Joan. »Ich bringe dies hier zu Ende, und anschließend gehe ich zur Mole.«

»Die mystischen Gesetze des Universums?« fragte Korodore spöttisch, als die alte Frau den großen schwarzen Band aufschlug.

»Nein, unsere Bilanzen und Buchhaltungsunterlagen«, erwiderte Joan scharf. »Manchmal tut es gut, sich ein wenig abzulenken.«

Sie fragte sich, warum sie Korodore nicht längst entlassen und durch einen anderen Sicherheitschef ersetzt hatte, und sie brauchte nicht lange nach den Antworten zu suchen: Er hatte seine Kompetenz mehrfach unter Beweis gestellt, und hinzu kam der mildernde Umstand, daß er von der Erde stammte. Vielleicht gab es auch noch viele andere Gründe.

Korodore machte Anstalten, das Zimmer zu verlassen, doch Joan rief ihn zurück.

»Was Ihre Frage über Dom betrifft ...«, sagte sie ruhig. »In aller Bescheidenheit — die Wahrscheinlichkeits-Mathematik ist eine noch junge Wissenschaft. Es gibt praktisch niemanden, der alle ihre Aspekte kennt. Selbst das Institut weiß nicht alles.«

»Vielleicht im Gegensatz zu Dom. Sein Lehrer meinte, er offenbare eine erstaunliche Erkenntnisfähigkeit. Oh, ich stelle Ihre Argumente nicht in Frage. Wenn sein Tod wirklich unvermeidlich ist, halte ich es ebenfalls für angebracht, ihm nichts zu sagen. Übrigens: Er ist genau der Typ, den das Institut aufs Korn nimmt.«

»Wissen Sie, Korodore: Wir können nicht alle Fragen beantworten.«

Er zuckte mit den Achseln. »Vielleicht stellen Sie die *falschen* Fragen.«

WAHRSCHEINLICHKEITS-MATHEMATIK:

»Es existiert eine Parallele zwischen der ersten Relativitätstheorie und dem einen Gebot der Sadhimisten einerseits und den neun Gleichungen der Wahrscheinlichkeits-Mathematik andererseits: Diese Neuerungen schufen einen trügerisch kleinen Funken, der eine große Explosion gesellschaftlicher Veränderungen auslöste.

›Wahrscheinlichkeits-Mathematik sagt die Zukunft voraus‹, mag jemand behaupten, der nur die Hälfte der Wahrheit kennt. Vor tausend Jahren hätten solche Leute gesagt: ›E gleich m mal c hoch zwei.‹ Und vermutlich wären sie dann überzeugt gewesen, die oberste Etage des mathematischen Elfenbeinturms erreicht zu haben ...«

»Die Wahrscheinlichkeits-Mathematik basiert auf der Prämisse, daß wir in einer wahrhaft unendlichen Totalität leben: Raum und Zeit ohne Grenzen, zahllose Welten — eine so gewaltige Schöpfung, daß unser aktuelles Fakten-Universum nichts weiter ist als ein Sandkorn am Strand der Ewigkeit. Um eine solche Totalität zu beschreiben, soll ein Ausspruch Don Quichottes zitiert werden: *Alles ist möglich ...*«

»... bestätigt mit der vorhergesagten Entdeckung der Innenplaneten von Protostern Fünf. Dieser im Grunde genommen unbedeutende Beweis genügte, um alle Zweifel auszuräumen. Auf beiden ›Seiten‹ reihen sich Millionen alternativer Universen aneinander, die sich vielleicht nur durch die Bahn eines Elektrons unterscheiden. Mit zunehmender Entfernung müssen auch die Differenzen größer werden — bis hin zu den dunklen Schatten am Horizont der Phantasie, hinter dem sich Kosmen ohne Zeit und Raum erstrecken, ohne Sterne, Galaxien und Rationalität. Die W-Mathematik quantifizierte die möglichen Zeitlinien unseres Fakten-Universums — und sie leistete noch weitaus mehr. Vielleicht holte sie den eigentlichen Bedeutungsinhalt der Wissenschaft aus dem Damals zurück, als sie noch eine Kunst war, als man die Schöpfung mit einer prächtigen, sorgfältig regulierten Uhr verglich: viele kleine Teile, die sorgfältig aufeinander abgestimmt arbeiten, ein größeres Ganzes bilden ...«

»... Betonte Sub-Lunar schon zu Beginn, daß die Wahrscheinlichkeits-Mathematik von einer gewissen angeborenen geistigen Beweglichkeit abhing. Viele herausragende Anwender jener Wissenschaft waren auch unheilbar verrückt — möglicherweise aufgrund eines ursächlichen Zusammenhangs. Ganz abgesehen einmal von der recht speziellen Untergruppe, der Sub-Lunar angehörte (mehr soll an dieser Stelle nicht verraten werden): Die restlichen Praktikanten der W-Mathematik waren für gewöhnlich hochgebildet und hatten — Glück (wobei das ›Glück‹ in diesem Zusammenhang als eine Funktion des w-mathematischen Talents zu betrachten ist). Viele von ihnen arbeiteten für das Joker-Institut.

Derartige Fähigkeiten fanden sich auch in der Familie Sabalos auf Verkehrtherum. Für jene Leser unter ihnen, die diese Welt nicht kennen: Sie ...«

»... Kurz bevor sein Sohn geboren wurde und er selbst einem Attentat im Sumpf zum Opfer fiel, sagte

John III. voraus, auch Dom Sabalos werde am Tage seiner Ernennung zum Vorsitzenden des planetaren Direktoriums sterben. Die Möglichkeit von Doms Überleben, so meinte er, sei etwa so wahrscheinlich wie das Gewinnen einer Pferdewette, wenn die betreffende Quote eins zu einer Milliarde stehe. Wie? Sie können mir nicht ganz folgen? Oh, verzeihen Sie. Vielleicht sollte ich diesen Vergleich erklären.

Angenommen, die Wahrscheinlichkeits-Mathematik wäre nie entwickelt worden. Nun, auf der Erde lebte einmal ein Wesen, das man Pferd nannte. In grauer Vorzeit fand man folgendes heraus: Wenn man mehrere solcher Tiere über eine bestimmte Strecke laufen ließ, würde eins das Ziel vor den anderen erreichen. Daraus ergab sich ...«

»... wieder zurück zum eigentlichen Thema. Eine Anomalie in der Wahrscheinlichkeits-Mathematik betrifft die Joker, jene sagenumwobenen Intelligenzen, die verschiedene Baudenkmäler — die meisten von recht eindrucksvoller Größe — in der Galaxis zurückließen. Der W-Mathematik zufolge hat es die Erbauer der späteren Touristen-Attraktionen nie gegeben ...«

Seine Glühheit Dr. CrAarg+458°,
in einem inoffiziellen Vortrag vor Studenten
der Dis-Universität, Anno salutis 5201

Dom erwachte früh und verbrachte einige Zeit damit, die vertrauten Deckengemälde seiner Kuppel zu betrachten. Sie stammten von seinem Urgroßvater, bestanden zum größten Teil aus leuchtenden Blau- und Grüntönen, zeigten drei überaus muskulöse Fischer, die gegen einen tobenden Dagon kämpften. Dom wußte natürlich, daß die Darstellung den Riesenmuscheln aus der Tiefe des Meeres nicht gerecht wurde: Sie besaßen kein Nervensystem, und es war fraglich, ob sie jemals dachten. Sie reagierten einfach nur.

Der kleine Sumpf-Ig hockte im Waschbecken, hatte

mit seinen verblüffend menschlich wirkenden Pfoten einen der Hähne aufgedreht und bestaunte das plätschernde Wasser. Als er Doms Blick auf sich ruhen spürte, gab er ein seltsames Geräusch von sich: Es klang so, als kratze ein Fingernagel über Glas. Es hieß, solche Laute seien ein Zeichen von Ig-Fröhlichkeit.

»Du bist ein schlaues Kerlchen, nicht wahr?« brummte Dom, schaltete das Warmluftfeld ab und schwang die Beine aus dem Bett.

Er sah die säuberlich bereitgelegten Kleidungsstücke und biß sich auf die Lippe. Seine Erinnerungen an den vergangenen Tag bestanden nur aus dem Sumpf-Ig, einer gut verheilten Narbe auf der Brust und einigen eher unangenehmen Gedanken an eine Unterredung mit Korodore.

Vositzender des planetaren Direktoriums. Das bedeutete, er bekam einen Anteil von drei Prozent an der Pilak-Industrie, allerdings unter sadhimistischen Bedingungen: Von einem vermögenden Sadhimisten erwartete man, daß er seinen Reichtum unter allen Umständen zu verbergen versuchte. Nun, die Ernennung zum Vorsitzenden führte auch noch zu anderen Konsequenzen: Er mußte zahllose Ausschußsitzungen leiten und einmal im Jahr vor der traditionellen Generalversammlung einen Bericht erstatten, den jemand anders für ihn verfaßte. Hrsh-Hgn hatte ihn mehrfach darauf hingewiesen: Der Vorsitzende war für ein planetarisches Direktorium etwa so wichtig wie die Null in der Mathematik. Und es brachte einige nicht unerhebliche Nachteile mit sich, eine Null zu sein ...

Mathematik. Bei diesem Gedanken rührte sich etwas in Doms Gedächtniskammern, doch die memorialen Schatten blieben ohne Konturen. Nun, vielleicht fiel es ihm später wieder ein. Der junge Mann wusch sich, wählte einen dicken grauen Anzug, stülpte sich eine kurze Perücke aus goldenen Fasern auf den Kopf.

Es klopfte leise.

»Herein«, sagte Dom.

Die Tür sprang auf, und Keja stürmte durchs Zimmer, umarmte Dom. Sie lachte und weinte gleichzeitig. Einige verlegene Augenblicke lang befürchtete er, in der Seide ihres Gewands zu ersticken, aber dann trat seine Schwester zurück und musterte ihn.

»Herr Vorsitzender ...« sagte sie und küßte ihn. Dom befreite sich so taktvoll wie möglich.

»Noch ist es nicht soweit«, wandte er ein.

»Ach, einige Stunden machen kaum einen Unterschied.« Fast vorwurfsvoll fügte Keja hinzu: »Du scheinst nicht besonders glücklich zu sein.«

»Der Eindruck täuscht. Es ist nur ... In der letzten Zeit ging's ziemlich hektisch zu.«

»Davon habe ich gehört. Schmuggler und so. War's aufregend?«

Dom dachte kurz nach. »Nein«, sagte er. »Eigentlich nicht. Eher ... seltsam.«

Keja sah sich in der Kuppel ihres Bruders um. Überall standen und lagen Doms Sachen: ein alter Brendikin-Analysator, ein Tisch mit Muscheln, ein Hologramm des Joker-Turms, Dutzende von Datenwürfeln.

»Das Zimmer hat sich verändert«, sagte Keja und rümpfte die Nase. Sie drehte sich eitel vor einem Spiegel. »Sehe ich wie eine verheiratete Frau aus, Dom?«

»Ich weiß nicht. Wie ist Ptarmigan?« Er erinnerte sich an das Kontaktritual vor zwei Monaten, und vor seinem inneren Auge entstand das Bild eines sehr großen und streng wirkenden alten Mannes.

»Nett«, antwortete Keja. »Und natürlich reich, wenn auch nicht so vermögend wie wir. Er *protzt* nur mehr damit. Seine Kinder haben sich noch nicht richtig an mich gewöhnt. Du solltest uns einmal ganz offiziell besuchen, Dom. Laoth ist so heiß und *trocken*. Dabei fällt mir ein ... Ich habe dir ein Geschenk mitgebracht.«

Auf Zehenspitzen eilte sie zur Tür und kehrte mit einem Dienstroboter zurück, der ein kleines Paket trug.

»Er gehört zur Klasse Fünf«, verkündete die junge Frau stolz. »Eins der besten Exemplare überhaupt.«

»Eine Maschine?« fragte Dom, der neugierig das Paket betrachtete.

»Genau genommen ein Humanoide. Durch und durch lebendig, wenn auch mechanischer Natur. Gefällt er dir?«

»Sehr sogar!« Dom trat an die hochgewachsene Metallgestalt heran und klopfte versuchsweise auf die breite Brust. Der Stahlkoloß starrte auf ihn herab.

»Ich frage mich, warum heute so viele unzulänglich geformte Menschenroboter gebaut werden anstatt hübsche, stromlinienförmige Maschinen.«

»Aus Stolz, Sir«, sagte eine Sprachprozessorstimme.

»He, nicht übel. Wie heißt du?«

»Soweit ich weiß, lautet mein Name Isaac, Sir.«

Dom kratzte sich am Kopf. In den Wohnkuppeln wimmelte es geradezu von Robotern. Die meisten von ihnen waren dumme Klasse Drei-Einheiten, an die sich Dom von frühester Kindheit an erinnerte: melancholisch klingende, langweilende Stimmen, feste Hände, die Windel wechselten und Brei rührten. Seine Mutter, die ihre Zimmerflucht kaum verließ, verabscheute die stählernen Diener und kochte selbst. Sie bezeichnete die maschinellen Gehilfen als Trottel und Schwachköpfe, meinte, sie seien überhaupt nicht mit den Produkten von Laoth zu vergleichen.

Dom wußte nicht so recht, was er von Isaac halten sollte.

»Äh, kannst du nicht ein bißchen weniger förmlich sein?«

»Klare Sache, Boß.«

Keja schmunzelte. »Bestimmt kommt ihr gut miteinander zurecht, wenn ihr versucht, euch gegenseitig geistig zu übertrumpfen. Nun, ich muß jetzt gehen. Übrigens; Großmutter möchte, daß du die Hauptkuppel aufsuchst, Dom. Fürs Arbeitsfrühstück.«

Dom seufzte. »In den letzten paar Tagen hat mir Hrsh-Hgn mindestens zwanzig Vorträge darüber gehalten.«

Keja riß plötzlich die Augen auf.

»Was ist *das?*« entfuhr es ihr. Sie hob die Hand und deutete aufs Becken.

»Ein Sumpf-Ig. Ich nenne ihn einfach nur Ig. Weißt du, ich war ... äh ... ich meine, ich habe ...« Dom unterbrach sich und blinzelte verwirrt. »Ich *glaube,* er ist mir gestern im Sumpf zugelaufen. Offenbar bin ich, äh, ein wenig durcheinander.«

Seine Schwester musterte ihn, und Dom sah die Besorgnis in ihren Zügen.

»Schon gut«, murmelte er. »Die Aufregung, nehme ich an.«

»Wahrscheinlich hast du recht«, erwiderte Keja und beobachtete den Ig.

»Wie dem auch sei: Er ist *häßlich!*«

»Ich bitte um Entschuldigung, Madam, aber es handelt sich nicht um einen *er,* sondern um ein *es*«, korrigierte der Roboter. »Ein eierlegender Hermaphrodit. Semi-poikilotherm. Ich bin mit einem vollständigen Programm über die Lebensformen von Verkehrtherum ausgestattet, Sir, Chef, Boß.«

»Nun, gib nicht mir die Schuld, wenn du dir eine Zoonose holst, Dom«, sagte Keja und stolzierte aus der Kuppel. Ihr Bruder sah Isaac an.

»Zoonose?«

»Eine von Tieren auf Menschen übertragbare Krankheit. Ach, keine Sorge, Teuerster.« Der Roboter trat näher und hob das Paket. Dom setzte den Ig ab, der daraufhin neugierig die Füße der Maschine beschnupperte.

Der junge Mann öffnete den kleinen Behälter.

»Er enthält Garantiezertifikat, Wartungshandbuch und Besitzurkunde«, verkündete Isaac. Dom starrte auf die Dokumente herab.

»Mit anderen Worten: Du bist mein *Eigentum?*«

»Mit Leib und mechanischer Seele, Boß«, bestätigte der Roboter und wich einen Schritt zurück, als ihm Dom das Paket zurückgeben wollte.

»Oh, nein, Chef. Behalten Sie die Unterlagen. Ich strebe nicht nach individueller Freiheit.«

»Chel! Die meisten Menschen haben dreitausend Jahre lang dafür gekämpft!«

»Aber wir Roboter wissen ganz genau, zu welchem Zweck wir geschaffen wurden. Wir bemühen uns nicht darum, irgendwelche metaphysischen Geheimnisse unserer Existenz zu lüften. In dieser Hinsicht gibt's überhaupt keine Probleme für uns.«

»Möchtest du denn nicht frei sein?«

»Wozu denn? Damit mir Gott das ganze Universum zur Last legt? Übrigens, Boß: Sollten Sie jetzt nicht die Hauptkuppel aufsuchen?«

Dom pfiff, und der Ig krabbelte sofort an ihm hoch, machte es sich an seinem Hals gemütlich. Er bedachte den Roboter noch mit einem letzten nachdenklichen Blick, bevor er sich auf den Weg machte.

Die Tradition verlangte, daß der Vorsitzende am Tag seiner Amtseinführung das rituelle Arbeitsfrühstück allein einnahm. Als Dom durch die leeren Gänge und Passagen wanderte, gewann er wieder den Eindruck, beobachtet zu werden. Der alte Korodore hatte überall im Sabalos-Anwesen Punktspione und Roboterinsekten verteilt. Man sagte ihm sogar nach, er überwache sich selbst.

Die Hauptkuppel bestand aus halbtransparentem Kunststoff, gewährte einen (trüben) Blick auf die Obstgärten, die Lagune und den weiten Sumpf. Am fernen Horizont konnte man die dünne Säule des Joker-Turms erkennen, an dessen hoher Spitze bannerartige Wolkenfetzen klebten. Dom beobachtete das gewaltige Bauwerk eine Zeitlang und versuchte, vage Erinnerungsschemen festzuhalten.

Vor dem langen Tisch stapelten sich Dutzende von Geschenken — immerhin war Dom jetzt ein halbes Verkehrtherumjahr alt. Zwei Kammerroboter standen neben dem einen Gedeck.

Dom hatte immer wieder über diese zeremonielle Mahlzeit nachgedacht, entschied sich schließlich für das Menü, das jeden neuen Vorsitzenden des Verkehrtherum-Direktoriums in seine Amtseinführung begleitete. Es besaß bereits historischen Wert. Das Neuere Testament behauptete, auch Sadhim höchstpersönlich habe diese Speisen genossen, als er zum Lord Terras wurde: einen halben Laib braunes Brot, einen Streifen gesalzenen Stockfisch, einen Apfel und als Krönung ein Glas Wasser.

Natürlich gab es einige subtile Unterschiede. Das Mehl für Doms Brot stammte von Drittes Auge. Der Fisch war auf Verkehrtherum gefangen, und das Salz kam aus einem Bergwerk auf Terra Novae. Den Apfel hatte man in einer irdischen Plantage gepflückt, das Wasser aus einem Kometenfragment geschmolzen. Insgesamt kostete die Mahlzeit zweitausend Standards — manche Formen der Bescheidenheit waren weitaus teurer als Prasserei.

Der auf Terra Novae aufgewachsene Korodore hatte Kindheit und Jugend in der kulinarischen Gesellschaft von Nahrungskonzentraten verbracht, und er fühlte einen Anflug von Übelkeit, als er Dom beobachtete. Die Kamera befand sich in einem stählernen Moskito dicht unter dem Kuppeldach. Der Sicherheitschef betätigte eine Taste, schaltete die optische Erfassung zu den Linsen einer mechanischen Spitzmaus um, die am Rande des westlichen Rasens in einem Busch hockte. Die meisten Gäste waren bereits eingetroffen, standen am langen Festbuffet.

Korodore sah viele Phnoben, und ein großer Teil von ihnen stammte aus den *Buruku*-Kolonien an der Peripherie von Tau City. Er erkannte die Diplomaten: große dunkelhäutige Alpha-Männer, ausgestattet mit Schutzbrillen. Ihre Mitarbeiter hatten längst Gelegenheit gefunden, sich an das Licht zu gewöhnen, bildeten hier und dort kleine Gruppen. Korodore justierte die einzelnen Punktspione, und schließlich entdeckte er Hrsh-Hgn, der im Schatten eines Ballonbaums einen Datenwürfel las. Seiner Ansicht nach zeichneten sich gewisse Gelehrte durch eine Art informatischen Fanatismus aus.

Hinter Korodore lag ein halbdunkler Kontrollraum; ab und zu glühten Sensorpunkte und andere Anzeigen, wenn sich die übrigen Sicherheitsbeamten ihren Instrumenten zuwandten. Nur Korodore wußte, daß sich unter der Gartenkuppel am nördlichen Rasen ein zweiter, etwas kleinerer Kontrollraum verbarg, von dem aus die Leute im ersten überwacht wurden. Gelegentlich schaltete er auf seine privaten Leitungen um und beobachtete die dortigen Männer und Frauen. Hinzu kam: Irgendwo in seinem Körper — die genaue Stelle hatte er aus dem Gedächtnis gelöscht — befand sich ein kleiner Biocomputer, den er sorgfältig programmiert und angewiesen hatte, ihn selbst zu kontrollieren.

Korodore richtete seine Aufmerksamkeit wieder auf die Gäste. Manchmal sah er ein großes goldenes Ei in der Menge — Creapii-Botschafter. Nach seiner Erfahrung stellten sie keine Gefahr dar. Nur sehr selten mischten sie sich in die Angelegenheiten der Bewohner von Welten, auf denen Wasser im flüssigen Zustand vorkam.

Einer von ihnen hob den gepanzerten Tentakel und griff nach einem Teller mit Vorspeisen aus kieselsaurem Salz, betastete die Hors d'œuvres und ließ mehrere in einer organischen Luftschleuse verschwinden. Das Wesen plauderte mit Joan I., die ein überaus elegantes Gewand aus schwarzem Memorialsamt trug, darüber einen purpurnen Wappenrock. Diese Aufmachung entsprach dem sogenannten »negativen Dualsaspekt« einer sadhimistischen Priesterin: Sie verkörperte die Herrin der

Nacht und des Todes, dachte Korodore. Angesichts der Umstände keine sehr taktvolle Wahl.

Joan I. hörte dem Creapii lächelnd zu, drehte sich dann der verborgenen Kamera zu und hob die Hand. Korodore beugte sich vor, berührte eine Taste.

»Wie läuft's?« fragte die Frau. Der Sicherheitschef musterte sie fasziniert: Die alte Dame hatte das bemerkenswerte Talent, ihr fast unhörbares Flüstern mit einer besonderen Ausdrucksstärke zu verbinden.

»Dom frühstückt. Wir haben das Essen und alles andere gleich dreimal überprüft.«

»Zeigt er irgendwelche Nachwirkungen aufgrund der gestrigen Ereignisse?«

Korodore zögerte. »Nein. Ich gab Anweisung, ihn während des Schlafs mit einem Gedächtnisblocker zu behandeln. Er ...«

»Was erdreisten Sie sich?«

»Zumindest einige Stunden lang wird sich Dom nicht genau an das erinnern, was ihm gestern widerfuhr. Wäre es Ihnen etwa lieber, daß er die Wahrheit erfährt? Bestimmt hätte er alles herausgefunden — er braucht nur genügend Druck auf Hrsh-Hgn auszuüben. Der Kerl ist viel zu weich.«

»Warum haben Sie mich nicht vorher gefragt?«

Korodore seufzte und nahm einen Datenwürfel von der Konsole. »Tut mir leid, Madam, aber derzeit beträgt Ihre Sicherheitseinstufung nur noch 99,087 Prozent. Die Verifikation bestätigt diesen Wert. Wahrscheinlich sind es nur tief im Unterbewußtsein verwurzelte Freudsche Impulse. Trotzdem kann ich mich jetzt mehr auf Sie verlassen.

Wie ich schon sagte, Madam: Ich bin nicht geneigt, aufgrund der Wahrscheinlichkeits-Mathematik auf jede Eigeninitiative zu verzichten. Wenn Sie die Hände in den Schoß legen wollen, so ist das Ihre Sache.«

Er schaltete ab. Joan I. blieb eine Zeitlang steif und gerade stehen, versuchte erneut, einen Kontakt herzustellen. Als der Erfolg ausblieb, drehte sie sich jäh um und unterhielt sich heiter und gelöst mit einem Diplomaten vom Direktorium der Erde.

Korodore wandte den Kopf zur Seite, richtete seinen Blick auf einen Bildschirm, der die Haupthalle zeigte. Von Dom war weit und breit nichts mehr zu sehen. Der Sicherheitschef hatte das Gefühl, als setze sein Herzschlag für einige Sekunden aus. Eisiger Schrecken gefror seine Gedanken. Als mentales Tauwetter einsetzte, begriff er, daß Dom aus dem Erfassungsbereich eines Punktspions getreten war, um seine Geschenke zu begutachten.

Dom öffnete das erste Paket und holte zwei Gravsandalen hervor, an denen eine dünne Patina aus Öl glänzte. Auf der beiliegenden Karte stand: »Von deiner Patin. Komm gelegentlich vorbei und umflieg mich. Hier wird's manchmal verdammt langweilig.«

Dom lächelte und schnallte die Sandalen an. Einige recht aufregende Minuten lang sauste er unter den Streben und Holmen der Kuppel hin und her, verharrte schließlich zehn Zentimeter über dem Boden. Er zweifelte kaum daran, daß die Gravsandalen den ersten und letzten Höhepunkt auf der Geschenkeskala darstellten — die übrigen Präsente konnten nicht annähernd so interessant sein.

Von Hrsh-Hgn stammte ein großer Kasten. Dom entnahm dem Paket einen Datenwürfel und berührte die Indexfläche. Der Kubus erhellte sich, und dicht über einer der Außenflächen leuchtete der holografische Titel: »Die Glasburgen: Eine Zusammenfassung der Joker-Studien von Dr. Hrsh-Hgn. Dem Direktoriumsvorsitzenden Dominickdaniel Sabalos von Verkehrtherum gewidmet.«

Darunter stand in kleineren Lettern: »Nummer eins in einer limitierten Auflage von einem (1) Exemplar; hergestellt aus echtem Safranquartz von Drittes Auge.«

»Wahrhaftig eine große Ehre«, bemerkte Isaac. Dom nickte, strich mit den Fingern wahllos über den Würfel und las: »... Geheimnis der Galaxis. Wie Sub-Lunar erläuterte: Für den phantasievollen Geist stellen sie eine Art galaktische Mythologie dar: die Glasburgen hinter dem Galaktischen Nordwind. Jene Türme entstanden, noch bevor die menschlichen Völker den Umgang mit Faustkeilen erlernten. Es sind Hinterlassenschaften einer Spezies, die ...«

Dom legte den Würfel behutsam beiseite und öffnete das Geschenk von Korodore.

»Sieht gefährlich aus«, kommentierte Isaac.

Vorsichtig schwang Dom das Memorialschwert, beobachtete das fast unmerkliche Schimmern, als sich die Waffe veränderte: Aus dem Schwert wurde ein Messer, aus dem Messer entstand ein Gewehr.

»Hm«, machte der junge Mann. »Auf der Erde und Terra Novae werden nach wie vor Schwerter benutzt, nicht wahr? Und auch auf Laoth, wie ich hörte.«

»Ja, mit Klingen aus Metall. Sie dienen in erster Linie zeremoniellen Zwecken, und dazu eignen sie sich weitaus besser als Schußwaffen. Aber dieses Gerät ist dazu bestimmt, Blut fließen zu lassen. Oder Öl, wie in meinem Fall.« In einem fast herablassenden Ton fügte der Roboter hinzu: »Womit ich Ihnen keineswegs die Freude an dem Ding verderben will, Boß.«

Dom schmunzelte. »Für eine Maschine bist du ganz schön hochnäsig, was? Früher hätte dich der Pöbel einfach demontiert.«

»Früher galten Roboter wie ich auch nicht als lebendig, Chef.«

Joans Geschenk bestand aus einem schlichten schwarzen Sadhimisten-Zeichen — obgleich ihr Enkel erst noch vor der Wahl stand, sich einem religiösen Clanbund anzuschließen. Von seiner Mutter erhielt er eine Urkunde, die ihn zum Eigentümer eines Anwesens auf der Erde erklärte. Typisch für sie: Wenn sie sich an Dom erinnerte, was nicht allzu häufig geschah, trachtete sie danach, ihr mütterliches Gewissen mit einem Übermaß an Großzügigkeit zu beruhigen.

Die übrigen Geschenke stammten von Sub-Direktoren und den Leitern eher unwichtiger Unterausschüsse. Die meisten waren recht teuer — zu teuer, um sie zu behalten, selbst wenn Vian ihr Einverständnis gegeben hätte. Mit einem Hauch von melancholischem Wehmut starrte Dom auf den Besitzerschein eines Roboterpferdes, das ihm Hugagan (zuständig für planetare Beziehungen) anbot. Isaac sah über seine Schulter und schnaufte abfällig.

»Ein Produkt der lunaren Fabriken«, stellte er fest. »Nun, wahrscheinlich gibt's nichts daran auszusetzen, aber solche *Dinge* sind wohl kaum mit denen zu vergleichen, die auf Laoth hergestellt werden. Unsere Waren *leben.*«

Dom musterte ihn kurz.

»Eines Tages würde ich Laoth gern besuchen«, sagte er.

»Die Perle des Universums, mein Wort drauf.«

Dom lachte und vergewisserte sich, daß es der Ig auf seiner Schulter bequem hatte. Dann zupfte er an dem Kontrollring, woraufhin ihn die Gravsandalen emportrugen. Er schwebte durch die staubigen Lichtbalken in der Kuppel, hinaus aufs Meer.

Eine Zeitlang flog er über der Lagune, in der Lady Vians zahme Windschalen kreuzten. Der Ig schlang sich ihm um den Hals, fühlte sich offenbar prächtig, streckte die spitz zulaufende Schnauze in den Wind.

Dom neigte den Kopf und sah nach unten. Die Windschalen schienen ihn bemerkt zu haben, gaben ihre individuellen Manöver auf und bildeten einen weiten Kreis, Bug an Heck und Heck an Bug. Vian fand großen Gefallen daran, ihren mikroskopischen Hirnen genug intellektuelle Leistungskraft für einige kleine Kunststücke abzuverlangen.

Irgend etwas zitterte nervös in einem dunklen Winkel seines Gedächtnisses, aber Dom achtete nicht darauf, sauste weiter gen Himmel.

Wenig später raste er durch die Ballonbäume am Rande des Rasens, hörte das Knallen platzender Früchte und lachte. Dicht überm Boden bremste er ab.

Joan I. trat auf ihn zu, gab ihm einen überraschend zärtlichen Kuß. Dom sah in ihre grauen Augen.

»Nun, Enkel: Wie fühlst du dich heute?«

»Einfach großartig — als könnte ich die ganze Welt aus den Angeln heben. Aber du siehst ziemlich müde aus.« *Sie verhält sich wie ein Kühlkopf,* dachte er. *Doch warum wirkt sie so besorgt?*

Die alte Frau lächelte dünn. »Weißt du, es erfüllt einen mit Wehmut, wenn man beobachtet, wie die eigenen Nachkommen flügge werden und das familiäre Nest verlassen. Komm jetzt und nimm deine Pflichten als Gastgeber wahr.«

Lady Vian kam langsam näher, ihr Gesicht hinter einem grauen Schleier verborgen. Sie streckte eine weiße Hand aus, und Dom kniete sich nieder, hauchte einen Kuß auf die bleichen Finger.

»Da ist er also«, sagte Vian. »Der Herr eines ganzen Planeten.« Sie betrachtete den Roboter. »Hast du einen neuen Freund gefunden?«

»Er heißt Isaac«, erwiderte Dom. »Ein eingebildeter Eisenmann, dem nichts an seiner Freiheit liegt.«

»Warum auch?« erwiderte Vian. »Wir alle sind gefesselt, wenn auch nur mit den Stricken des Zufalls und der Entropie. Haben die Joker nicht sogar den Sternen Ketten angelegt?«

»Sie besitzen einen gut ausgeprägten Sinn für das Wesentliche«, sagte Isaac und verneigte sich.

»Und du bist unverschämt, Roboter. Trotzdem vielen Dank. Dom, ich wünschte, du würdest das Sumpfwesen auf deiner Schulter einem Museum oder Zoo schenken. Es ist so *tierisch.*«

Ig kratzte sich und knurrte, zischte dann laut. Dom blickte an seiner Mutter vorbei und bemerkte einen hochgewachsenen Mann: Er trug einen langen blauen Mantel, und am Hals glänzte ein dicker Kragen aus massivem Gold. Dutzende von Lachfalten bildeten ein dichtes Netz in seinem Gesicht. Er winkte kurz und deutete nach oben. Dom legte den Kopf in den Nacken und sah einige Flamingos, die hoch über den Kuppeln flogen. Einige Sekunden lang bildeten sie einen Kreis, schlugen dann majestätisch mit den Schwingen und verschwanden im Nebel über dem Meer.

Korodore lehnte sich zurück und atmete tief durch. Er hatte selbst die Möglichkeit einer Luftvergiftung berücksichtigt: Ein Dunstfilter neutralisierte alle denk- und herstellbaren toxischen Substanzen, bevor sie eine tödliche Wirkung entfalten konnten. Anders ausgedrückt: Wer sich mit der Absicht trug, einen Mordanschlag auf Dom zu verüben, mußte mit bloßen Händen oder Tentakeln vorgehen — und sich einen Sekundenbruchteil später von den betreffenden Gliedmaßen verabschieden. Verborgene Stripper würden die entsprechenden Molekülverbindungen ebenso wirksam wie nachhaltig auflösen.

Damit blieb noch die offizielle Prozession durch Tau City. Das Programm sah vor, daß nur Dom zu Fuß ging: Er sollte dabei Blei und Eisen seines Amtes tragen — umgeben von sieben verschiedenen energetischen Schildern, deren Mikrogeneratoren integrale Bestandteile der Ketten bildeten. Vermutlich hatte kaum ein Abgesandter der anderen Welten darauf verzichtet, die geplante Route mit Kunstwerken der Miniaturelektronik zu säumen, und einige der außerplanetaren Repräsentanten schreckten nicht einmal vor dem Versuch zurück, den Sicherheitschef der Sabalos-Dynastie zu bestechen. Korodore …

… beugte sich vor. Jemand war in den Erfassungsbereich eines Punktspions getreten, starrte direkt in die winzige Optik. Korodore konnte sich nicht des unangenehmen Eindrucks erwehren, daß der Mann lachte. Tatsächlich wirkte er so, als habe er den größten Teil seines Lebens damit verbracht, von einem Ohr bis zum anderen zu grinsen.

Korodore ging die Gästeliste durch. Blauer Mantel, hochgewachsen ... ein unbedeutender Funktionär im Tau City-Büro des irdischen Direktoriums, erst vor kurzem auf Verkehrtherum eingetroffen ...

Der Mann auf dem Monitor hob den linken Fuß, balancierte auf dem rechten Bein.

»Madern, justieren Sie die Fokuslinsen auf den Typ im blauen Anzug. Gralle, geben Sie die Annihilierungskoordinaten ein.«

»Alles klar, Ko. Soll ich ihn umpusten?«

Korodore zögerte. Die Erde stand noch immer in dem Ruf, eine recht mächtige Welt zu sein, und wer auf einem Bein stand, beging nicht unbedingt ein Verbrechen, das die Todesstrafe verdiente.

»Warten Sie.«

Der Mann hob nun den linken Arm, streckte Daumen und Zeigefinger, schien damit direkt auf den Kontrollraum zu deuten. Er kniff das eine Auge zu, spähte am Arm entlang, als visiere er ein Ziel an.

Mal sehen, wie's dir gefällt, deinen Sehnerv zu verlieren, dachte Korodore.

Die Druckwelle der Explosion schleuderte den Sicherheitschef zur Seite. Sofort sprang er wieder auf die Beine, ließ sich allein von seinen Reflexen leiten, hielt den handlichen Stripper im Anschlag. Erneut verlor er den Boden unter den Füßen, als eine zweite Detonation krachte, die Waffenkonsole in glühende Schlacke verwandelte.

Die Gäste applaudierten höflich. Auf das wohlwollende Nicken seiner Großmutter hin stieg Dom einige Meter weit auf und sagte: »Ich danke Ihnen allen. Und ich bitte den Geist des heiligen Sadhim und die kleinen Götter aller Völker, mir ...« Er brach ab.

Ein dumpfes Grollen erklang im Bereich der Wohnkuppeln.

Dom riß die Augen auf, hörte in seinem memorialen Kosmos das leise Knistern eines Stripper-Blitzes, der die Außenfläche des Joker-Turms traf. Erinnerungsbilder formten sich vor seinem inneren Auge, begleitet von Gesprächsfetzen, die allmählich einen Sinn ergaben. Heißer Schmerz in der Brust, dann das grüne, herrlich kühle Sumpfwasser ...

Ein Fleck am Himmel schwoll rasch an. Dom hörte den Schrei seiner Mutter, ein leises Schrillen, weit, weit entfernt.

Korodore sprang mit schwelender Kleidung herbei. Seine Hände bestanden aus eitrigen Blasen, und das Gesicht war kaum mehr als eine blutige Masse.

Er landete dicht neben Dom, schrie einige unverständlich bleibende Worte. Der junge Mann nickte benommen, wie in einem Traum gefangen.

Die Gestalt im blauen Mantel trat leichtfüßig heran, balancierte auf dem einen Bein, streckte den Arm aus. Ig kreischte auf.

Korodore hechtete dem Attentäter entgegen, hielt den Stripper in beiden Händen, schrie schmerzerfüllt und ließ den glühenden Kolben los. Gleichzeitig warf er sich dem Waffen-Arm des Fremden entgegen.

Die Kugel aus Pseudolicht raste über den verkohlten Rasen, und die Konturen der Umgebung verloren an Schärfe, schienen zu flackern und zu vibrieren. Für gewöhnlich strahlte Achguckmal ziemlich hell, doch an dem plötzlich gleißenden Himmel war die Sonne eine dunkle Scheibe.

KAPITEL 3

»Verstehen ist der erste Schritt zur Kontrolle. Inzwischen verstehen wir die Wahrscheinlichkeit.

Wenn wir sie kontrollieren, wird jeder Mensch zu einem Magier. Hoffen wir also, daß es nicht dazu kommt. Unser Universum ist wie ein baufälliges Haus, dessen Ziegel aus Atomen bestehen, zusammengehalten vom Mörtel des kausalen Zusammenhangs zwischen Ursache und Wirkung. Ein Zauberer wären zwei zuviel.«

Charles Sub-Lunar:
Hört das Klagen des Kontinuums.

Der Fisch schwimmt — wsss!
Der Vogel fliegt — frsss!
Das Pilzhörnchen rennt — gsrss!
Das Rad dreht sich, und
alles ist eins.

Ich muß schreien und habe keinen Mund.
Ich muß laufen und habe keine Füße.
Ich muß sterben und habe doch kein Leben.
Das Rad dreht sich, und
alles ist eins.

Trauergesang der Region Felsigtief,
Fünf Inseln, Phnobis

Das Rauschen des Meeres. Luft holen? Nein, er konnte nicht atmen.

Das Brausen schwoll wie dumpfes Brandungsdonnern an, verklang dann wieder. Das einzige Geräusch, das er vernahm — es kam einer sonderbaren Melodie gleich, vermittelte Wärme und sanfte Zärtlichkeit.

Dom trieb irgendwo auf dem atmenden Meer.

Ein Mann erschien, gekleidet in den alten, braunen Umhang eines sadhimistischen Adepten, der sich auf das Ritual der Geknickten Löffel vorbereitete. Das Gesicht erschien ihm vertraut — er erkannte die eigenen Züge wieder.

»Sei doch nicht so dumm. Ich bin dein Vater.«

»Äh, hallo, Paps. Bist du's wirklich?«

Jon Sabalos gestikulierte vage. »Nein. Bei meiner hiesigen Manifestation handelt es sich um eine pseudoechte Projektion deines submentalen Unterbewußtseins. Hat dir Hrsh-Hgn denn überhaupt nichts beigebracht? Chel! Zum Teufel mit allen Sternen, Junge: Du solltest längst tot sein. Soviel zur Wahrscheinlichkeits-Mathematik.«

»Was ist eigentlich los, Paps?«

Das vertraute Gesicht verflüchtigte sich, und eine verhallende Stimme verkündete: »Keine Ahnung — dies ist *dein* Traum.«

Die Gestalt von Hrsh-Hgn bildete sich, stand vor der üblichen Fakstafel.

»In einem unendlichen Universum ssind alle Dinge möglich, sselbst die Nichtexistenz dess Kosmos«, zischte der Phnobe. »Erweitere diese Theorie mit einigen Diagrammen ...«

»Es ist keine Theorie«, hörte Dom seine Antwort, »nur eine Hypothese.«

»Oh, hüte dich vor dem Paradoxon!« Der Lehrer hob mahnend einen Finger. »Wenn du tatenlos zusiehst, wie ein Paradoxon im Universum sein Wesen treibt, bekommst du Poiyt.«

»Poiyt?« wiederholte der jüngere Dom verwirrt.

»Laß unss überlegen ...«

Isaac tauchte aus dem atmenden Meer auf, wanderte schnaufend durch wallende Dunstschwaden.

»Lieber Himmel, sind in diesem Traum auch Roboter erlaubt? Oder bleiben Maschinen wie ich auf die hinteren Zuschauerränge verbannt? Wie dem auch sei: Die Lage ist folgendermaßen, Boß. Sie sind der Erb-Vorsitzende der guten alten Erde, mußten jedoch vor einer Verschwörung im eigenen Heim hierher fliehen ...«

»Nein«, erwiderte Dom fest. Er erwartete eine andere Erklärung.

»Nun gut. Versuchen wir's damit: Sie besitzen ein außergewöhnliches Talent, als Ergebnis generationenlanger genetischer Kontrolle und Manipulation. Tja, Sie brauchen nur mit den Fingern zu schnippen, und schon stürmen ganze Horden los, um ...«

»*Ich* soll mit den Fingern schnippen, um die Grundfeste des Universums zu erschüttern?« fragte Dom skeptisch. »Versuch es an der nächsten Tür der Unendlichkeit.«

»Na schön. Wir müssen Ihnen wohl die Wahrheit sagen: Eigentlich gibt es das Universum gar nicht. Es existiert nur in Ihrer Phantasie. Und deshalb hat eine Geheimorganisation, die sogenannten Ritter der Ewigkeit, beschlos ...«

»Du bist noch immer im falschen Kosmos, Roboter.«

»Also gut, dann will ich ganz offen sein, kein Blatt mehr vor den Mund nehmen: Sie sind alles andere als wichtig, aber zufälligerweise besitzen Sie einen magischen Armreif, der aus der Schmuckschatulle des Universalen Gottes stammt. Tja, er möchte sein kleines Spielzeug zurück, und deshalb müssen Sie ein paar gute Freunde um sich sammeln — ich schließe mich dabei nicht aus —, eine beschwerliche Reise beginnen und viele Lichtjahre bis zu den lodernden Feuern des Rigel zurücklegen, um dort ...«

Dom ächzte.

»Ich habe nur versucht, Sie ein wenig aufzuheitern, Boß.« Der Roboter vergoß eine Quecksilberträne. »Wissen Sie, auch wir Freudschen Persönlichkeitserweiterungen haben Gefühle, die verletzt werden können!«

Dom.

»Wer spricht da?«

Können Sie mich hören, Dom?

»Ich bin nicht taub. Wer oder was sind Sie?«

Nun, wenn Sie mich nicht hören können, Dom: Was sehen Sie?

»Sehen?«

Er spürte Licht weiter *oben,* ein grünes Schimmern.

Gut, Dom. Sie sind im Pseudotod. Wahrscheinlich wissen Sie nicht, was das bedeutet. Wir brauchen Ihre vollständige Kooperation, benötigen Zugang zu Ihrer Selbst-Erinnerung. Sind Sie zu einigen Übungen bereit? Ausgezeichnet. Bitte erstellen Sie jetzt eine mentale Kopie Ihres Ichs. Wir helfen Ihnen dabei ...

Die Zeit verstrich. Vor Doms geistigem Fokus schwebte ein perfektes Duplikat seiner psychisch-physischen Integrität. Das andere Ego tanzte und sang, spannte Verlegenheit erregende Muskeln. Die fremde Stimme erklang erneut, forderte ihn mehrfach zu strenger Disziplin auf.

Später erlaubte man ihm, gewisse Dinge zu verstehen. Die Stimme gehörte dem Regenerationstank-Operator, beziehungsweise gleich mehreren von ihnen.

Dom erinnerte sich an die Männer auf den Lazarettflößen, an die Dagon-Fischer, die nach einer langen und ebenso anstrengenden wie gefährlichen Nacht in den Nährbädern lagen, wie Narren grinsten und ihre neuen grünen Gliedmaßen ausprobierten. Verkehrtherum beanspruchte das Verdienst, den Heilsirup erfunden zu haben, ganz für sich, und die Regenerationsexperten behaupteten mit wissenschaftlicher Kühnheit: Selbst wenn von einem verletzten Körper nicht mehr übrigblieb als nur ein kleiner Hirnfetzen — ein sogenannter Ichsprengsel —, so konnte daraus trotzdem die ursprüngliche physiologische Struktur restauriert ...

Nein!

Doms Gedanken glitten erneut ab, und er spürte die Panik des Regoperators. Daraufhin begann er damit, mentale Fragen zu formulieren. Finsternis wallte herbei, wich anschließend erneut dem diffusen grünen Glühen — und der Wunsch, Fragen zu stellen, starb einen plötzlichen Tod. Eine neue Stimme sagte:

Versuchen Sie, Ihre Gedanken zu ordnen. Atmen Sie. Die Restrukturierung ist noch nicht abgeschlossen. Konzentrieren Sie sich auf etwas, auf Worte und Sätze, die Ihnen inneren Halt geben.

Dom brauchte erst gar nicht in den Labyrinthen seiner Reminiszenzen zu suchen. Einige Erinnerungsfetzen entwickelten erstaunliche Selbständigkeit, formten das Grüne Paternoster — jene Zeilen, die er so oft als Kind gesprochen hatte, nach dem abendlichen Ritualgebet, das mit der Bemerkung endete: »Gott segne die Haushaltsroboter.«

Sein Geist eilte durch das Gefüge der Reime. Den einzelnen Wortfetzen mangelte es an einem ausgeprägten Bedeutungsinhalt. Sie hatten sich im Lauf der Jahrhunderte in sinnlose Silbenspielerei verwandelt, doch sie besaßen noch immer eine tiefe Kraft.

»Grünes Paternoster, so schön zu schaun. Sadhim gibt mir immer Mut, rettet mich vor dem gift'gen Baum. Er kam geschickt in Fleisch und Blut, und gab mir zu essen gut, leck'res Essen und auch Luft dazu ...«

Ausgezeichnet.

»Auf daß ich sei ein Freund des Lebens, belohnt mit einem guten Buch, in dem ich die Namen der Götter such' ...«

Weiter so.

Dom schwamm in dem verbalen Strom, ließ sich treiben. »Öffne dich für mich, Chel-Meer tot, auf daß fließet Blut so rot, und bringet alles ins Lot — die Bevölkerung, halb so groß, rettet den ökologischen Schoß. Auf daß entstehe neues Sein, in des GRÜNEN PATERNOSTERS Schein!«

Stille folgte, und schließlich sagte der Regoperator: »Dom, Sie haben jetzt wieder Stimmbänder. Sie atmen und besitzen einen Mund. Welchen Wunsch möchten Sie sich nun erfüllen?«

Dom schrie.

Der junge Mann betrachtete sich im Spiegel: Es fehlte nichts, und alles schien in bester Ordnung zu sein. Auf der Grundlage seiner Körpererinnerung hatte der Regenerationstank Nägel, Zehen und das DNS-Muster kopiert, sogar die Stripper-Narbe geheilt. Dom tastete über seine Brust, erinnerte sich an das Attentat im Sumpf. Bitterkeit regte sich in ihm.

Isaac schlenderte durchs Zimmer und reichte ihm seine Kleidung. Dom zog sich langsam an.

Es gab einen wichtigen Unterschied. Die pechschwarze und haarlose Haut — Ergebnis sowohl der gesunden Ultraviolettstrahlung Achguckmals als auch der vielen Pigmentierungsinjektionen — existierte nicht mehr. Jetzt besaß er eine Körperbehaarung, die bis zu den Hüften herabreichte, und sie glänzte im selben grünlichen Ton, wie der Rest seines Leibs.

Der muntere kleine Creapii-Doktor, der für die Behandlung auf den Lazarettflößen verantwortlich zeichnete, bewies hervorragende Kenntnis im umgangssprachlichen Janglisch, als er sich mit einer jovialen Erklärung an den Rekonvaleszenten wandte. Diese Fähigkeit überraschte Dom eigentlich nicht: Den Creapii fiel es sehr leicht, die Bräuche anderer Völker zu übernehmen.

»Die Substanz heißt Heilsirup — aber das brauche ich *Ihnen* wohl nicht zu sagen. Sie wissen ja, daß wir damit schon seit einer ganzen Weile die Fischer behandeln, die bei der Dagon-Jagd nicht die nötige Vorsicht walten lassen. Nun, seit jenen ersten Anwendungen ist die Regenerationstechnik ganz erheblich verbessert worden.

Wie dem auch sei: Es handelt sich nicht um einen toten Stoff, sondern eine im wahrsten Sinne des Wortes lebendige Masse, Herr Vorsitzender. Man kann sie mit

Fug und Recht als hochkomplexen Individualorganismus unter Ihrer Biokontrolle bezeichnen. Ich garantiere Ihnen sogar, daß die organische Anpassung nicht einmal das atomare Niveau ausspart. Tja, das hat natürlich gewisse Vorteile, zum Beispiel eine erhöhte Hitzebeständigkeit, allerdings nicht zu verwechseln mit den Eigenschaften von Asbest ... O ja, angesichts Ihres Alters verstehe ich sehr gut, daß Sie eine solche Frage stellen. Ja, Ihre Kinder werden in jeder Hinsicht menschlich sein ...« An dieser Stelle fügte der Arzt einen schmutzigen Witz hinzu, der auf ein exzellentes Verständnis des menschlichen Humors hindeutete. »Aber hüten Sie sich vor Mißverständnissen. Es ist nicht irgendein Schleim, den Sie einfach abkratzen können, sondern ein *Teil* Ihres Körpers. Die Farbe? Nun, nach dem gegenwärtigen Wissensstand ... Kommen Sie in ungefähr zehn Jahren wieder. Dann garantiere ich Ihnen einen Ersatzleib ohne einen Hauch von Grün. Was den Rest betrifft: Das Fehlen von Haaren stellt noch kein genetisch verankertes Charakteristikum der Bevölkerung von Verkehrtherum dar. Tja, mein Bester: Um die Vorzüge einer solchen Behandlung zu genießen, muß man derzeit leider noch einige Nachteile in Kauf nehmen.

Bevor Sie gehen, Herr Vorsitzender, möchte ich Ihnen noch die Klinik zeigen. Ich bin sicher, meine Mitarbeiter würden sich über eine Gelegenheit freuen, Sie kennenzulernen. Äh, auf einer inoffiziellen Ebene. Was mich angeht: Ich bin stolz, Ihnen das fünffingrige Greifwerkzeug drücken zu dürfen.«

Dom schloß den hohen, engen Kragen und drehte sich um.

»Wie sehe ich aus?«

»Hellgrün, Boß«, erwiderte Isaac trocken und deutete auf einen kleinen Kunststoffkoffer.

»Er enthält Körperkosmetika, Boß. Von Ihrer Mutter.«

Dom wandte sich von dem Roboter ab und hob die hellgrünen Finger zum Gesicht. Die Heilsubstanz hatte versucht, auch die Struktur der allgemeinen Pigmentierung anzunehmen, aber er sah trotzdem so aus, als habe er mindestens ein Jahr lang von einer Kupferdiät gelebt. Während er sich erholte, verfolgte er die Nachrichtensendungen, in denen er immer wieder Erwähnung fand. Die Fischer waren sehr stolz auf einen von Kopf bis Fuß grünen Vorsitzenden, ignorierten dabei den Umstand, daß Doms Erscheinungsbild keineswegs auf einen Jagdunfall zurückging. Der unausgesprochene Kommentar seiner Mutter lautete: »Es könnte die Würdenträger und Abgesandten von Außenwelt vor den Kopf stoßen.«

»Soll Beng sie alle holen!« rief Dom. »Was kümmern sie mich? Außerdem ist Grün eine heilige Farbe.«

Als der junge Mann und neue Vorsitzende des Direktoriums das Hospital verließ, nahmen draußen sechs Sicherheitsbeamte Haltung an. Etwas weiter entfernt standen einige Ärzte und Krankenpfleger, winkten zaghaft.

Hrsh-Hgn trat auf Dom zu, deutete verlegen auf seinen hochenergetischen Molekülstripper.

»Paßt zu dir«, sagte Dom.

»Ich bin Pazifist, wie es sich für einen Philosophen gehört. Solche Waffen sind ... barbarisch.«

Sie stiegen in die Barkasse des Vorsitzenden, und als das Gefährt aufstieg, schlossen sich ihm fünf Gleiter an.

Dom starrte geistesabwesend aufs Meer herab.

»Wer hat die Nachfolge Korodores angetreten?« fragte er nach einer Weile.

»Ein gewisser Darven Samhedi von Laoth.«

»Ah, ja, ein tüchtiger Mann.« Aber Tüchtigkeit war nur eine von vielen Voraussetzungen für den Sicherheitschef von Verkehrtherum. »Ob ihn die Phnoben akzeptieren?«

»Es heißt, er habe bei mehreren Gelegenheiten tendenziellen Gestalthaß gezeigt. Warten wir's ab.« Hrsh-Hgn musterte Dom. »Du hast Korodore gemocht, nicht wahr?«

»Nein. Ihm lag einfach nichts an Freundschaft, er

wahrte immer Distanz. Aber ... Nun, er war immer da, stimmt's?

»In der Tat.«

Dom drehte sich auf seinem Sitz um und sah Isaac an. »Hüte dich bloß davor, irgendeine abfällige Bemerkung über ihn fallenzulassen, Roboter ...«

»Käme mir nie in den Sinn, Chef. Nun, wenn Sie meine Meinung hören wollen, Boß: Korodore hat es mit seinen Punktspionen und Mikrokameras ein wenig übertrieben, aber vielleicht gehörte das zu seinem Job. Er war ein feiner Kerl. Ich bedaure seinen Tod sehr.«

Vor vier Monaten, dachte Dom, *hat ihn jemand umgebracht und versucht, mich ebenfalls ins Jenseits zu schicken.*

Ich werde den Grund dafür herausfinden.

Es begann zu nieseln, als das Geschwader auf dem zweiten Sabalos-Anwesen landete, vor einer kleinen, von einer Mauer umgebenen Kuppel in der Nähe des Verwaltungszentrums von Tau City. Selbst Lady Vian trat nach draußen, um den jungen Vorsitzenden zu begrüßen. Sie trug einen dicken Mantel, wirkte infolge der Nähe zu einer Stadt gelöster und zufriedener. Zwar konnte man Tau City wohl kaum als eine kosmopolitische Metropole bezeichnen, doch das Leben in den Wohnkuppeln kam einer Verbannung in tiefste Provinz gleich.

»Das ist keine schickliche Farbe«, lauteten ihre ersten Worte.

Sie speisten im Kleinen Saal. Samhedi und die älteren Angehörigen des Haushalts saßen ebenfalls am Tisch und lauschten respektvoll. Joan stellte einige höfliche Fragen in Hinsicht auf das Hospital und schwieg dann.

Vian hob den Kopf und musterte ihren Sohn. »Du solltest die Körperkosmetika wenigstens einmal ausprobieren.«

Dom beobachtete einen der Sicherheitsbeamten, die an der Wand standen. Seine Hand war grün, und ein smaragdfarbener Streifen reichte ihm über die linke Wange, verschwand unter der Uniform. Der Mann bemerkte Doms Blick und zwinkerte.

»So ist es mir lieber.«

»Was für eine absonderliche Eitelkeit«, sagte Joan. »Aber ich stimme dir trotzdem zu. Wenigstens bist du einfarbig — einen bunt gescheckten Enkel könnte ich nicht ertragen.«

Sie schob ihren Teller fort und fügte hinzu: »Außerdem ist Grün eine heilige ...«

»Grün ist die Farbe des Chlorophylls auf der Erde, gewiß«, warf Vian ein. »Aber hier auf Verkehrtherum gibt es nur blaue Vegetation.«

Joan sah kurz zu dem Sadhim-Zeichen an der Decke auf, kniff die Augen zu und starrte ihre Schwiegertochter an. Dom beobachtete die beiden Frauen mit zu offensichtlichem Interesse: Joan spürte seine Neugier, faltete betont langsam ihre Serviette zusammen und stand auf.

»Es wird Zeit für die Abendandacht«, sagte sie. »Dom, ich erwarte dich in einer Stunde in meinem Büro. Wir sollten einige Dinge besprechen.«

KAPITEL 4

Dom trat ein. Seine Großmutter hob den Kopf und deutete auf einen Stuhl. Der beißende Geruch von Räucherwerk lag in der Luft.

Abgesehen von dem kleinen Schreibtisch, zwei schlichten Sesseln, dem Standard-Thuribulum und einem Altar in der Ecke war das große weiße Zimmer völlig leer. Damit blieb ausreichend Platz für die starke Präsenz der alten Frau, ihre Aura der Macht.

In dreißig Zentimeter hohen Lettern leuchtete das allgegenwärtige Eine Gebot an der gegenüberliegenden Wand.

Joan klappte das Kontobuch zu und spielte mit einem weißstieligen Messer.

»In einigen Tagen ist Seelenkuchenfreitag und auch Heiligabend der Kleinen Götter«, sagte sie. »Hast du dich schon entschlossen, dich einem Clanbund anzuschließen?«

»Ich habe noch keine Entscheidung getroffen«, erwiderte Dom, der bisher nicht einen einzigen Gedanken an seine religiöse Zukunft verschwendet hatte.

»Erfüllt dich mit Unbehagen, wie?«

»Ja, ich glaube, so könnte man es ausdrücken«, bestätigte der junge Mann. »Es kommt darauf an, eine sorgfältige Wahl zu treffen. Weißt du, manchmal bin ich mir gar nicht sicher, ob der Sadhimismus alle Antworten kennt.«

»Ich verstehe. Nun, er stellt zumindest die richtigen Fragen.« Joan I. zögerte einige Sekunden lang, als lausche sie einer Stimme, die nur sie hören konnte.

»Ist so etwas notwendig?« fragte Dom.

»Sich einem Clanbund anzuschließen, meinst du? Nein. Aber ein solches Ritual hat noch niemandem geschadet, und außerdem erwartet man es von dir.«

»In einem Punkt hätte ich gern Klarheit«, sagte Dom.

»Ja?«

»Warum bist du so nervös, Großmutter?«

Joan I. legte das Messer beiseite und seufzte.

»Ab und zu weckst du den fast unwiderstehlichen Drang in mir, dir eins auf dein vorlautes Maul zu geben, Dom. Natürlich bin ich nervös. Wen wundert's?« Die alte Frau lehnte sich zurück. »Nun, soll ich dir alles erklären, oder ziehst du es vor, einzelne Fragen an mich zu richten?«

»Ich möchte endlich wissen, was eigentlich gespielt wird, und ich glaube, ich habe ein gewisses Recht darauf. Offenbar bin ich hier weit und breit der einzige, der keine Ahnung hat.«

Joan stand auf und trat an den Altar heran. Sie zog sich daran hoch, nahm auf der Kante Platz und ließ wie ein kleines Mädchen die Beine baumeln.

»Dein Vater — mein Sohn — war einer der beiden besten Wahrscheinlichkeits-Mathematiker in der ganzen Galaxis. Inzwischen hast du sicher schon von dieser Wissenschaft gehört. Es gibt sie seit rund fünfhundert Jahren. John verbesserte sie. Er postulierte den sogenannten Schlagloch-Effekt, und nachdem man den Beweis dafür erbrachte, wurde aus dem Spielzeug der W-Mathematik ein höchst nützliches Instrument. Man konnte einen winzigen Ausschnitt des Kontinuums nehmen — einen Menschen, zum Beispiel — und seine Zukunft im Universum voraussagen.

John probierte die Gleichungen an dir aus. Du bist die erste Person, deren qualitative Existenz einen quantitativen Ausdruck fand. Mit anderen Worten: Dein Vater beschrieb dich und dein Leben mit Zahlen. Er brauchte sieben Monate dazu, und ich würde gern wissen, wie er das fertiggebracht hat: Selbst die Erste Sirianische Bank benötigt für so etwas mindestens ein Jahr, wenn sie Kompromisse in Hinsicht auf Sorgfalt und Genauigkeit vermeiden will. John war ein echtes Genie, zumindest in

Hinsicht auf die Wahrscheinlichkeits-Mathematik. Was, äh, menschliche Beziehungen betrifft, ließen seine Fähigkeiten zu wünschen übrig.«

Joan I. bedachte Dom mit einem fragenden Blick, doch ihr Enkel nahm den Köder nicht an. Nach einer Weile fuhr sie fort: »Dein Vater kam in den Sümpfen ums Leben.«

»Ja, davon habe ich schon gehört.«

John Sabalos spähte über das glitzernde Wasser der Sümpfe und beobachtete den fernen Turm. Es herrschte prächtiges Wetter, und als er seine Gefühle einer kurzen Selbstanalyse unterzog, kam er zu dem Schluß, zufrieden zu sein. Er lächelte still vor sich hin, holte einen weiteren Datenwürfel hervor und schob ihn ins Aufnahmefach des Recorders.

»Und deshalb treffe ich nun eine letzte Voraussage über die Zukunft meines Sohnes«, sagte er. »Er wird an seinem Halbjahres-Geburtstag sterben — ich beziehe mich dabei auf den Kalender von Verkehrtherum —, am Tag seiner Ernennung zum Vorsitzenden des Planetaren Direktoriums. Todesursache: irgendeine Form von Energieentladung.«

John unterbrach die Aufzeichnung für einige Sekunden, ordnete seine Gedanken und sagte dann: »Über die Identität des Mörders kann ich leider keine Angaben machen. Oh, ich habe immer wieder versucht, in diesem Zusammenhang weitere Anhaltspunkte zu gewinnen, erhalte jedoch ständig das gleiche Resultat: eine unbestimmbare Variable in den Wahrscheinlichkeits-Gleichungen, eine leere Stelle in der allgemeinen Gestalthaftigkeit des Universums. Wenn das stimmt, wenn mir kein Fehler unterlief ... Es würde bedeuten, daß wir es mit jemandem zu tun haben, der vom Kontinuum umflossen wird, so wie ein Felsen vom Wasser des Flusses. Ich weiß, daß er entkommen wird. Deine Handlungen, Dom, verleihen ihm eine vage Silhouette, und dadurch … Himmel, ich muß schon wieder einen Vergleich benutzen: Durch dich wird er wie zu einem Vakuum aus Schatten. Ich glaube, er arbeitet für das Joker-Institut, dem aus irgendeinem Grund daran gelegen ist, dich zu töten, Sohn.«

John legte eine neuerliche Pause ein und starrte auf die Gleichung. Sie war perfekt, völlig ausgeglichen, so glatt wie eine Platte aus poliertem Achat. Und ihr haftete eine ganz besondere, exotische Art von Eleganz an.

Der ferne Glanz des Turms weckte einmal mehr seine Aufmerksamkeit. John hob den Kopf. Nein, hatte noch etwas Zeit, rund eine Stunde …

»Nun, Dom, bestimmt bist du nun zwischen Verwirrung und ungläubigem Erstaunen hin und her gerissen. Was siehst du jetzt? Preßt deine Großmutter gerade die Lippen zusammen? Trägt sie jenen energischen, entschlossenen Ausdruck zur Schau, mit dem sie über ihre innere Anspannung hinwegzutäuschen versucht? Übrigens: Wie war die Geburtstagsfeier?«

John räusperte sich. »Du bist mein Sohn, Dom, doch vielleicht ahnst du bereits, daß ich viele Söhne habe — Millionen und Abermillionen. Und in den Milliarden von Universen, die uns auf allen Seiten umdrängen, hat sich ihr Wahrscheinlichkeits-Schicksal bereits erfüllt: Sie sind tot. Du aber lebst nach wie vor, existierst in Fleisch und Blut — und stellst damit eine Chance dar, die sich nur in mehreren Stellen hinter dem Komma bestimmen läßt. Ich meine die Chance, daß ich mich irre. Nun, ich will an dieser Stelle nicht verhehlen, daß man seltsame Erfahrungen macht, wenn man sich eingehender mit der Wahrscheinlichkeits-Mathematik beschäftigt: Häufig reagiert das an Logik und Kausalität gewöhnte Bewußtsein mit ausgeprägter Verwunderung, wenn sich herausstellt, daß Quoten von eins zu einer Milliarde dem Buchmacher nicht etwa ein Vermögen einbringen, sondern eine Vorladung des Konkursrichters. Mit anderen Worten: Sie sind nicht annähernd so unwahrscheinlich, wie man zunächst glauben mag, bestätigen damit das Empfinden des gesunden Menschenverstands — ein bestimmtes Ereignis wird entweder eintreten oder ausbleiben.

Ich habe dich und das Eins-zu-einer-Milliarde-Universum studiert, in dem du dich jetzt befindest, Dom: Dein Kosmos hat sich am Punkt deines Nicht-Todes vom Hauptereignis-Universum getrennt. Tja, Universen sind wie Sterne, die in manchen davon enthalten sind. Die meisten folgen einem ganz gewöhnlichen Entwicklungsweg, dem ausgetretenen Pfad der stellaren Evolution. Doch einige Sterne, vielleicht nur durch die Veränderung eines Protons, haben einen völlig unterschiedlichen Werdegang, verwandeln sich in Supernovae oder werden zu Singularitäten. Solche Außenseiter-Universen ächzen unter dem Druck des Paradoxen und ...

Kommen wir zum eigentlichen Thema zurück. Ich will versuchen, dir zu helfen, weil du dringend Unterstützung brauchst. Der Attentäter, der es auf dein Leben abgesehen hat, stammt aus dem Jetzt-Kosmos. Verstehst du, was ich damit meine? Er möchte verhindern, daß dir eine ganz bestimmte Entdeckung gelingt, wodurch dein Eins-zu-einer-Milliarde-Universum Dominanz in der unendlichen Schöpfung erlangt. Andererseits: Ich vermute, daß der unbekannte Faktor, der dich bisher vor dem Tode bewahrte, ebenfalls aus deinem Kosmos kommt. Ach, die Welt, in der du lebst ... Ich habe so viele Dinge in ihr gesehen, doch leider darf ich keine Einzelheiten nennen. Wenn ich mich dazu hinreißen ließe, deine Neugier zu befriedigen, könnte die Last des Paradoxen dein aktuelles Universum einfach zermalmen.«

John legte den Recorder beiseite und schlenderte ins Vorzimmer. Der Sekretariatsroboter erwachte summend aus seiner Starre.

»Wenn jemand anruft: Ich fliege zum Turm. Ich, äh, werde nicht lange unterwegs sein.«

»Sehr wohl, Herr Vorsitzender.«

»Auf meinem Schreibtisch liegt ein Datenwürfel. Bitte schick ihn der Leitenden Direktorin.«

»Gewiß.«

John Sabalos schloß die Tür und kehrte in sein Büro zurück. Er war noch immer in den schwarz und braun gemusterten Umhang gekleidet, den er während der vergangenen Nacht getragen hatte, beim Ritual der Geknickten Löffel. Eine sonderbare Aufregung verdrängte die Müdigkeit aus ihm. Natürlich täuschte dieses Gefühl: Über die Zukunft Bescheid zu wissen — es bedeutete keineswegs, daß man sie auch kontrollieren konnte. Dennoch empfand er das mental-emotionale Vibrieren als recht angenehm, als er Platz nahm und wieder nach dem Recorder griff.

»Allerdings möchte ich dich nicht ganz im unklaren lassen, Dom. Drei Dinge will ich dir verraten. Erstens: Du wirst die Heimatwelt der Joker entdecken, wenn du aufmerksam genug Ausschau hältst. Zweitens: Du mußt damit rechnen, in Gefahr zu geraten. Und drittens ... Sieh in die eine Ecke des Zimmers! *Lauf um dein Leben!*«

John schaltete ab und legte den Würfel auf den Schreibtisch.

Irgendwo draußen, im Bereich des östlichen Rasens, spielte jemand auf einer phnobischen *Chlong*-Zither. Es klang schrecklich. Doms Vater trat hinaus. Von den Küchenkuppeln her hörte er das Rattern des alten elektrischen Computers: Offenbar brachte Joan gerade die Haushaltsbücher auf den neuesten Stand.

John atmete tief durch. Irgend etwas fügte seinen Sinnen eine dritte Dimension hinzu, schärfte die Konturen seiner Umwelt. Mit dem individuellen Geschick eines Wahrscheinlichkeits-Eingeweihten fand er die Ursache dafür. Die Welt war wie Wein, denn an diesem Tag endete sein Leben. Er kostete den letzten metaphorischen Schluck. John bedauerte es, daß er sterben mußte, bevor er Gelegenheit fand, die Joker-Welt zu entdecken. Vielleicht hatte Dom mehr Glück.

Sein persönlicher Gleiter dümpelte neben der langen Mole auf den Wellen.

Er stieg ein, schloß die Luke und beschleunigte vorsichtig. Entschlossen unterdrückte er die wilde Begeisterung, die in ihm hochstieg — der Tod war eine ernste Sache.

Die Stimme seines Vaters verklang, und das Projektionsfeld des Datenwürfels trübte sich. Dom hob ruckartig den Kopf.

Ein kleiner Fleck glitzerte in der Luft, wie eine Motte aus Metallstaub. Er hörte Joans Stimme, jedes Wort so scharf wie die Klinge eines Messers.

»Samhedi, hier ist schon wieder eins. Bereiten Sie sich vor.«

»Was hat es damit auf sich?« fragte Dom. Der Fleck schien langsam zu wachsen.

»Es handelt sich um ein kollabiertes Proton. Verstehst du, was ich meine?«

»Ich glaube schon. Wie in einem Matrixmotor.«

»Ein passender Vergleich. Es sieht ganz so aus, als habe es bereits sein eigenes Atom verschlungen. Du beobachtest jetzt den sogenannten Winkellichteffekt. Jemand kontrolliert das Ding.«

Dom stellte fest, daß sie beide wie erstarrt standen. Plötzlich fiel ihm etwas ein ...

»Ich habe so etwas schon einmal gesehen.«

»Nun, es war der Schwerkraftstrudel, der dich beim erstenmal erfaßt hat. Wenn du dich dem Etwas auch nur einen Schritt näherst, wirst du im wahrsten Sinne des Wortes durch die Mangel gedreht. Was hältst du davon, durch ein Loch gezerrt zu werden, dessen Durchmesser nur ein Mikron beträgt?«

»Argh.«

»Tut mir leid, ich wollte nicht taktlos sein. Wenn Samhedi nicht schleunigst eingreift, bleiben solche Erörterungen ohnehin rein theoretisch.«

»Du meinst, dann ersticken wir? Das Ding saugt die Luft aus dem Zimmer?«

Joan I. nickte.

Samhedis Stimme klang aus dem Wandlautsprecher.

»Legen Sie sich bitte flach auf den Boden, wenn ich Sie dazu auffordere. Ich empfehle die Mitte des Raums ... Jetzt!«

Dom ließ sich einfach fallen, und aus den Augenwinkeln bemerkte er eine silbrige Kugel, so groß wie eine Orange.

Als er sich auf die Seite rollte, schwebte der Ball etwa einen Meter über seinem Kopf. Er spürte eine seltsame Hitze zwischen den Schulterblättern und nickte in Gedanken: Das kollabierte Proton befand sich nun in einem Matrixfeld. Aber es saugte noch immer Luft an, verhielt sich wie ein außer Rand und Band geratener Minitornado. Nach einigen Sekunden schwebte es durch die Wand, und zurück blieb ein Loch mit eigentümlich zerfransten Kanten. Draußen ertönten laute Stimmen, und Dom vernahm auch das Schrillen eines Matrix-Generators.

Er half Joan auf die Beine.

»Du bist auf so etwas vorbereitet gewesen, nicht wahr?« fragte er.

»Ich hielt Vorsichtsmaßnahmen für angebracht. Nach deiner, äh, Geburtstagsfeier dauerte es einige Tage, bis wir eine Möglichkeit fanden, das verdammte Ding loszuwerden. Schließlich war es dein Roboter, der das Problem löste.«

»Ihr konntet das kleine Schwarze Loch nicht in ein Raumschiff verfrachten, weil es sich einfach durch die Außenhülle gefressen hätte ... Was schlug Isaac vor?«

Sie spähten durch die Öffnung in der Wand. Draußen auf dem Rasen standen Samhedis Gerätschaften vor dem Miniatur-Black Hole, das nun nicht mehr silbrig glänzte. Vielmehr bot es sich als winziger Punkt dar, der sich dem Blick zu entziehen schien, die Sehnerven verspottete. Die in der Nähe arbeitenden Männer mußten sich festzurren, um zu verhindern, daß sie von den heulenden Böen ins Nichts gerissen wurden.

Drei von ihnen trugen einen hohen Zylinder herbei, stellten ihn unter die mikroskopische Singularität. Dicke Matrixspulen umgaben den Gegenstand.

»Der Höhepunkt der Show steht unmittelbar bevor«, sagte Joan gelassen.

»Ich glaube, ich verstehe allmählich«, brummte Dom. »Der untere Teil des Zylinders ist geschlossen, und ein Matrixfeld verhütet direkte Kontakte zwischen den Innenflächen und dem ... dem Ding. Die Luft strömt von oben herein ...«

Samhedi stemmte sich dem Wind entgegen und brüllte einen Befehl. Das Etwas — es sah jetzt wie ein Auge aus, wie eine dämonisch starrende Pupille, deren Blick sich auf Dom richtete — fiel in die lange Röhre.

Unmittelbar darauf knallte es ohrenbetäubend laut.

Anderthalb Kilometer über ihnen durchbrach der Zylinder die Schallmauer. Die Singularität saugte ihn den Sternen entgegen.

»Nett«, kommentierte Dom. »Angenommen, das kleine Schwarze Loch stürzt in eine Sonne? Nein, bestimmt wartet ein Schiff in der Umlaufbahn. Und weiter?«

»Der Zylinder wird versiegelt und tief im Raum ausgeschleust. Isaac regte an, wir sollten ein echtes Black Hole finden, die Röhre darüber abwerfen, doch das klang wie eine Aufforderung, das Gefüge des Universums zu sprengen. Deshalb unterbreitete Hrsh-Hgn einen anderen Vorschlag: Er meinte, das Problem ließe sich lösen, indem wir unser Schwarzes Loch auf halbe Lichtgeschwindigkeit beschleunigen, als Treibstoff interstellaren Wasserstoff verwenden.«

»Wahrscheinlich endet es irgendwo auf der anderen Seite der Schöpfung und bohrt sich dort in irgendeinen Planeten«, sagte Dom. Er rang sich ein Lächeln ab.

Seine Großmutter klopfte ihm auf die Schulter. »Dein Gleichmut ist bemerkenswert.«

»Dieses Kompliment gebe ich gern zurück.«

»Nun, was mich betrifft: Ich habe in den vergangenen Jahren erhebliche Dissoziations-Erfahrungen gesammelt. Wahrscheinlich würdest du mich überhaupt nicht wiedererkennen, wenn ich in die emotionale Wirklichkeit zurückkehrte.«

Dom versuchte mit nur mäßigem Erfolg, ein Schaudern zu unterdrücken. Er hatte Freunde nach ihren DA-Trips beobachtet. Die Dissoziation wurde nur in den sadhimistischen Clanbunden gelernt, und wer sie beherrschte, konnte sich tage- oder auch wochenlang von seinen Gefühlen befreien. Manche Leute behaupteten, das sei eine großartige Erfahrung: Sie schilderten das Empfinden einer kühlen intellektuellen Macht, die Fähigkeit, sich Problemen ohne das ablenkende Rokoko der Gefühle zu stellen. Man bezeichnete solche Personen als »Kühlköpfe«. Aber wenn man schließlich von der Reise in die frostige Rationalität zurückkehrte, wurde das in Logik schwimmende Ich von einer gewaltigen Flutwelle aus trivial-banalen Gefühlen fortgespült. Bei solchen Gelegenheiten bekam man rasch zu spüren, welche Vorteile es hatte, auf die Hilfe echter Freunde zurückgreifen zu können. Am besten war's, man bekam von ihnen eins auf die Rübe, so daß man herrlich ruhig schlafen konnte — bis zum nächsten emotionalen Tobsuchtsanfall.

»Wie lange bist du schon kühl?« fragte Dom.

»Seit dem Abendessen. Und seit dem größten Teil der vergangenen vier Monate. Aber das spielt keine Rolle. Du scheinst die Technik ebenfalls zu beherrschen — ohne dabei auf Drogen angewiesen zu sein.«

»Darauf würde ich nicht wetten.«

»Wie dem auch sei: Ich versichere dir, daß ich den zweiten Teil der Aufzeichnung nie gehört habe. John sprach direkt zu dir. Er ...«

»Er wollte die Eins-zu-einer-Milliarde-Chance ein wenig verbessern«, warf Dom ein. »Nun, es gibt viele verschiedene Möglichkeiten. Alternativität bildet die Basis aller Universen, nicht wahr? Mein Vater hätte den Datenwürfel einfach mit einer Zeitverzögerungsschaltung ausstatten können. Aber selbst er, einer der besten Wahrscheinlichkeits-Mathematiker überhaupt, konnte nicht alles vorhersehen.«

»Was hast du jetzt vor?«

Dom versteifte sich unwillkürlich, als er den besorgten Unterton in der Stimme seiner Großmutter vernahm.

»Offenbar bleibt mir gar nichts anderes übrig, als die Heimatwelt der Joker zu entdecken. Obwohl viele Historiker behaupten, sie habe nie existiert.«

»Das kann ich nicht zulassen«, sagte Joan.

»Mir droht keine Gefahr, bis ich den mythischen Planeten finde. Du kennst ja die Wahrscheinlichkeits-Berechnung.«

»Vielleicht ist deinem Vater noch ein Fehler unterlaufen. Vielleicht gibt es noch eine andere Eins-zu-einer-Milliarde-Chance. Dom, jemand trachtet dir nach dem Leben! Du hast gerade den dritten Anschlag überlebt.«

Dom wich zurück, als die alte Frau näher kam.

»Beim ersten Attentat sprang ich in einen Sumpfkanal — und kam vierzig Kilometer entfernt wieder zu mir. Beim zweiten bewahrte jemand genug von meiner Körpersubstanz, um eine Heilsirup-Rekonvaleszenz zu ermöglichen. Es stimmt schon: Jemand hat es auf mich abgesehen. Aber gleichzeitig versucht jemand anders, mich zu schützen! Ich will herausfinden, wer sich so sehr für mich interessiert — und warum.«

Dom trat noch einen Schritt zurück, und als die Tür zuschlug, wirbelte er herum und lief weg.

»SADHIMISMUS: eine pantheistische, vom Naturschutz inspirierte Religion, in einer Erleuchtungs-Laune geschaffen von Arte Sadhim (siehe Anhang), der von

2001 bis 2012 über die Erde herrschte. Zeitgenössische Dokumente lassen erkennen, daß er die Dogmen, Glaubensgrundsätze und Rituale des Sadhimismus innerhalb von vierundzwanzig Stunden (Standard) entwickelte und dabei Bestandteile verarbeitete, die aus der druidischen Lehre, zum Teil erhalten gebliebenen Hexenpraktiken, dem Voodoo-Kult und den Überlebenshandbüchern des Raumschiffs Erde stammten. Als Religion funktionierte der neue Ismus recht gut und genügte seinem Zweck, der hauptsächlich darin bestand, die menschliche Bewußtseinssphäre um ökologisches Denken zu erweitern. Doch dann entwickelte die neue Weltanschauung ein Eigenleben und wuchs über ihren Schöpfer hinaus. Sadhim fiel einem Mordritual zum Opfer, das von einer Splittergruppe seiner Gemeinde durchgeführt wurde, den ›Kleinen Blumen Des Linken Weges Am Vorabend Des Karfreitag, Untersekte: Nacht Der Halblangen Messer‹.«

Charles Sub-Lunar:
Religionen von hundert Welten

Dom lag in seinem Bett und las einen langen, weitschweifigen Brief von Keja. Sie brachte ihre Freude darüber zum Ausdruck, daß er sich erholt hatte. Sie bezeichnete das Leben auf Laoth als recht angenehm, fügte hinzu, es sei ein offizieller Staatsbesuch auf der Erde geplant und sie habe zum erstenmal in ihrem Leben Schnee gesehen. Als Anlage fügte sie einen Kühlwürfel bei, der mehrere konservierte Schneeflocken enthielt. Schließlich beschrieb Keja auch noch in allen Einzelheiten den Garten, den der ›liebe Ptarmigan‹ für sie angelegt hatte und den Dom unbedingt sehen müsse ...

Isaac glitt auf gut geölten Füßen herein.

»Nun?«

»Hier wimmelt's überall von Wächtern, Boß. Ich kann den komischen Frosch nirgends fin ...«

»Das ist Gestalthaß-Gerede, Isaac.«

»Entschuldigung, Chef. Der Koch meinte, er habe die Wohnkuppeln verlassen und sei ins *Buruku* gezogen.«

Dom schnallte die Gravsandalen an. »Wir schnappen ihn uns. Hrsh-Hgn ist hier weit und breit der einzige, der sein Wissen über die Joker nicht nur aus Gerüchten und Legenden bezieht. Und ich glaube, anschließend machen wir uns auf die Suche nach der Jokerwelt.«

Der Roboter nickte gleichgültig.

Dom sah ihn fragend an. »Bist du gar nicht neugierig darauf, was mich zu einem solchen Unternehmen bewegt?«

»Ist allein Ihre Sache, Boß.«

»Wie du meinst. Tja, ich scheine eine Prophezeiung erfüllen zu müssen — obwohl ich in diesem Zusammenhang bereits mehrfach versagt habe. Vielleicht finde ich unterwegs die eine oder andere Antwort. Weißt du von dem dritten Anschlag auf mich?«

»O ja. Und auch von den anderen.«

Dom erstarrte, ließ den Rucksack sinken, den er gerade voll Kleidungsstücke packte.

»Den anderen?« wiederholte er argwöhnisch.

Isaac summte. »Insgesamt sieben: das vergiftete Essen im Hospital, der Meteorit, der das Kraftwerk nur knapp verfehlte, zwei Angriffe auf den Gleiter, der Sie hierher brachte, ein weiteres Schwarzes Loch, das in der Klinik erschien, als Sie noch im Regtank lagen ...«

»Alle Attentate schlugen fehl ...«

»Durch glückliche Zufälle, Chef. Die vergifteten Speisen ... Nun, einer der Köche hat die Teller vertauscht und die für Sie bestimmte Mahlzeit gegessen. Der Meteorit ...«

»Der unbekannte Meuchelmörder verwendet seltsame Methoden«, stellte Dom fest. »Und er scheint nicht besonders tüchtig zu sein.« Er dachte einige Sekunden lang nach, schob dann auch das von Korodore stammende Memorialschwert in den Beutel. Als er sich umdrehte, sah er den rosafarbenen Datenwürfel, der Hrsh-Hgns Joker-Thesen enthielt. Er packte ihn ebenfalls ein.

»Eins steht fest: Hier bin ich nicht mehr meines Lebens sicher. Wir verschwinden, solange es noch dunkel ist.«

»Wenn Sie mit einem Schweber starten, werden Sie hübsch fein braten«, verkündete Isaac. »Samhedi hat die energetischen Schirmfelder aktiviert. Wir könnten natürlich versuchen, das Anwesen zu Fuß zu verlassen. Aber in dem Fall müßten Sie mir die ausdrückliche Anweisung erteilen, nötigenfalls Gewalt anzuwenden.«

»Das ist hiermit geschehen«, sagte Dom.

»Ich brauche den vollen Wortlaut. Wenn mich nachher die Bullen erwischen, spiele ich einfach die Aufzeichnung für sie ab. Ein Roboter darf nicht demontiert werden, nur weil er einen Befehl befolgt hat: Elftes Robotergesetz, Klausel C, Paragraph 15 Absatz 4, Untersektion Neun und ...«

»Schon gut.« Dom seufzte und holte tief Luft. »Bring mich fort von hier und wende dabei nicht mehr Gewalt an, als unbedingt erforderlich ist.«

Isaac trat zur Tür, rief den Sicherheitsbeamten herein, der im Flur Wache hielt — und schlug ihn nieder.

»Nicht übel«, lobte sich der Roboter. »Ich habe gerade genug Kraft eingesetzt, um ihn zu betäuben; der Schädel ist nicht gesplittert. Ich schlage vor, wir verdünnisieren uns jetzt, Boß.«

Das *Buruku* erhob sich am Stadtrand, dort wo sich das trockene Land dem Sumpf entgegenneigte. Es wirkte wie ein Pilzfeld, das sich unter einer grauen Kuppel erstreckte. Bei den einzelnen ›Pilzen‹ handelte es sich um Basthäuser, und manche der Bauten waren größer als menschliche Geoheime. Die Gräue darüber stammte von einem energieschwachen Kraftfeld: Es sorgte für einen angemessenen Feuchtigkeitsgehalt der Atmosphäre und verhinderte plötzliche Windstöße. Die Polarisierung des

Ergschilds filterte das Licht Achguckmals, und deshalb herrschte in der Enklave eine fast gespenstisch anmutende Düsternis. Die warme Luft roch nach Moder und Zerfall. Dom fürchtete, in seinen Lungen könnten Schimmelpilze gedeihen, wenn er zu tief durchatmete.

Zehntausend Phnoben bezeichneten diesen geisterhaften Ort als ihr Zuhause.

Im Zentrum der Kolonie verringerten sich die Abstände zwischen den einzelnen Schilfbauten. Sie drängten sich aneinander, ließen nur Platz für kleine Gassen und Verbindungsstege, für ein labyrinthartiges Gewirr aus dunklen Tunnels und Passagen. Einige abscheulich organisch wirkende Türme ragten neben langen Gemeinschaftshäusern auf. Die Zugänge der Geschäfte standen noch immer weit offen, obwohl es längst nach Mitternacht war; in den meisten Läden wurden halbherzig getrocknete Pilze, Fisch und Datenwürfel aus zweiter Hand angeboten. Aus einigen größeren Häusern, aufgedunsen wie gärende Kürbisse, hallten die unheimlichen Klänge der *Chlong*-Musik. Hunderte von Phnoben schlenderten durch die Straßen.

In einem rein menschlichen Ambiente erweckten einzelne Phnoben entweder Mitleid oder Ekel — ihre untertassengroßen Augen glotzten starr, und wenn sie sich bewegten, verursachten die breiten Füße ein irgendwie feucht und schleimig klingendes Klatschen auf dem Boden. In ihren Riedbauten erschienen sie wie Phantome, selbstbewußt und für Menschen erschreckend. Die meisten Alpha-Männer führten lange zweischneidige Dolche bei sich, und jeder Besucher mit verborgenen Neigungen zum Gestalthaß endete irgendwann mit dem Rücken an einer tröstlich festen Wand.

Einmal mußten sich Dom und Isaac in die Menge zwängen, als ein mit Korbwaren beladener Transporter vorbeifuhr. Der Laster stank: Sein Keramikmotor verbrannte Fischöl.

Überall zischte und fauchte es, wie das unablässige

Säuseln des Winds: die Akustik der phnobischen Sprache. Das *Buruku* gefiel Dom. Die Lebensweise der Phnoben unterschied sich völlig von der sorgsam gepflegten Schein-Armut einer wohlhabenden Sadhimisten-Familie.

Hrsh-Hgn saß in einer Gemeinschafts-*Jasca* und spielte Tstame. Er sah auf, als Dom und sein Roboter eintraten, bedeutete ihnen mit einem knappen Wink, keinen Laut von sich zu geben, ihn nicht in seiner Konzentration zu stören.

Dom nahm auf einer steinernen Bank Platz und wartete geduldig. Hrsh-Hgns Gegner, ein junger Alpha-Mann, musterte die beiden Neuankömmlinge mit einem gleichgültigen Blick, starrte dann wieder aufs Brett.

Den Tstame-Figuren mangelte es an Eleganz, und darüber hinaus zeichneten sich ihre Bewegungen durch fehlerhafte Koordination aus. Aber das war auch nicht anders zu erwarten: Immerhin handelte es sich um ein öffentliches Spielterminal. Sie stakten und wankten über die einzelnen Felder, ruderten herausfordernd mit Armen und Tentakeln.

Die Bauern von Rot hatten am Rande des Spielfeldes einen breiten Wehrgraben ausgehoben. Ihre weißen Kollegen begannen mit einer ähnlichen Taktik, stellten dann aber die Arbeit ein und versammelten sich vor einem roten Springer, der ihnen eine Strafpredigt hielt. Dom beobachtete, wie der rote Priester-Schamane seine Explosivlanze auf den Todesschalter des weißen Buchhalters herabsausen ließ. In dem sich daran anschließenden Durcheinander gelang es ihm, mehrere Bauern durch das Kreuzfeuer der Türme zu führen. Der König unternahm einen tapferen Fluchtversuch, wurde jedoch durch einen Hechtsprung des ersten Bauern zu Fall gebracht.

Hrsh-Hgns Gegner nahm den Steuerungshelm ab und brummte ein mürrisches Kompliment auf Phnobisch, bevor er davonhüpfte. Doms Lehrer drehte sich um.

»Bitte hilf mir, die Joker-Welt zu finden!« bat der junge Mann und erklärte seine Absichten.

Der Phnobe hörte höflich zu, und nach einer Weile sagte er: »Wie isst ess dir nur gelungen, ein Schwarzes Loch zu überleben, dass Korodore erledigte?«

»Ihm und Ig.«

»O nein, da irrsst du dich ...« Hrsh-Hgn beugte sich zur Seite, griff nach einem Bastgestell. Ig hockte in dem Käfig und knurrte.

»Ich hab ihn in den Büschen am Rande dess Rasens gefunden. Er war völlig durcheinander. Irgendwann muß er von deiner Schulter gesprungen ssein.«

»Und anschließend hast du dich um ihn gekümmert — das sieht dir gar nicht ähnlich.«

Hrsh-Hgn zuckte mit den Schultern. »Sollte ich ihn etwa im Stich lassen! Die Fischer wollten ihn nicht. Ssie fürchten sich vor Sumpf-Igss, behaupten in ihnen wohnten die Seelen toter Gefährten.«

Das Sumpfwesen ringelte sich um Doms Hals.

»Kommst du mit mir? Mit *uns,* meine ich.«

»Ja, ich glaube schon. Ich füge mich dem *Bater.*«

»Die Bedeutung dieses Ausdrucks ist mir noch immer unklar.«

»Er bezieht ssich auf die unausweichlichen Konsequenzen dessen, was ihr Menschen ›Schicksal‹ nennt. Wo willst du mit deiner Ssuche beginnen?« Hrsh-Hgn zögerte kurz und fügte hinzu: »Warum ssiehst du mich so überrascht an?«

»Eigentlich habe ich von dir einen Vortrag über meine Pflichten als Vorsitzender erwartet. Als mein Lehrer lag dir dieses Thema immer ganz besonders am Herzen, nicht wahr?«

Der Phnobe lächelte, schaltete seinen Steuerungshelm ein und wandte sich der Spielfläche zu. Die Tstame-Figuren erhoben sich, bezogen in zwei ordentlichen Reihen Aufstellung und marschierten eine breite Treppe hinab, die sich in einem der neutralen Felder bildete. Sie trugen dabei ihre vorübergehend kampfunfähigen Kameraden.

»Dieser Punkt hat derzeit keine vorrangige Bedeutung«, erwiderte Hrsh-Hgn geziert. »Alss bloßer Frosch«, — bei diesen Worten warf er Isaac einen scharfen Blick zu —, »schlage ich vor, daß du dem aufgezeigten Weg folgsst. Außerdem hast du mein berufliches Interesse geweckt — in diesem Zusammenhang möchte ich dich daran erinnern, daß ich nicht nur ein vielfach zitierter Joker-Gelehrter bin, ssondern auch Amateur-Wahrscheinlichkeitsmathematiker. Ssag mir, Dom: Läßt du dich auf diese Sache ein, weil dein diesbezügliches Handeln für die Zukunft vorausgesagt wurde — oder wurde es vorausgesagt, weil du jetzt beschließt, eine Prophezeiung zu erfüllen?«

Dom kratzte sich an der Schläfe. »Keine Ahnung. Ich weiß nur, wie wir Verkehrtherum verlassen können ...«

»Herr Vorsitzender!«

Verschiedene Eindrücke stürmten auf Dom ein. Von einem Augenblick zum andern wurde es in dem niedrigen Zimmer völlig still, als habe jemand einen Musikwürfel abgeschaltet. Es folgte eine Art lautes, bedrohliches Schweigen. Die über ihre Tstame-Terminals gebeugten Spieler rührten sich nicht, schienen sich jedoch zu versteifen. Ig wimmerte leise.

Samhedi stand in der Tür, begleitet von zwei einfachen Sicherheitsbeamten. Und sie waren bewaffnet. In einem Anflug redseliger Freundlichkeit hatte Korodore den jungen Dom einmal darauf hingewiesen, nur Tollkühne und komplette Narren ohne einen Funken Phantasie seien dumm genug, mit Projektilwaffen ausgerüstet ein *Buruku* aufzusuchen. Die Vorschriften der Phnoben gestatteten nur zweischneidige Messer, und bei seinen Abstechern zur phnobischen Kolonie von Tau City war der inzwischen verschiedene Sicherheitschef so klug gewesen, sich an seinen eigenen Rat zu halten und auf moderne Waffen zu verzichten.

»Wir sind gekommen, um Sie nach Hause zu begleiten, Herr Vorsitzender.«

Dom trat auf Samhedi zu. »Auf Terra Novae sind Sie die Nummer Zwei gewesen, nicht wahr?« fragte er mit ätzender Höflichkeit.

»In der Tat.«

»Nur Lebensmüde tragen Stunner in einem *Buruku.*«

Samhedi schluckte und musterte seine beiden Kollegen verstohlen. Dem Raum schienen Ohren zu wachsen.

»Ihr Vorgänger war weitaus taktvoller. Mit einem derartigen Verhalten könnten Sie einen Interspezies-Konflikt heraufbeschwören.« Dom winkte. »Ziehen Sie die Strahler aus den Holstern und lassen Sie sie zu Boden fallen.«

»Ich habe den ausdrücklichen Befehl, Sie nach Hause zu ...«, begann Samhedi.

»Von wem stammt die Anweisung? Von meiner Großmutter? Welches Recht will sie geltend machen? Ich verstoße gegen kein Gesetz. Aber Sie verletzen den phnobischen Brauch ...«

Das war entschieden zuviel für Samhedi — er knurrte wütend.

»Die blöden Traditionen der Frösche sind mir völlig schnurz«, sagte er so laut und deutlich, daß ihn alle hören konnten. Die Phnoben standen nacheinander auf; Tshuri-Messer blitzten im grauen Zwielicht.

Der Alpha-Mann, der mit Hrsh-Hgn Tstame gespielt hatte, sprang auf Samhedi zu und warf den Dolch. Die Klinge bohrte sich dicht vor dem Sicherheitschef in den Boden. Samhedi drehte den Kopf.

»Eine Herausforderung«, erklärte Dom.

»Soll mir recht sein.« Samhedi hob den Stunner, bis die Mündung direkt auf das Gesicht seines Gegenübers zeigte. Der Phnobe zwinkerte unbeeindruckt.

Samhedi drückte ab. Er hatte die Waffe auf eine nur geringe Energiestärke justiert: Sie reichte gerade aus, um zu betäuben. Die Gestalt vor ihm stürzte wie ein gefällter Baum.

»Das ist meine Antw ...«

Dom schien sich in Luft aufgelöst zu haben, und als sich Samhedi umsah, sauste ein zweites Messer heran. Der Sicherheitschef verlor sowohl den Strahler als auch zwei Finger der entsprechenden Hand. Er schnappte nach Luft, starrte entsetzt auf den Kreis aus leeren großäugigen Gesichtern ...

Isaac half Dom und Hrsh-Hgn durch ein kleines Fenster im rückwärtigen Bereich der *Jasca,* und hinter ihnen erklang plötzlich zorniges Geschrei. Sie hasteten über die Straße, wichen zwei Flachwagen aus, in dem Sicherheitsbeamte saßen.

»Verdammter Trottel«, stieß Dom hervor. »Oh, Chel, der Kerl muß völlig übergeschnappt sein!«

»Intelligenz isst die wesentliche Überlebenseigenschaft dess Menschen«, erklärte Hrsh-Hgn philosophisch. »Desshalb halte ich ess in evolutionärer Hinsicht für angebracht, daß diejenigen, denen diese Fähigkeit fehlt, natürlicher Auslese zum Opfer fallen.«

»Wohin jetzt, Chef?« fragte Isaac. »Hier wird's langsam mulmig. Ich schätze, in einigen Minuten geht's hier zu wie auf Groß-Imam bei der Entdeckung einer Untergrund-Bücherei, in der Rushdie-Faksimiles hergestellt werden.«

»Manchmal ließ mein Ururgroßvater bei seinen Geschäften nicht die nötige Ehrlichkeit walten. Auf dem Raumhafen steht eine Privatjacht. Sie ist jederzeit startklar, falls es hochrangige Angehörige des Sabalos-Clans für notwendig halten sollten, ganz plötzlich ... äh ...«

»Urlaub zu machen?« meinte Hrsh-Hgn.

KAPITEL 5

DAS UNIVERSUM WAR IN ZWEI HÄLFTEN GETEILT, und die Trennschicht bestand aus fünf Zentimeter dickem Monomolekularstahl. Auf der einen Seite erstreckte sich das Innere der Luxusjacht *Ein Sprung voraus:* Für einen Passagier stellte es allen nur erdenklichen Komfort zur Verfügung, doch für drei Personen (eine davon bestand aus Metall, und die andere roch nach Sumpfwasser) war es dort recht eng.

Auf der anderen Seite lauerte der Rest des Universums: nichts weiter als Leere mit einigen Spurenelementen, hauptsächlich Wasserstoff. Und natürlich die bewohnten Planeten der Menschen und Creapii.

Zum Beispiel Terra Novae, reich an Metallen, dynamisch, technikorientiert. Oder Drittes Auge: weite Wälder und Tundren und Mangrovensümpfe; Wind, der wie die Stimme eines Geistes in Baumwipfeln flüsterte; eine Welt, auf der die Menschen noch weitaus fremdartiger anmuteten als die Phnoben, sich mit Gedanken und Blicken verständigten. Oder Aubergine, auf der die Pflanzen einem Gebot der Notwendigkeit gehorchten und zu Raubtieren wurden. Auf Quaducquakucckuaqueckekecqac, der Droskenwelt, stocherten menschliche Besucher voller Unbehagen in schrecklich vertraut wirkendem Essen, dankbar dafür, daß sich die Drosken taktvollerweise darauf beschränkten, ihre Gäste hungrig anzustarren. Auf Laoth waren Menschen die einzige Lebensform — und doch gab es dort Vögel und Fische ...

Jeder Planet mit ausreichend hohen Temperaturen, um Wasser kochen zu lassen, diente der Subspezies der Creapii als Heimstatt. Sonnenhunde und ein Volk namens Hülse durchstreiften die vermeintliche Leere des Alls. Hinzu kam die Erste Sirianische Bank ...

»Sechzehn«, sagte Isaac.

»Das Universum, in dem wir leben, hat zweifellos Mißtrauen verdient«, bemerkte Hrsh-Hgn.

Ig schwebte vor einem Schott, erweckte den Eindruck, als habe er — es — sein ganzes Leben in Schwerelosigkeit zugebracht. In seinem kleinen Maul steckte ein zukkendes Wesen: Es erinnerte vage an eine Heuschrecke und besaß die hochkomplizierte Kopie eines Insektenhirns, doch mit seinem Gehör schien es nicht besonders gut bestellt zu sein.

Dom wandte sich von einem großen Bildschirm ab. »Es ist nicht zu fassen«, sagte er. »Der alte Korodore hat selbst dieses Schiff verwanzt. Haltet auch nach Fleckspionen Ausschau.«

Aus der Umlaufbahn betrachtet bot sich Verkehrtherum als eine große, graublau gestreifte Kugel mit faserigen Wolkentupfern dar. Der Terminator nagte an Tau City, und über der Stadt verdichtete sich Rauch.

Die Pilotenkabine bot nicht viel Platz und schien voller zustoßender Ellenbogen zu sein. Isaac kauerte im Kontrollsessel und sah auf.

»Ihre Großmutter hat gerade Kontakt mit uns aufgenommen, Chef. Möchten Sie mit ihr sprechen?«

»Klingt sie sehr wütend?«

»Nein, eher kühl.«

»Chel, das ist noch schlimmer.« Dom schaltete auf Empfang.

»Ich habe dir nur wenig zu sagen, Dom. Was ist mit deinen Pflichten auf diesem Planeten? Bedeutet dir dein Amt denn überhaupt nichts? Vielleicht kommst du ums Leben.«

Der junge Mann holte tief Luft. »Gefahr droht mir auch auf Verkehrtherum, wie die jüngsten Ereignisse beweisen. Hier oben weiß ich wenigstens, woran ich bin.«

»Was bist du doch für ein Narr! Es ist nur ein Vorwand dafür, eine Spritztour zu machen, eine verrückte Suche zu beginnen. Übrigens bricht hier unten gerade ein Gestaltkrieg aus. Dutzende von Wächtern und Sicherheitsbeamten wurden im *Buruku* niedergemetzelt. Die phnobische Kolonie in der Nähe von Tau City steht in Flammen ...«

»Als Samhedi und seine Leute dort auftauchten, trugen sie Stunner. Du weißt, daß solche Waffen gegen alle Gesetze der Phnoben verstoßen.«

Joan I. zögerte kurz, und Dom blickte wieder auf den Schirm. Die Rauchwolke über Tau City schwoll an, und im Westen der Stadt blitzte plötzlich etwas auf: Das Sonnenlicht hatte den Joker-Turm erreicht.

»Das war ... dumm«, sagte Joan langsam. »Trotzdem: Offizielle Vertreter des Direktoriums haben Anspruch auf Respekt. Ich erkläre den Notstand. Und ich schicke dir ein Schiff, das dich im Verlauf der nächsten Stunde abholen wird.«

Dom unterbrach die Verbindung und drehte sich zu Hrsh-Hgn um.

»Kannst du das Oberhaupt der *Burukus* erreichen? Ich galube, er nennt sich ›Diener der Säule‹ oder so ähnlich, stimmt's?«

»Du ahnsst gar nicht, wass du von mir verlangsst. Aber wie dem auch ssei ...«

Drei Minuten später zeigte die Schirmfläche das Abbild eines kleinen, eher zarten Phnoben, der einen silbernen Kragen trug. Eine Frau? In Hinsicht auf Geschlecht und Sexualität vertraten Phnoben einen eher zurückhaltenden Standpunkt.

»Ich spreche im Namen des Direktoriums«, begann Dom. »Auf welche Weise kann die Schande getilgt werden, die wir über euch brachten?«

Seine Erhabenheit, der Diener der Säule, zischte leise. »Der Boden des *Buruku* ist entweiht worden.«

Dom nickte, als er diese Worte vernahm. Der *Buruku*-Boden bestand aus eigens von Phnobis importierter Erde.

»Wir könnten ihn ersetzen«, schlug er vor.

Woran sich eine längere zähe Verhandlung anschloß.

Dom beendete das Gespräch, indem er seine Betroffenheit auf angemessene Weise zum Ausdruck brachte und hinzufügte: »Allein die Transportkosten betragen mehrere hunderttausend Standards.«

»Autorisieren Sie eine Überweisung vom Konto des Direktoriums?«

»Nein, das kommt nicht in Frage. Die Summe wird Ihnen aus dem Privatvermögen der Sabalos zur Verfügung gestellt.« Dom lehnte sich zurück, fühlte eine seltsame Erschöpfung.

»Es gibt da noch ein anderes Problem«, sagte Isaac. »Was ist unser Ziel? Und wie gelangen wir dorthin?«

»Hrsh?«

Der Phnobe rümpfte die Nase. »Die Erste Sirianische Bank wäre ein guter Anfang. Nach der Legende wurde sie von den Jokern erschaffen.«

»Oh«, machte Dom, »das wußte ich nicht. Außerdem ist sie meine Patin.«

»Nun, ess handelt sich nur um eine Legende. Die Wirklichkeit ssieht ganz anders aus. Die Bank ist drei Milliarden Jahre alt, soweit ssie weiß.«

Isaac pfiff leise. Das Fernradar zeigte ein Objekt, das sich zielstrebig der Jacht näherte.

»Ein Sonnenhund, auf der Suche nach einem guten Geschäft«, sagte Dom. »Unsere Fahrkarte zum Sirius.«

»Ohne mich!« schrillte Hrsh-Hgn. »Ich reise nicht mit einem ssolchen Wesen! Ich dachte, diesess Schiff verfüge über eine Interraum-Matrix!«

»Früher einmal«, sagte Isaac ruhig. »Wahrscheinlich hat sie zu Lebzeiten von Doms Ururgroßvater bestens funktioniert, aber inzwischen sind die Justierungen völlig durcheinander geraten. Würde es Ihnen gefallen, im Innern einer Sonne aus dem Transfer zu kommen? Denken Sie an den Verlust für die Literatur.«

»Na schön. Aber nur unter energischsstem Protesst.«

Zwanzig Minuten später verdunkelte ein Schatten die Sterne. Der Sonnenhund verharrte einige hundert Meter vor der Jacht, ein dickes rautenförmiges Etwas, das wie ein Leuchtfeuer flackerte, als es sich langsam drehte.

Isaac blickte in den Erfassungsfokus des Ergteleskops. »Er weist orangefarbene, purpurne und gelbe Markierungen auf, Boß. Und über dem Gelb spannt sich ein schwarzes Band.«

Dom seufzte erleichtert. Nicht alle Sonnenhunde waren freundlich oder intelligent genug, um zu begreifen, welche Konsequenzen sich anbahnten, wenn sie ein kleines Raumschiff umhüllten.

»Offenbar haben wir es mit dem Exemplar zu tun, das sich Abramelin-Lincoln-Strich-Enobarbous-Strich-50,3-Enobarbous-McMirmidom nennt«, sagte er. »Dieser Sonnenhund ist soweit in Ordnung. Unsere Transportabteilung läßt ihm den einen oder anderen Auftrag zukommen.«

Ein fremder Gedanke stahl sich in Doms Bewußtsein.

Hallo, Raumfahrer! Möchten Sie vielleicht reisen?

»Bring uns bitte zur Ersten Sirianischen Bank!«

Preis für die Passage: siebzehn Standards.

Die Jacht erzitterte kurz, als ihr der Sonnenhund einen energetischen Fortsatz entgegenstreckte, sie mit einem Pseudofeld umgab. Das riesige Halb-Tier drehte sich wie in Zeitlupe, wandte das Gesicht — wenn es überhaupt ein Gesicht besaß — dem aktinischen blauen Stern zu.

»Das ist würdelos«, klagte Hrsh-Hgn. »Von einem Sonnenhund wie Fracht getragen zu werden ...«

Fertig.

»Wäre es dir lieber, daß uns Großmutter in ihrer gegenwärtigen Stimmung erwischt?«

Hurtig.

»Frssh!«

»Erinnere dich an deinen philosophischen Gleichmut.«

Und los.

Eine unsichtbare Hand wischte Achguckmal vom

Himmel und schleuderte ihnen die Sonne entgegen. Sie stürzten hinein, fielen wieder heraus, rasten über ein Meer aus blauweißem Feuer, dessen Wellen sich an den Riffen des Alls brachen. Das Dröhnen und Donnern beschränkte sich im Innern des Pseudofelds auf ein dumpfes Grollen. Ein Horizont ohne Wölbung jagte auf sie zu.

Die Sterne hinter ihnen gerieten in die Rotverschiebung. Der Sonnenhund durcheilte die interstellare Finsternis und sang.

Stille kroch in die Pilotenkabine.

»Donnerwetter!« entfuhr es Dom.

»Urghss!«

Isaac starrte auf die Matrixkonsole und schaltete einige Lampen der Innenbeleuchtung aus. In der Dunkelheit sahen sie nur die Sterne in Flugrichtung, die nun einen bläulichen Glanz annahmen.

»Bereitet euch darauf vor, relativistisch Absurdes zu werden ...« summte Isaac.

Illusion.

Dom wußte von den Dingen, die man im Interraum sah. Die größeren Schiffe besaßen für gewöhnlich Schilde, die Berührungen zwischen dem Jetzt-Normalen und dem Dort-Unmöglichen verhinderten, und vielleicht gab es an Bord ein nicht abgeschirmtes Quartier für die unheilbar Neugierigen ...

Ein weißer Hirsch lief durch die Kabinenwand, die nun in einem orangeroten Schein erglühte. Zwischen dem Geweih trug er eine goldene Krone. Dom spürte die Furcht des Tiers, nahm seinen durchdringenden Geruch wahr, sah den Schweiß an den muskulösen Flanken. Doch die Hufe verschmolzen mit dem Boden, der mit dem Körper eine einheitliche, vibrierende und in ständiger Veränderung begriffene Masse zu bilden schien. Der Hirsch bäumte sich auf, sprang durch den Autokoch.

Dom beobachtete den Jäger auf seinem schwarzen Roß, das die Stahlwand der Kabine so mühelos durchdrang, als bestehe sie nur aus Dunst. Der Mann trug eine weiße Kombination, darüber einen roten Umhang mit silbernen Glöckchen. Das Gesicht unter dem blonden Haar, zerzaust von einem imaginären Wind, wirkte blaß und angespannt. Einige Sekunden lang starrte der Unbekannte Dom an, und dabei verwandelten sich seine Augen in zwei schimmernde Spiegel. Wie abwehrend hob er die Hand — und dann verschwanden Pferd und Reiter.

»Chel! Er sah fast echt aus!«

Isaac lächelte. »Wahrscheinlich ist er das auch — irgendwo.«

»Mhm. Es heißt, im Interraum schnitten sich alle Möglichkeitslinien. Ich hatte den Eindruck, der Jäger spürte unsere Gegenwart.«

»Er war nichts weiter als ein Phantom.«

Dom stand unsicher auf. Die Wände erweckten den Anschein, als bestünden sie nur aus zweitklassigem Mondlicht.

»Oh, das ist ein Trugbild, von dem ich schon gehört habe.«

Eine rote faustgroße Kugel driftete durch ein Panzerglasfenster herein. Dom sah fasziniert zu, wie sie durch den Autokoch trieb, dann durch einen dicken Kabelstrang und den schwebenden Ig, der sich unruhig im Schlaf bewegte. Die Erscheinung verschwand in Richtung Matrixcomputer.

Es handelte sich um das Interraum-Äquivalent einer Sonne, vermutlich BD+6793°. Eigentlich ging von solchen Objekten überhaupt keine Gefahr aus, aber nur wenige Leute liebten es zu beobachten, wie rote Riesen oder zischende weiße Zwerge durch den eigenen Körper glitten.

Dom vernahm ein leises Kratzen und drehte den Kopf. Hrsh-Hgn hatte sich unter dem Autokoch zusammengekauert, die Knie an die Brust gepreßt. Es dauerte fast eine Stunde, bis er sich dazu überreden ließ, sein Versteck zu verlassen. Schließlich gab der phnobische Gelehrte dem Drängen seiner Gefährten nach, kroch wieder hervor und blinzelte verlegen.

»Vielleicht ssind wir Phnoben nicht sso widerstandsfähig wie ihr...« begann er. »Der Interraum erschreckt unss. In ihm wohnt dass Ungewisse. Möglicherweise endet unssere Existenz einfach, ohne daß wir etwass merken.«

»Nun, du scheinst noch immer ganz der alte zu sein. Oder bist du etwa ein Gespenst?«

»Ich ... ich glaube nicht«, erwiderte Hrsh-Hgn nervös.

Isaac schloß die Wartungsklappe des Autokochs.

»Ein Modell 706, echte Qualitätsarbeit«, sagte er. »Allerdings fehlt eine ausgedruckte Speisekarte.«

Dom nickte. »Ich schätze, mein Ururgroßvater war mit seiner *Ein Sprung voraus* immer allein unterwegs. Wahrscheinlich hat er ein festes Menü einprogrammiert.«

»Mag sein. Vermutlich hatte er mehr als genug damit zu tun, seinen Gläubigern zu entkommen... Tut mir leid, Boß. Da bin ich wohl ein bißchen zu weit gegangen.«

»Schon gut. Ab und zu fand er Gefallen daran, Pirat zu spielen. Aber der Familiengeschichte zufolge ist er auch ein strenger Sadhimist gewesen, hielt Schlichtheit für eine Tugend. Ich fürchte, der Autokoch kann uns nicht mehr anbieten als nur Brot und Fisch.«

Solche Geräte verwendeten eine einfache Molekülaufbereitungstechnik, um als Wahrscheinlichkeits-Gleichungen gespeicherte Gerichte herzustellen. Das Exemplar an Bord der *Ein Sprung voraus* blubberte eine Zeitlang, nachdem es eingeschaltet worden war, summte einige Minuten lang fröhlich vor sich hin und zischte einige Male, bevor sich eine Klappe öffnete. Ein kleiner Tisch schob sich heraus. Kurz darauf glitt das Mahlzeitfach auf.

Dom und seine Begleiter starrten schweigend auf das Gebotene. Schließlich streckte der junge Mann zögernd die Hand aus und griff vorsichtig nach einer wie kristallisiert wirkenden Frucht.

Hrsh-Hgn räusperte sich. »Der sseltsame Vogel mit dem Honigüberzug erscheint mir vertraut. Eine kandierte Ganss, glaube ich. Und die Kleckse darauf: Ssahne, nehme ich an.«

Dom hob den Deckel einer silbernen Schüssel.

»Gebackene Krabben — aber seltsamerweise schmekken sie nach Eiern.«

Isaac griff nach einem Kelch aus Kristallglas, leerte ihn in einem Zug.

»Echter schottischer Whisky, hausgebrannt«, sagte er. »Das Zeug hat's in sich. Zwei Gläser davon, und man hebt auf einer Flammensäule ab.«

Dom und Hrsh-Hgn musterten ihn verwirrt; Isaac zuckte nur mit den Schultern.

»Habt ihr noch nie einen trinkenden Roboter gesehen?« fragte er.

»Wir dachten nur ...« begann Dom und brach verlegen ab.

»Wass wird auss der Flüssigkeit?« erkundigte sich der Phnobe neugierig.

»Wir neuen Modelle der Klasse Fünf können Energie aus dem Kaloriengehalt organischer Substanzen gewinnen.« Isaac machte Anstalten, seine stählerne Brust zu öffnen. »Wenn Sie möchten, zeige ich Ihnen, wie ...«

»Schon gut, schon gut«, sagte Dom hastig und richtete den Blick wieder auf den Tisch. »Habe ich vorhin die Tugend der Schlichtheit erwähnt? Vielleicht ist es gegen das sadhimistische Gesetz, solche Speisen zu genießen.«

»›Vergeude nichts‹«, zitierte Hrsh-Hgn. »Manchmal empfinde ich die Pflicht, das Eine Gebot zu achten, als ein regelrechtes Vergnügen.«

Zehn Minuten später sagte Dom: »Hrsh-Hgn, diese komische schwarze Marmelade schmeckt nach Fisch.«

»Man nennt sie Kaviar.«

»Kaviar? Seltsame Sache: Auf Verkehrtherum dürfen nur arme Leute so etwas essen. Ich nehme an, man gewöhnt sich schließlich daran.«

Zwanzig Minuten später verdaute der Autokoch die Reste der Mahlzeit. Ig schwebte in Richtung Matrixraum, kaute dabei auf einem Fischkopf. Ein kleiner ausgebrannter Stern rotierte müde durch die Kabine und verschwand wieder. Dom sah ihm nach.

»Wenn die Erste Sirianische Bank als führende Joker-Expertin gilt, wenn sie wirklich so alt ist, wie du vorhin behauptet hast ... Dann hätte sie doch eigentlich längst die Heimatwelt der Joker entdecken müssen.«

Hrsh-Hgn zischte leise. »Glaubst du etwa, sie könne einfach so die Galaxis durchstreifen? Hast du die Roche-Beschränkungen vergessen? Eine so große Masse wie die Bank brächte vermutlich jedes durchschnittliche Sonnensystem aus dem gravitationellen Gleichgewicht. Was eine Entdeckung mit Hilfe von elaborierten Daten-Korrelationen betrifft: Nun, vielleicht hat sie die Joker-Welt tatsächlich gefunden. Aber warum sollte sie uns etwas verraten? Im Vergleich zur Bank sind unsere Zivilisationen gerade aus der Wiege gekrochen und noch völlig unreif.«

»Wir würden für ihre Informationen gut bezahlen«, wandte Dom ein.

»Wir? *Wir?* Meinst du Phnoben oder Menschen?« Hrsh-Hgn schüttelte den Kopf. »Gehen wir einmal davon aus, irgendeine Spezies findet die Joker-Welt und gewinnt dadurch ungeheure Vorteile, auch ökonomischer Natur. Aus welchem Grund sollte der Bank daran gelegen sein?«

Dom runzelte die Stirn. »Finanzielle Dinge fallen in ihren Zuständigkeitsbereich. Sie stellt ihre Dienstleistungen in Rechnung.«

»Weil es ihr so gefällt. Sie muß sich einfach irgendwie beschäftigen, um die Langeweile zu vertreiben. Drei Milliarden Jahre sind kein Pappenstiel. Hinzu kommt: Sie mag es, Leute um sich zu haben.«

»Du meinst, die Bank möchte gar nicht, daß jemand die Joker-Welt entdeckt — weil sie dadurch ihren Status als finanziell-ökonomisches Zentrum der bewohnten Galaxis verlieren könnte?«

»Vielleicht. Es sind nur Mutmaßungen.«

Und dann begann Hrsh-Hgn, von der Heimatwelt der legendären Joker zu erzählen.

Drei Völker gingen aufrecht wie Menschen, darunter auch der Homo sapiens. Phnoben waren größer als Menschen, dafür aber leichter und zarter gebaut. Die kleineren Drosken hingegen zeichneten sich durch ein eher würfelförmiges Erscheinungsbild aus, wirkten wie Schimpansen, die aus einem Hochschwerkraft-Ambiente stammten und sich von einer Steroid-Diät ernährten.

Bei den Phnoben gab es drei Geschlechter, und sie besaßen ein rudimentäres Sekundärhirn. Sie entwickelten sich auf einer Welt mit nur geringen und schwer zugänglichen Metallvorkommen. In intellektueller Hinsicht konnte es kaum jemand mit ihnen aufnehmen — eine Welt, auf der sich die höheren Lebensformen einem trisexuellen System anpassen mußten, brauchte eine Rasse, die sowohl Verstand besaß als auch ein gehöriges Maß an Phantasie.

Die Drosken teilten sich schließlich in zwei Geschlechter — die strengen Umweltbedingungen in ihrer Heimat ließen keinen Platz für Spielereien. Nach dem ersten Lebensdrittel entwickelten sich die jungen Männer zu reifen, ausgesprochen willensstarken Frauen. Die Komplexität des Gesellschaftssystems wurde noch von der Kompliziertheit der Religion übertroffen: Die gewagte religiöse Architektur basierte auf einem Fundament, in dem der Doppelstern und drei große Monde des heimatlichen Sonnensystems eine zentrale Rolle spielten. Die kannibalische Natur der Drosken entsprach ihrer Religion. Es fiel ihnen schwer, sich größere Zahlen als Sieben vorzustellen. In mehr oder weniger regelmäßigen Abständen entwickelten sie eine auf Technik basierende Zivilisation, doch aus unerfindlichen Gründen faßten sie nach einiger Zeit den Beschluß, alle Maschinen zu demontieren und zur Barbarei zurückzukehren.

Verglichen mit den anderen zweiundfünfzig bekannten Spezies galten Drosken, Phnoben und Menschen als Brüder. Einige Völker — zum Beispiel die Löffler, die auf kleinen Eiswelten lebten — sahen praktisch überhaupt keine Unterschiede zwischen ihnen. Viele andere konnten sich kaum dazu durchringen, sie als Leben zu erachten, wie etwa die Tarquine, die sich in den oberen Schichten von Protosternen tummelten.

Mehrere Rassen offenbarten eine umfassendere Vorstellung von Leben. Die Creapii wohnten auf heißen Welten, in den unteren Bereichen von Gasriesen oder auch auf den Oberflächen recht kühler Sonnen. Dennoch fiel es ihnen nicht weiter schwer, mit Menschen über Philosophie zu diskutieren und in der Gesellschaft von Tarquinen das Unübersetzbare zu erörtern. Erwähnt werden sollten auch die Sonnenhunde — pures Leben an sich, das seine Vorstellungen vom Universum aus den Gedankensphären der Transportkunden bezog. Die Erste Sirianische Bank stellte eine besondere Kategorie dar. Einige Spezies — unter ihnen Hülse — blieben selbst Löfflern und Tarquinen fremd.

Aber ein Punkt verband alle Völker: Sie waren weniger als fünf Millionen Jahre alt und hatten sich in einem kugelförmigen Raumsektor entwickelt, der knapp zweihundert Lichtjahre durchmaß und in dessen Zentrum sich Wolf 429 befand. Die Creapii fanden das als erste heraus und begannen sofort damit, den einen Planeten im Wolf-System zu erforschen.

Sie entdeckten einen Joker-Turm, eine monomolekulare Säule, an der gefrorenes Methan eine dünne Eisschicht bildete. Dunkel und allein ragte sie unter dem luftlosen Himmel auf. Später wurde dieses Bauwerk als ›Mittelpunkt des Universums‹ bekannt.

Die Creapii unternahmen weiterhin viele Reisen. Sie stießen auf zahlreiche Türme und auch andere Joker-Artefakte, zum Beispiel die Ringsterne, Band und die Inneren Planeten von Protostern V. Durch Zufall entdeckten sie die Erde, verkauften für Siedlungsrechte auf Merkur einen funktionstüchtigen Matrixmotor. Die Creapii sahen sich mit einem galaktischen Rätsel konfrontiert und gelangten rasch zu dem Schluß, daß sie zusätzliche Erkenntnisse benötigten.

Siebzig Standardjahre später schaffte es eine aus Phnoben und Menschen bestehende Wissenschaftlergruppe, Curiform C zu entschlüsseln, die einzige transkribierbare Schriftsprache der Joker. Die anderen vier Kommunikationscodes der Fremden erwiesen sich als unübersetzbar. Die Texte enthielten Hinweise auf eine große ›Zivilisation‹ — obgleich diese Bezeichnung nicht ganz den Kern der Sache traf — und vermutlich das erste Gedicht im Universum.

Geologische Indizien deuteten darauf hin, daß alle Türme zwischen acht und fünf Millionen Jahre alt waren. Sie verteilten sich mehr oder weniger regelmäßig über die Lichtjahre, absorbierten alle Arten von Energien und strahlten keine ab.

Aufgrund der ausgetrockneten Aluminium-Polykieselsäure-Reste auf ihrer Heimatwelt im Orbit von 70 Ophiuchis A wußten die Creapii, daß sie sich vor etwa vier Millionen Jahren aus den ersten zu denken beginnenden Salamandern entwickelt hatten. Sie kannten keine ältere Spezies.

Sie waren langlebig. Sie flogen durch den ›Tentakel‹ — in der Creapii-Mythologie galt die Galaxis als ein Riesen-Creap mit glitzerndem Sternenpanzer —, bis hin zu den Sternen am Rand. Sie erkundeten auch die zentralen Regionen, die Plasmafeuer im Mittelpunkt der Milchstraße. Leere öde Welten drehten sich dort um dicht an dicht brodelnden Sonnen. Hier und dort formten erste organische Moleküle gestaltlose Zellverbindungen, doch im allgemeinen bestand das Leben nur aus diffusen chemischen Veränderungen. Nur in der zweihundert Lichtjahre durchmessenden Sternenkugel im peripheren Bereich dehnten sich Bewußtseinssphären.

Ein ungeduldiges Volk hätte sicher voreilige Schlüsse gezogen, vielleicht im Verlauf von zwei- oder dreihundert Jahren. Aber die Creapii-Hirne — jedes Individuum besaß gleich drei — machten es sich zur Angewohnheit, alle Fakten sorgfältig gegeneinander abzuwägen ...

»Und zu welchen Folgerungen gelangten sie schließlich?« fragte Dom.

»Nun, die Creapii ssind mächtig und ebensso langsam wie gründlich. Ssie werten ihre Informationen nach wie vor aus, ssuchen noch immer nach dem Ssinn dess Lebens. Warum ssollten sie ssich beeilen?«

»Chel! Es gibt eine Theorie, die besagt, die Joker seien als Lebenssäer von Stern zu Stern gezogen und nach vollbrachtem Werk, äh, weitergezogen. Das stimmt doch, oder?«

Hrsh-Hgn nickte langsam. »Zumindest ist dass die Hypothese, die dass Joker-Institut zur Grundlage sseiner Arbeit machte.«

Dom biß sich auf die Lippe und setzte zu einer Erwiderung an. Der Phnobe hob die Hand.

»Du willsst mich jetzt ssicher nach dem Grund fragen. Denk daran, Junge: Von allen zweiundfünfzig Rassen, die auf Welten der Lebenssonnen leben, kannsst du, ein Erdenmensch ...«

»Ich stamme von Verkehrtherum!«

»Nun, da hasst du völlig recht — aber deine Vorfahren kamen von der Erde. Wie dem auch ssei: Du kannst die Gedankengänge von höchstens drei oder vier Spezies verstehen. Aus welchem Grund also sollten wir hoffen, die Joker zu begreifen?«

»Aber das Institut hat Curiform C entschlüsselt, eine der Joker-Sprachen.«

»Schriftzeichen sind nur ein Instrument, um Daten zu übermitteln. Ist der Code einmal bekannt, stellt eine Transkription überhaupt kein Problem mehr dar.«

»Wie wurde er geknackt?«

»Mit Hilfe eines Dichters, der einen übergeschnappten Computer benutzte.«

Hrsh-Hgn griff nach dem rosafarbenen Datenwürfel, den er Dom geschenkt hatte, berührte die Indexfläche und justierte ihn auf Projektion. Die Worte des Joker-Testaments leuchteten.

> Ihr, die ihr vor uns steht:
> Wir haben die Sterne in unseren hohlen Händen gehalten, und die Sonnen brennen. Geht vorsichtig damit um. Wir haben uns auf unsere neue Welt zurückgezogen, um dort zu warten. Es gibt nur eine, voller Wonne — sie befindet sich auf der dunklen Seite der Sonne.

»Ziemlich hochtrabend«, sagte Isaac. »Das ›Wonne‹ ist bestimmt nur hinzugefügt worden, um einen Reim zu ermöglichen.«

»Nun, ich muß zugeben, daß es auf Phnobisch wesentlich besser klingt«, sagte Hrsh-Hgn. »Ihr könnt euch sicher vorstellen, was nach der Veröffentlichung dieser Übersetzung geschah: Einige Hitzköpfe sahen die Chance ihres Lebens und begannen sofort mit der Suche. Sie nahmen sich alle halbwegs in Frage kommenden Himmelskörper vor, beschränkten sich dabei nicht nur auf das Innere der Lebenskugel.«

»Endlich kommen wir zur Sache«, warf Isaac mit elektronischer Genugtuung ein. »Man muß natürlich auch Sonnen berücksichtigen, ebenso wie den interstellaren Leerraum. Obgleich ich es für wahrscheinlicher halte, daß die Joker von einem Planeten stammen.«

»Man vertritt ganz allgemein die Ansicht, die Joker-Welt sei mit Wundern übersät, die jeder Beschreibung spotten«, sagte Hrsh-Hgn.

»Die Vorstellung, daß sie irgendwo zwischen den Sternen warten, gefällt mir ganz gut«, meinte Dom. »Vielleicht hat ihr Heimatplanet überhaupt keine Sonne.«

»Das wäre durchaus denkbar«, erwiderte der Phnobe höflich.

»Ist eine solche Möglichkeit bereits in Erwägung gezogen worden?«

»Man erörtert sie etwa alle fünf Jahre.«

»Und wenn der Planet unsichtbar ist?« fragte Isaac. Dom lachte.

»Vielleicht.« Hrsh-Hgn schürzte die Froschlippen. »Hast du schon von sogenannten Geistersternen gehört, Dom?«

»Mhm. So dicht, daß nicht einmal Gravitation über den Ereignishorizont gelangt.«

Isaac räusperte sich. »Nun, es ist nur eine Idee, die ich euch anbieten möchte, ein kleiner intellektueller Leckerbissen, wenn auch nicht leicht verdaulich: Man könnte ein ganzes Sonnensystem mit Matrixmotoren ausstatten und es in den Interraum steuern.«

Dom kicherte erneut, verstummte aber, als er Hrsh-Hgns ernstem Blick begegnete.

»Das ist die Legende der ›Verlorenen Sonne‹«, sagte der Phnobe. »Eine recht ausgefallene Creapii-Geschichte. Ja, so etwas ließe sich tatsächlich bewerkstelligen. Angesichts unseres derzeitigen technischen Entwicklungsstands würde so etwas ungefähr fünfzig Standardjahre dauern. Es wäre nicht einmal besonders viel katalytische Energie erforderlich. Doch die praktische Anwendung der Matrixgleichung spricht dagegen.« Als er Doms Verwirrung bemerkte, fügte er hinzu: »Weißt du, es genügt vergleichsweise wenig Kraft, um selbst eine große Masse in den Interraum zu befördern und anschließend einen Retransfer einzuleiten.«

Hrsh-Hgn setzte seinen Vortrag fort und erklärte mit einem Übermaß an wissenschaftlich-technischen Ausdrücken, daß es in erster Linie auf den Kontrollcomputer ankam. Rein theoretisch befand sich ein Körper im Interraum gleichzeitig überall, und das bedeutete: Wenn er ohne koordinative Vorbereitung ins Normaluniversum zurückfiel, bestand eine ziemlich hohe Wahrscheinlichkeit dafür, daß er mitten in der nächsten Sonne rematerialisierte. Aus diesem Grund konnte man nicht auf einen Navigations-Matrixcomputer verzichen. Darüber hinaus mußte er groß sein: ›Überall‹ war naturgemäß eine nur schwer zu bestimmende Quantität. Je massereicher der Körper, desto größer die potentielle Fehlerquote — was wiederum mehr Datenkorrelations-Kapazität erforderte.

»Der unss tragende Sonnenhund hat einen winzigen Teil sseiner Bioenergie verloren, um in den Interraum zu wechseln. Der Verlust läßt sich nur in wenigen Mikroamperes messen und isst für ihn nicht weiter wichtig. Vier Fünftel seines Körpers bestehen auss einem Rautenhirn, das eine ssichere Ortsbestimmung in bezug auf unsser Faktum-Universum vornimmt. Glücklicherweise bleibt gerade noch genug Platz, um die zusätzliche Masse einess mittleren Raumschiffss zu transportieren.

Um einen Stern von mittlerer Größe durch den Interraum zu ssteuern, wäre ein Computer mit der hundertfachen Masse notwendig.«

»Und wenn es nur um einen Planeten ginge?« fragte Dom.

»Nun, ess ssind bereits entsprechende Berechnungen durchgeführt worden. In Frage kämen kleine und dichte Welten wie etwa Phnobiss und Verkehrtherum. Ssie ließen sich transferieren — wenn man ssie vorher aushöhlt und mit Matrixcomputern füllt. Doch dass alles ssind nur ssinnlose Spekulationen. Ich perssönlich glaube, daß die Joker ...«

Illusion.

Ig wimmerte. Dom schlug die Augen auf und zwinkerte. Er war in Schweiß gebadet, und der eine Arm schmerzte.

Hrsh-Hgn befand sich auf der anderen Seite der Kabine, stöhnte leise und rutschte gerade am Ausrüstungsspind herab.

»Isaac?«

Der Roboter ließ eine der Haltestangen los, die an den Wänden entlangführten.

»Ein ziemlich rauher Übergang, was?« meinte er.

»Ich habe das Gefühl, als sei ich eben mit einem ganzen Planeten kollidiert«, brummte Dom. »Oder einem großen Asteroiden. Was ist geschehen?«

»Wir befinden uns wieder im Normalraum. Der Sonnenhund hat einen recht überstürzten Retransfer eingeleitet.«

Dom versuchte, nicht auf seinen Magen zu achten, in dem sich irgend etwas zusammenkrampfte. Dicht hinter der Stirn dröhnte lauter Trommelschlag.

Hrsh-Hgn kam wieder zu sich und ächzte. »Frghsss!« fluchte er.

»Sonnenhund?« fragte Dom und starrte ins Leere.

Entschuldigung. Unterbrochen Reise aufgrund von Umständen, die sich Kontrolle meiniger entziehen. Anomalie im Interraum-Matrixgefüge. Müssen ihr im Faktutm-Universum ausweichen.

Isaac klebte am Fernradar.

»Das Objekt ist noch immer einige Millionen Kilometer entfernt — es muß einen ungeheuren Interraum-Schatten werfen. Wir nähern uns langsam. Das Etwas hat Kegelform, und ... Himmel, seht euch das an!«

Sie starrten auf den Bildschirm. Die Maximalvergrößerung zeigte eine Pyramide, die mit träger Gemächlichkeit durchs All rotierte. Sternenlicht spiegelte sich auf den blanken Außenflächen. Dom erkannte das Objekt auf den ersten Blick als Joker-Turm.

Er schwebte zum Pilotensessel und bat den Sonnenhund, sie näher heranzubringen. Innerhalb weniger Sekunden reduzierte sich die Distanz auf einige Kilometer. Die Bewegung der Jacht paßte sich dem Taumeln des Turms an, und dadurch erweckte er den Eindruck, völlig stationär im Raum zu hängen. Die Sterne dahinter, bunte Punkte auf schwarzem Samt, tanzten stumm und ohne erkennbare Choreographie ...

»Das Joker-Institut zahlt eine Million Standards für detaillierte Informationen über neue Türme«, sagte Dom. »Ich schlage vor, wir holen ihn uns.«

»Wollen Sie ihn etwa ins Schlepptau nehmen?« fragte Isaac. »Das können Sie sich abschminken. Für den Transport einer solchen Masse brauchen wir mindestens zwanzig Sonnenhunde.«

Bestätigung.

»Nun, wir können den Kurs des Turms berechnen. Für solche Angaben gibt's eine geringere Prämie. Wir teilen sie durch drei ...«

Vier.

»Na schön, durch vier ...«

Dom schnappte nach Luft. Irgend etwas zwängte ihm das Hirn in einen Schraubstock, drückte unbarmherzig zu.

Er spürte das Schiff, nahm die zykloidische atomare Struktur der Hülle wahr. Die kleine Deuteriumbatterie im Matrixcomputer leuchtete wie eins der Irrlichter, das nach den Beschwörungen beim Ritual der Geknickten Löffel übriggeblieben war. Isaac bot sich ihm als eine Entität dar, die nur aus funkelndem Glanz zu bestehen schien, aus einem grellen Gleißen, das über Drahtspulen zuckte. Ein seltsamer übelkeiterregender Geruch ging von ihm aus, erinnerte Dom an metallischen Wasserstoff. Das Sonnenhundhirn pulsierte in düsterem Purpur; vage Flecken deuteten auf kurzlebige Gedankenfetzen hin.

Und außerhalb der Jacht, jenseits des Joker-Turms, ertastete Doms Denken ein anderes Schiff. Es wartete auf ihn. Jemand hatte gewußt, daß seine Reise durch diese stellare Region führte. Erneut esperte er metallischen Wasserstoff, fühlte einen Robotergeist.

Vorsichtig schickte er einen Ausläufer seiner Ichsphäre, sandte ihn einer Sonde gleich in die Selbsteinheit des

Sonnenhunds. Irgend etwas erbebte, als eine neuerliche Polarisierung des Pseudofelds erfolgte: Der Turm schrumpfte blitzartig, raste fort, verschwand schließlich ganz in der Raum-Zeit-Statik, als sich der Sonnenhund zufrieden in den Interraum sang.

Ein anderer, fremder Faktor zog sich sanft aus Doms Bewußtseinskosmos zurück. Ihm blieb gerade noch Zeit genug für ein vages Gefühl des Verlustes, das Bedauern, die Wahrnehmung wieder nur auf fünf Sinne beschränken zu müssen ...

Dann traf ihn die Druckwelle der Reaktion.

Dom fiel nicht, denn es gab kein ›unten‹. Aber er schwebte in einem Kokon profunder Verwirrung, lauschte den wirren Protesten des Sonnenhunds. Hrsh-Hgn und Isaac starrten ihn groß an. Der Phnobe streckte behutsam eine knochige Hand aus, zog den jungen Mann auf die Koje herab.

»Ich habe alles gesehen«, murmelte Dom. »Irgend etwas drang in mich ein, beobachtete mit *meinen* Augen. Wißt ihr, am Turm wartete ein Attentäter ...«

»Natürlich«, erwiderte Hrsh-Hgn in einem tröstenden Tonfall. »Völlig klar.«

»Glaubt ihr mir nicht?«

»O doch, ssicher.«

»Er hatte einen Molekularstripper!« entfuhr es Dom.

»Jemand hat den Sonnenhund veranlaßt, sich von einem Augenblick zum anderen aus dem Staub zu machen«, stellte Isaac fest. »Du?«

Dom nickte heftig. »Ich — ich glaube schon«, stieß er hervor. Und, etwas ruhiger: »Wie ich eben schon sagte: Ich konnte alles deutlich sehen. Chel, ist es möglich, verschiedene Wahrscheinlichkeiten zu betrachten? Der Stripper verwandelte uns alle in Staub — doch das geschah in einem anderen Universum. In diesem hier gelang uns die Flucht. Oh, ich kann es nicht beschreiben — es gibt nicht die richtigen Worte dafür!«

KAPITEL 6

»Wir haben uns sehr gründlich mit diesem Fall befaßt. An den geophysikalischen Berichten, die man uns vorlegte, gibt es überhaupt nichts auszusetzen. Wir stellen fest: Die als Erste Sirianische Bank bekannte Welt ist ein rund zwölftausend Kilometer durchmessender Planet, dessen Kruste fast ausschließlich aus kristallinem Silicium und einigen Spurenelementen besteht. Darüber hinaus wies uns Dr. Al Putachique von der Erde freundlicherweise darauf hin, daß sich im Laufe von Jahrmilliarden aufgrund wiederholter Erdbeben in jener Kruste Millionen und Abermillionen von Transistorschaltungen gebildet haben — ein natürlicher Vorgang, durch den der größte Computer in der Galaxis entstand. Wir sind uns auch darüber klar, daß die Bank seit vielen Jahren als Verrechnungshaus und allgemeines Informationsarchiv für Menschen und fastmenschliche Völker fungierte, außerdem auch noch offizielle Schatzmeisterin der Sternenhandelskammer ist.

Die Antragstellerin ersucht um den rechtlichen Status als Menschen. Sie möchte als lebendes Wesen anerkannt werden. Aber *lebt* die Bank? Die üblichen Definitionen sprechen dagegen — das behaupten jedenfalls unsere Berater.

Doch wir vertreten einen anderen Standpunkt. Aufgrund der Roche-Grenzen konnte die Bank heute leider nicht persönlich zugegen sein, aber diese Kammer hat ein langes Gespräch mit ihr geführt. Gegen Ende der Unterredung leistete auch mein geschätzter Kollege von der Erde einen — recht humorvollen — Diskussionsbeitrag. Er hielt es für unfair, daß wir zwar jedes noch so schlichte Virus als Lebewesen anerkennen, während wir der Bank diese Einstufung vorenthalten.

Es widerspricht nicht den geltenden Vorschriften, einer ganzen Welt den Status eines lebenden Wesens oder gar Menschen zu gewähren. So etwas mag ein wenig ungewöhnlich sein und aus dem Rahmen fallen, aber wir treffen trotzdem folgende Entscheidung: Die Erste Sirianische Bank wird von uns nicht nur für lebendig erachtet; sie besitzt auch einen genügend ausgeprägten geistig-philosophischen Horizont, um als Mensch bezeichnet zu werden. Möge ihre Umlaufbahn immer stabil bleiben.«

Seine Glühheit CrAAgh 456°, Vermittler in der Sternenkammer, 2104. (Siehe auch: *Eine juristische Definition* von Seiner Glühheit 456°.)

Dom huschte in eine Nische und zögerte für einige Sekunden, bevor er durch die transparente Kristallscheibe der Tür spähte. In der zentralen Halle hielten sich zwei- oder dreitausend Personen auf, aber niemand hatte ihn bemerkt.

Vor ihm ragte eine glitzernde schwarze Wand in die Höhe, an der zahllose rote Lichter glühten. Sie umgaben eine ganz gewöhnliche Kupferscheibe, die nun leise summte und sagte: »Bitte nennen Sie Ihr Anliegen!«

Dom entspannte sich.

»Bist du die Bank?« fragte er.

»Nein, Sir. Ich bin nur ein Kundenberater, ein vergleichsweise einfaches servomechanisches Subgerät.«

»Oh, na gut«, erwiderte Dom. »Überweis bitte siebzehn Standards auf das Spezieskonto der Sonnenhunde.« Unsichtbare elektronische Augen prüften taktvoll Netzhautmuster, Stimmstruktur, DNS-Helix und auch das Gebiß.

»Transaktion abgeschlossen.«

»Außerdem möchte ich das Joker-Institut darüber informieren, daß ich ein Joker-Artefakt gefunden habe. Beschreibung und Position kannst du dem Infofaks entnehmen.«

Dom schob die kleine Karte — eine Kopie der entsprechenden Logbucheintragungen — in den Datenscanner unter der kupfernen Scheibe.

»Die Prämie wird nach einer Bestätigung Ihrer Angaben ausgezahlt.«

Dom fragte sich, ob auch der Attentäter beim Turm die Entdeckung gemeldet hatte. Er *wußte,* daß er seiner Wahrnehmung vertrauen konnte: Der Assassine existierte. Irgendwo in der Totalität gab es ein Universum, in dem Dom Sabalos bereits tot war — nein, nicht einen solchen Kosmos, sondern unendlich viele. Die W-Mathematik postulierte, daß für jede Wahrscheinlichkeit, selbst die unvorstellbaren, mindestens ein Universum existierte.

»Geschäfte abgeschlossen?« fragte die Kupferscheibe.

Dom runzelte die Stirn. Die Erste Sirianische Bank war zwar seine Patin, aber er besuchte sie nun zum erstenmal. Bei passenden Gelegenheiten schickte sie ihm Grüße, wie etwa zu seinen achtundzwanzig Untergeburtstagen, und manchmal offerierte sie ihm auch kleine interessante Geschenke, zum Beispiel die Gravsandalen. Dieses Verhalten deutete auf eine aufmerksame Persönlichkeit hin. Die Grußkarten verrieten nur eins: Offenbar bevorzugte die Bank stilisiertes Hochgrad-Creapii, eine Schriftart, die sich bei multidextralen Amateur-Kalligraphen großer Beliebtheit erfreute. Das derzeitige Problem bestand in erster Linie darin, einen Kontakt herzustellen.

»Ich bin Dom Sabalos, der Patensohn der Bank. Ich würde sie gern sehen.«

»Sie brauchen sich nur umzublicken, Sir.« Die Maschine meinte es wortwörtlich — offenbar fehlte ihr ein Prozessor-Interpreter für bildhafte Ausdrücke.

»Ich meine, daß ich ihr persönlich begegnen, mit dem, äh, Sitz ihres Bewußtseins sprechen möchte.«

Kurze Stille folgte. Schließlich antwortete die Scheibe: »Nun gut, Sir. Ich werde mich bemühen, Ihren Wünschen zu genügen.«

Dom verließ die Nische. Hrsh-Hgn kauerte argwöhnisch hinter einer glitzernden Germanium-Säule, die fast einen Kilometer weit in die Höhe ragte. Es kam jetzt darauf an, neue Kleidung aufzutreiben und dann eine ordentliche Mahlzeit einzunehmen — die wiederaufbereiteten Moleküle des Autokochs hatten nach einiger Zeit etwas seltsam Unbefriedigendes an sich. Dom eilte an einigen mittelgradigen Creapii vorbei und rief ein Taxi.

Die Haupthöhle der Ersten Sirianischen Bank war so groß, daß ein ausgeklügeltes Klimakontrollsystem nötig wurde, um die Bildung von Gewitterwolken zu verhindern. Das Taxi hob ab, ließ den Boden und seine fast hektische Betriebsamkeit unter sich zurück, sauste an einigen funkelnden Säulen vorbei, die an ihrer Basis die üblichen Kommunikationsnischen aufwiesen. Überall glühten rote Verbindungspunkte. Gelegentlich krochen die Funkenschlangen statischer Elektrizität über die gewaltigen Dorne aus Germanium, entluden sich knisternd und hinterließen einen penetranten Ozon-Gestank. Millionen Stimmen summten in der trockenen heißen Luft, ein beständiges Gebrumm, das man nicht direkt hörte, eher fühlte: Geld, das über Lichtjahre hinweg mit Geld sprach.

Eigentlich sah die Szenerie aus wie ein frühes gestaltgewordenes Konzept der Hölle, fand Dom. Eine Hölle, die auch als Touristenattraktion diente. Viele der Besucher hätten gut ins Bild gepaßt.

In einer der Nebenhöhlen fand Dom einen Robotschneider, der ihn mit einem jener anonymen grauen Anzüge ausstattete, wie sie auf allen Menschenwelten getragen wurden. Darüber hinaus erstand er einen ›Cuber‹, einen Umhang mit diagonalen, purpurnen, orangeroten und gelben Streifenmustern. In dieser Aufmachung hoffte er, daß man ihn für das hielt, was er zu sein schien: ein Tölpel aus der Provinz, ein typischer Hinterwäldler von Verdammich oder Nach-uns-die-Sintflut, der zum erstenmal mehr als hundert Menschen (und andere intelligente Geschöpfe) auf einem Haufen sah und darauf mit dem üblichen großäugigen Staunen reagierte.

Dom drehte sich um und bedachte Hrsh-Hgn, der sich für das Zeremoniengewand eines Beta-Mannes entschieden hatte, mit einem kritischen Blick.

»Könntest du nicht was Bunteres wählen, so wie die anderen Phnoben? Wir sollten vermeiden, Aufsehen zu erregen.«

Hrsh-Hgn wich nervös einen Schritt zurück und zupfte sich an der Robe.

»Widerspräche das deinen ethischen Prinzipien?« fragte Dom besorgt. »Ich meine, würdest du damit ein sexuelles Tabu verletzen? In dem Fall ...«

»Nein, das isst ess nicht. Ich bezweifle nur, ob ich mich als richtiger Alpha ausgeben könnte. Weißt du, ssie ssind, ähn, extravaganter und aggressiver, nicht so ssehr dem Intellekt gewidmet ...«

Auf Doms Anweisung hin kleidete der kleine Roboter den Phnoben in eine kompliziert gefaltete Toga, die aus dunkelblauen und olivgrünen, mit Silber durchwirkten Fasern bestand. Hrsh-Hgn legte einen Ziergürtel an und tauschte sein altes Tshuri-Messer gegen ein neues, mindestens zweimal so großes Exemplar ein.

»Wenn mich ein Alpha herausfordert, ssitze ich echt in der Tinte.«

»Trotzdem: Wenigstens siehst du jetzt anders aus.« Dom bezahlte den Autoschneider, und dann brachen sie wieder auf. Hrsh-Hgn versuchte, möglichst stolz einherzuschreiten.

Für die Besucher der Bank gab es nur eine Unterkunftsmöglichkeit: das Grand Hotel. Der für Lebensformen von Welten mit gemäßigtem Klima reservierte Speisesaal war fast so groß wie die Haupthöhle, aber die gewaltigen Ausmaße wirkten weitaus beeindruckender, weil es viele vertraute Bezugspunkte gab. Es dröhnte und grollte wie von einem organischen Motor, der neuen Treibstoff aufnahm, und diesen Vergleich hielt Dom durchaus für angemessen. Hunderte von hungrigen Mägen, Verdauungstrakten und Biomeilern füllten sich mit ebenso vielen verschiedenen Speisen und Anregungsstoffen, und das kulinarische Chaos stimulierte weitere Vorstellungen vom Inferno.

Dom fand zwei leere Plätze an einem Tisch der menschlichen Sektion. Die beiden Gestalten, die dort gesessen hatten — ein stämmiger Mann von der Erde, im Gesicht Dutzende von Duellnarben, und ein kleiner verbeulter Roboter der Klasse Eins —, nickten Dom mit auffallender Freundlichkeit zu, als sie fortgingen.

»Kennsst du sie?« fragte Hrsh-Hgn und ließ sich auf einen Stuhl sinken.

»Nicht daß ich wüßte«, erwiderte Dom. »Komische Sache. Der Mann schien vermögend zu sein. Warum gibt er sich mit einer alten Maschine der Klasse Eins zufrieden?«

»Eins der kleinen Geheimnisse dess Lebenss«, sagte der Phnobe.

Sie aßen schweigend. Der Gast neben Dom bohrte ihm hingebungsvoll einen hornigen Ellbogen in die Rippen. Es handelte sich um einen jungen Drosken, und als er einmal aufsah, bedachte er den jungen Sabalos mit einem raubtierhaften Grinsen, bevor er sich wieder seiner Mahlzeit zuwandte. Dom hütete sich davor, einen Blick auf den Teller zu werfen.

Auf der anderen Seite saßen mehrere weibliche Phnoben aus dem Sektor Langwolke und unterhielten sich zischend. Dahinter hockte ein Epiphyser vor einer Reisschüssel und begann mit einem langwierigen Nahrungsritual, wie es auf Drittes Auge üblich war.

Dom bestellte Fisch und Brot. Hrsh-Hgn entschied sich für einen Pilzauflauf.

Der Kellner — ein Roboter der Klasse Zwei — brachte die Rechnung und ließ sich Doms Kreditwürdigkeit taktvoll von der Bank bestätigen.

»Zweig einen Zehntelstandard für dich ab!« schlug Dom vor.

»Tausend Dank, Sir«, erwiderte der Automat und fügte höflich hinzu: »Ich hatte schon immer besondere Sympathie für linkswendige Menschen, Sir.«

»Woher willst du wissen, daß ich von Verkehrtherum komme?« Dom gab sich alle Mühe, leise zu sprechen; trotzdem blickten einige der Phnoben auf. Der Roboter antwortete nicht, rollte davon.

»Dein Gessicht«, sagte Hrsh-Hgn.

Dom hob die Hand — und starrte auf seine Finger. Der grüne Glanz des Heilsirups. Natürlich wurde die regenerative Substanz auch auf anderen Welten benutzt (wobei strenge Lizenzbestimmungen zur Anwendung kamen), aber das spielte keine Rolle. Nach allgemeiner Auffassung stammte jeder Grüne von Verkehrtherum.

»Ich glaube, du brauchst dir keine allzu großen Ssorgen zu machen«, sagte Hrsh-Hgn, als sie den Speisesaal verließen. »Ganz gleich, wer hinter den Anschlägen auf dein Leben ssteckt: Durch Verkleidungen irgendwelcher Art läßt ssich der Attentäter bestimmt nicht täuschen. Er benutzt die Wahrscheinlichkeits-Mathematik, um den richtigen Ort und die richtige Zeit zu wählen.«

»Bisher hatte er damit nur wenig Glück. Denk nur daran, was am Turm geschah.«

»An deiner Stelle würde ich mich nicht zu ssicher fühlen.«

Ein mit zwei Rädern ausgestatteter kleiner Roboter der Klasse Eins schlingerte ihnen entgegen und zupfte an Doms Umhang.

»Lord Sabalos, die Bank ist jetzt bereit, Sie zu empfangen. Bitte mitkommen!«

Die Maschine rollte auf ihren Ballonreifen davon, und Dom folgte ihr ohne Hast.

Der junge Mann sah sich immer wieder um und versuchte nicht, sein Staunen zu verbergen. Allmählich kam er sich tatsächlich wie ein Tölpel aus der Provinz vor. Er hatte das System von Achguckmal nur einige wenige Male verlassen, und auch bei jenen Gelegenheiten wurde Ehrfurcht zu einem ständigen Begleiter. Doch die Dimensionen der ersten Sirianischen Bank waren — ebenso einmalig wie monumental. Es gab nichts Vergleichbares in der bekannten Galaxis.

Neben der Nördlichen Gemäßigten Verwerfung in der Haupthöhle gab es eine Öffnung — Ergebnis eines vor Äonen erfolgten Computerbebens, das zwei kontinentengroße Siliciumplatten ineinander verkeilt und somit mehrere Quintillionen Schaltkreiskomponenten gebildet hatte. Zu einem Zeitpunkt, da die Erde kaum mehr war als eine Kugel aus zähflüssigem Magma. Die Historiker behaupten, jenes Ereignis habe zum Erwachen der Bank geführt: der einmalige kolossale Augenblick, der toten piezoelektrischen Fels in eine denkende Entität verwandelte. Die Bank bestätigte diese Vermutungen nicht: Sie beantwortete keine Fragen nach ihrer persönlichen Geschichte.

Der Roboter führte Dom und Hrsh-Hgn über einen sanft geneigten Hang an der Verwerfung, kurz darauf in einen Tunnel aus — im wahrsten Sinne des Wortes — lebendem Fels. Elektronische Lichter glommen wie Glühwürmchen.

Eine Segmenttür öffnete sich, und sie traten ein.

»DOM! ICH FREUE MICH!«

Sie erreichten ein hell erleuchtetes kleines Zimmer. Dicke Teppiche bedeckten den Boden, und in der einen Ecke wuchs eine große Topfpflanze. Vor der gegenüberliegenden Wand stand ein schlichter Schreibtisch, und dahinter saß ein Roboter. Ein großer Teil des Metallgehäuses fehlte ebenso wie der Kopf, und der verbleibende Rest des stählernen Körpers war an Dutzende von Hilfsgeräten angeschlossen. Mehrere dicke Kabel spannten sich zwischen der Wand und der Maschine, die durch ein Teleskoprohr rauchte.

»GRUSS AUCH IHNEN, HRSH-HGN!«

Dom starrte auf die Zigarre.

»OH, ES IST KEINESWEGS ANGEBEREI«, sagte die Bank. »WEISST DU, DOM: ICH MUSS EINGESTEHEN, DASS DAS RAUCHEN EIN GEWISSES SINNLICHES VERGNÜGEN VERMITTELT. AUSSERDEM HABE ICH DIE ERFAHRUNG GEMACHT, DASS ES BEI MANCHEN MEINER NERVÖSEREN BESUCHER BERUHIGEND WIRKT. EIN ROBOTER GILT ALS HUMANOIDE. WENN ER AUSSERDEM NOCH EINE ZIGARRE RAUCHT, KANN MAN SICH MIT IHM VIEL ENTSPANNTER UNTERHALTEN ALS ...«

»Als mit einem planetengroßen Computer?« fragte Dom. »Hallo, Patin!«

»WIE GEHT ES DEINER FAMILIE?«

»Recht gut«, sagte Dom, »zumindest als ich Verkehrtherum verließ. Es ist sehr freundlich von dir, uns zu empfangen.«

»NICHT DER REDE WERT. ICH HABE IMMER ZEIT FÜR MEINE PATENKINDER. UND NATÜRLICH AUCH FÜR HRSH-HGN, EINEN DER VIELVERSPRECHENDSTEN AMATEUR-GELEHRTEN IN BEZUG AUF DAS MYSTERIUM DER JOKER.«

Hrsh-Hgn nickte würdevoll.

»Patenkinder?« wiederholte Dom interessiert. »Ich, äh ... Nun, ich dachte, ich sei das einzige.«

»ICH HABE MEHRERE TAUSEND, FINDE GROSSEN GEFALLEN DARAN, SIE AUFWACHSEN ZU SEHEN UND IHREN LEBENSWEG ZU BEOBACHTEN. KOMMEN WIR NUN ZUM GRUND DEINES BESUCHS. BESTIMMT MÖCHTEST DU MICH UM RAT FRAGEN.«

Die roten Lichter an der Wand flackerten.

»ICH BEZIEHE MICH DABEI AUF DIE MORDANSCHLÄGE, DIE VORAUSSAGEN DEINES VATERS UND DEINE GEGENWÄRTIGE SUCHE. ZUERST DIE FEHLGESCHLAGENEN ATTENTATE.«

Dom erzählte seine Geschichte, und dabei veränderte sich gelegentlich das Lichtmuster an der Wand. Schließlich ließ der Roboter die Zigarre sinken, und die Bank antwortete:

»WENIGSTENS GIBT ES BEI DIESER ANGELEGENHEIT EINEN TRÖSTLICHEN ASPEKT, WIE GERADE DIR KLAR SEIN DÜRFTE: DIE

Anschläge auf dein Leben blieben bisher erfolglos. Mit anderen Worten: Der Täter ist nicht unfehlbar.«

Dom lehnte sich zurück. »Ja, das stimmt. Andererseits: Eigentlich unterlief ihm überhaupt kein Fehler. Ich meine ...« Er suchte nach den richtigen Worten: »Irgend etwas *hinderte* ihn daran, Erfolg zu haben. Irgend etwas *geschah.* Ich komme mir vor wie eine Tstame-Figur, die von zwei Spielern hin und her gesteuert wird, so daß sie sich gemäß einer Prophezeiung verhält.«

»Trotzdem bist du ohne grosses Nachdenken bereit, nach der Joker-Welt zu suchen.«

Dom trachtete danach, sich eine intelligente Antwort einfallen zu lassen, doch in seinem Innern blieb alles stumm. Warum hatte er überhaupt nicht gezögert, Verkehrtherum zu verlassen? Ja, sicher, er fürchtete sich, und alles in ihm drängte danach, die Flucht zu ergreifen, alle Gefahren weit hinter sich zu lassen. Die Galaxis hielt viele Wunder bereit, die es zu bestaunen galt. Er spürte Abenteuerlust. Aber es gab noch mehr.

»Die Entscheidung schien auf der Hand zu liegen«, entgegnete er unsicher. »Ich kann es nicht genau erklären ...«

»Du hast dich dem Schicksal gefügt. Ein Phnobe würde in diesem Zusammenhang die Bezeichnung ›Bater‹ verwenden. Philosophische Drosken kämen sicher zu dem Schluss, du hättest das heutige Echo des morgigen Schreis gehört. Anders ausgedrückt: Du handelst auf der Grundlage eines unterbewußten Präwissens.«

Doms Hemd bewegte sich: Ig schob den Kopf darunter hervor und blinzelte ins Licht.

»Soweit es Verkehrtherum betrifft, sehe ich überhaupt keinen Grund, warum du getötet werden solltest. Und was die Seniormitglieder der Planetaren Verwaltung angeht: Es gibt weitaus Schlimmere in der Galaxis. Daher bin ich ziemlich sicher, dass wir machtpolitische Konkurrenz als Motivationsfaktor ausschliessen können.

Ich habe vor einigen Sekunden ein entsprechendes Wahrscheinlichkeits-Programm gestartet. Alles deutet darauf hin, dass du die Joker-Welt entdecken wirst. Nun, es besteht die verbreitete Auffassung, dass das Joker-Institut all diejenigen zu töten versucht, die eine gewisse Aussicht haben, die Heimatwelt der legendären Turmkonstrukteure zu finden. Aber natürlich sind das nur Mutmassungen.«

Hrsh-Hgn saß hinter Dom und zischte leise.

»Du scheinst nicht überrascht zu sein.«

Dom fühlte den Blick der phnobischen Suppentelleraugen auf sich ruhen, als er antwortete: »Ich *weiß*, daß ich die Joker-Welt finden werde. Ich wußte es in dem Augenblick, als mein Vater davon sprach. Ich — ich hatte den Eindruck, daß sich ... einzelne Mosaikteile zu einem einheitlichen Bild zusammenfügten. Ich entdecke die Heimatwelt der Joker. Deshalb habe ich Verkehrtherum verlassen. Es ist eine überaus wichtige Aufgabe, und niemand wird mich daran hindern, sie zu erfüllen.«

Überrascht lauschte Dom dem Klang der eigenen Stimme, fühlte tief im Innern eine unerschütterliche Sicherheit.

Doch wenige Sekunden später verflüchtigte sie sich, verblaßte wie die glänzende Farbe eines intensiven Traums. Das Blut schoß ihm ins Gesicht, und er spürte, wie ihn Hrsh-Hgn an der Schulter berührte. Ig sah zu ihm auf, den Kopf zur Seite geneigt.

Eine Zeitlang drang nur statisches Rauschen aus dem Komlautsprecher des Roboters, und schließlich ertönte einmal mehr die Stimme der Bank, sanft und nachsichtig.

»Riskier dein Leben nicht auf der Basis falscher Gewissheiten. Hüte dich vor Selbstüberhebung.«

Hrsh-Hgn beugte sich vor und sagte ein wenig zu laut: »Die Logik läßt eine Schlußfolgerung zu: Die Joker-Welt wäre ssicher längst gefunden worden, wenn ssie ssich im Innern der Lebenskugel befände. Nun, eine Legende bessagt, die Joker lebten im Kern von Prokyon, an einem Ort alsso, der sselbst den Creapii verwehrt isst. Wass meinen Ssie dazu?«

»Um ganz ehrlich zu sein: Mich fasziniert die Theorie, die Sie in Ihrem letzten Datenwürfel erläuterten.«

»Deine Theorie, Hrsh?« fragte Dom. »Davon hast du mir gar nichts erzählt.«

»Wir wurden vom Turm unterbrochen, erinnerst du dich?«

»Eine sehr geistreiche Extrapolation des Begriffes ›auf der dunklen Seite der Sonne‹«, sagte die Bank. »Es ginge darum, einen Doppelstern vom Typ Epsilon Aurigae zu finden.«

»Ich verstehe, was damit gemeint ist«, brummte Dom drei Minuten später. »Außerdem: Auf manchen Sternen setzen die Creapii Solarflöße ein.«

»Nur in einem solchen Fall kann man von einer ›dunklen Seite der Sonne‹ sprechen. Allerdings gibt es viele solche Doppelsterne, und eine systematische Suche nähme viel Zeit in Anspruch.«

»Ich nehme an, Ssie halten nicht viel von meinen Ausführungen«, murmelte Hrsh-Hgn. Er klang ein wenig beleidigt.

»Ich erachte sie als ein bemerkenswertes Gedankengebäude aus höchst phantasievollen Überlegungen«, erwiderte die Bank behutsam.

»Sstimmt ess, daß die Joker Ihren Entwicklungen nachgeholfen haben?«

»Ich beantworte keine persönlichen Fragen. Nun, ich möchte Ihnen einen Vorschlag unterbreiten: Warum erstellen Sie keinen erweiterten Gleichungssatz der Wahrscheinlichkeits-Mathematik, um festzustellen, wann und wo Dom sein Ziel erreichen wird? Ich habe gerade eine Analyse vorgenommen, dabei als Parameter die Existenz der Joker-Welt und ihre imminente Entdeckung gewählt. Daraus ergibt sich folgendes Ergebnis-Mantrum:

ncreg8

(bRf) (nultad) E YY-' . (=) 56::: nultad

tt:

al

NATÜRLICH HANDELT ES SICH NUR UM ERSTE ANNÄHERUNGSWERTE.«

Hrsh-Hgn griff nach seiner kleinen Reisetasche, holte einen Notizwürfel hervor und betrachtete ihn nachdenklich.

»Welchen Wert geben Ssie dem Datum?« fragte er.

»Ae(d) IN DER ÜBLICHEN SUB-LUNAR-MATRIX.«

»Dann besteht dass Ergebniss auss einem nahezu perfekt kollabierten Feld während der nächsten siebenundzwanzig Tage.«

»AUSGEZEICHNET. ICH WUSSTE GAR NICHT, DASS WAHRSCHEINLICHKEITS-MATHEMATIK ZU DEN PHNOBISCHEN SPEZIALITÄTEN ZÄHLT.«

»Äh, sie steht in Einklang mit unserer Perspektive vom Universum.«

Dom stand auf, trat an die Topfpflanze heran und berührte ein Blatt. Es erzitterte unter seinen tastenden Fingern, wodurch sich die angebliche Blume als Gestaltwandler von Aubergine verriet. Der junge Mann wich hastig zurück und streichelte Ig.

»Ich begreife überhaupt nichts mehr«, nörgelte er. »Für mich klingt das alles wie Kauderwelsch.«

»KAUDERWELSCH?«

Hrsh-Hgn wandte sich dem Roboter zu. »Unsinn«, übersetzte er. »Nach der sadhimistischen Religion hat Gott die Fachsimpelei geschaffen, um die ersten Versuche interstellarer Raumfahrt zu sabotieren und Wissenschaftler daran zu hindern, sich zu verstehen. Im Neueren Testament ist alles genau erklärt.«

Die flackernden, schimmernden Lichter bildeten ein neues Muster, und die Maschine hinter dem Schreibtisch gab ein mechanisches Gurgeln von sich.

»Äh, ja. Ich musste meine peripheren Speichereinheiten gerade einer Datenrevision unterziehen. Sie wissen sicher, wie das ist: Unwichtige Informationen stellen nur eine, äh, Belastung dar.«

Die Joker blieben von der Wahrscheinlichkeits-Mathematik unberührt — als hätten sie nie existiert. Die W-Rechnung bot keine Erklärung für die Türme und anderen Artefakte an. Wo jenes geheimnivolle Volk auch gelebt und gewirkt haben mochte: In den Gleichungen hinterließ es nicht einmal einen Schatten, ganz zu schweigen von einer bestimmbaren Variablen.

Doms Zukunft war für siebenundzwanzig Standardtage sicher.

»Das ist wenigstens etwas«, sagte er. »Könntest du mir vielleicht einen kleinen Hinweis auf den Ort geben, Patin?«

»Jeder bewohnte Himmelskörper in der Lebenskugel ist gründlich erforscht worden. Vielleicht erbringt eine sorgfältige Untersuchung deiner eigenen Geistessphäre neue und wichtige Anhaltspunkte. Wie dem auch sei: Möglicherweise wäre es ratsam für dich, mit jenem zu sprechen, der auf Band lebt. Er ist alt. Er hat die Joker gesehen.«

»Aber auf Band treiben sich doch nur Sonnenhunde herum. Erwiesenermaßen gibt es dort keine höheren Lebensformen.«

»Ich habe bereits zuviel gesagt.«

»Na schön. Was ist mit dem Attentäter, der es auf mich abgesehen hat?«

Die Bank zögerte. »Ich arbeite an diesem Problem.«

»Verrechne die Gebühren dafür mit meinem Privatkonto.«

»In Ordnung. Wirklich schade, dass du erst jetzt gekommen bist. Du hättest den besten Experten in Hinsicht auf die Joker kennenlernen können, den Mann mit dem schärfsten Verstand in der ganzen Galaxis.«

Ein Teil der allgemeinen Anspannung verflüchtigte

sich, und Dom atmete auf. Er beobachtete den Roboter hinter dem Schreibtisch, konnte sich nicht des Eindrucks erwehren, daß die Bank irgend etwas verbarg.

»Ich dachte immer, diese Beschreibung träfe auf dich zu«, sagte der junge Mann.

»EIN WEIT VERBREITETER IRRTUM. ACH, LEIDER BIN ICH NICHT INTELLIGENTER ALS DER DURCHSCHNITTLICHE CREAPII ODER EIN MENSCHLICHES GENIE. MEINE AUSMASSE GESTATTEN EHER — WIE SOLL ICH MICH AUSDRÜCKEN — EINE HORIZONTALE AUSRICHTUNG DER VERSTANDESKRAFT. VERTIKALE, ÄH, HÖHEN SIND MIR GRÖSSTENTEILS VERWEHRT. NEIN, ICH MEINTE CHARLES SUB-LUNAR.«

»›Dichter, Universalgelehrter und Glücksritter‹«, zitierte Dom. »Ich glaube, ich bin ihm im Speisesaal des Hotels begegnet. Ist er in Begleitung eines verbeulten Roboters der Klasse Eins unterwegs?«

»ER MÖCHTE INKOGNITO BLEIBEN UND REAGIERT MIT AUSGEPRÄGTEM UNWILLEN AUF BESCHREIBUNGEN SEINES ÄUSSEREN ERSCHEINUNGSBILDS.« Die Stimme der Bank klang fast amüsiert.

»Hm, jetzt dämmert mir einiges«, murmelte Dom. »Vermutlich habe ich ihn nicht nur durch Zufall gesehen. Ich glaube, er hat mich erkannt. Und er wirkte recht zufrieden, so als ...«

»DOM, WEIL DU MEIN PATE BIST, WILL ICH DIR ETWAS VERRATEN. DEINE GROSSMUTTER IST GERADE IN EINE UMLAUFBAHN GESCHWENKT UND ERSUCHT UM LANDEERLAUBNIS.«

Ein am Arm des Roboters befestigter Bildschirm erhellte sich, und Dom betrachtete die vertraute Form des Matrixschiffes, das allein Joan I. zur Verfügung stand. Die *Trunken mit Unendlichkeit* schwebte vor dem glitzernden Sternenhintergrund.

»VOR EINIGEN SEKUNDEN NANNTE SIE MICH ›STINKENDE FELSKUGEL‹, WAS MIR RECHT SELTSAM ERSCHEINT, DA DAS VAKUUM KEINE GERÜCHE ÜBERTRÄGT.«

»Ich bin mir gar nicht sicher, ob ich ihr gegenübertreten möchte«, sagte Dom.

»Ich auch nicht, mein Wort drauf!« fügte Hrsh-Hgn hinzu.

»NUN, DAS KÖNNTE AUFREGEND WERDEN.« Ein Teil der Wand glitt beiseite. »GEHT DURCH DEN WARTUNGSSCHACHT DORT! WOHIN WOLLT IHR EUCH WENDEN, WENN IHR MICH VERLASSEN HABT?«

»Wir fliegen nach Band, um mit *ihm* zu reden, der angeblich so ist.«

»SO ALT WIE DIE BERGE. SO ALT ...« Die Bank zögerte. Es herrschte völlige Stille, aber trotzdem glaubte Dom, daß seine Patin lachte. »... WIE DAS MEER. BEEILT EUCH!«

Man nehme die Creapii.

Man stelle sie sich als Joker vor. Eine Theorie, mit der selbst viele Fachleute liebäugeln.

Sie waren ein sehr altes Volk, zeichneten sich durch buchstäbliche Anpassungsfähigkeit aus.

Zu Anfang gab es nur eine Creapii-Spezies, den untergradigen Silicium-Sauerstoff-Creap, der in Barbarei und flüssigen Phosphorsulfiden lebte, auf einer kleinen Welt in unmittelbarer Nähe eines Sterns vom 70 Ophiuchis-Typ. Siebzehn Lichtjahre entfernt entdeckte ein überdurchschnittlich begabter Affe, wie nützlich es sein konnte, zwei Steine aneinanderzuschlagen.

Die Creapii waren gütig, geduldig und ausgesprochen neugierig. Darüber hinaus neigten sie zu fast pathologischer Demut. Als sie ins All vorstießen, paßten sie sich selbst den neuen Umweltbedingungen an.

Fünfhunderttausend Jahre der Genmanipulation und umfassender Molekularmodifikation schufen die mittelgradigen Creapii — Individuen, deren Stoffwechselsystem auf Silicium-Kohlenstoff basierte und die sich bei Temperaturen um 500° recht wohl in ihrer Haut fühlten. Kurz darauf entstanden in den Zuchtbottichen die komplizierten Aluminium-Silicium-Polymere der Hochgradigen, die später mit Solarflößen über kühle Sonnen segelten.

Es gab noch andere, sogar eine Bor-Untergattung. Wo ein Stern totes Gestein über den Schmelzpunkt von Zinn hinaus erwärmte, räkelte sich ein Creap in der behaglichen Wärme.

Die Creapii blickten auf eine lange Geschichte zurück. Sie strebten nach Wissen und Erkenntnissen, während andere Geschöpfe Beute nachstellten und nur an die nächste Mahlzeit dachten. Sie waren höflich und zuvorkommend. Sie paßten sich gut an. Sie lebten in der Hitze, aber ihre sexuelle Leidenschaft blieb kühl — wahrscheinlich deswegen, weil sie keine unterschiedlichen Geschlechter hatten.

Dom fand Gefallen an Hrsh-Hgns Theorie.

Es gibt viele Doppelsterne in der Galaxis, und oft bildeten sie ein eher exotisches Paar: Der eine Partner ist klein, dicht und aktinisch, der andere gewaltig und rot. Manchmal wird es auf dem roten Riesen Tag. Und dort, wo der weiße Zwerg nicht am Himmel steht, herrscht Nacht. Figürlich gesprochen, versteht sich. Schließlich haben wir es nach wie vor mit Sonnen zu tun ...

Auf einem solchen Stern lebten die Joker. Sie ... mußten den Creapii ähneln, konnten bestimmt nicht auf eine gepanzerte Körperhülle verzichten. Und auch die auf Hitzekissen schwebenden Solarflöße brauchten einen thermischen Schutz. Bevor die Creapii lernten, Matrix-Energien einzusetzen, nutzten ihre Flöße von oxidiertem Eisen hervorgerufene Magnetfelder. Die Joker waren sicher erfinderischer — immerhin gingen die Kettensterne auf ihr Konto.

Energie an sich stellte kein Problem dar: Unter ihren Füßen brodelte eine ganze Sonne.

Eine Theorie, weiter nichts ...

Man nehme den Menschen. Die Joker stellten den Bau ihrer seltsamen Artefakte ein, lange bevor der erste denkende Mensch, Bruder des Affen, zum Himmel aufschaute. Aber woher kam der Homo sapiens? Er war ebenfalls anpassungsfähig, und wenn seinen diesbezüglichen Bemühungen der Erfolg versagt blieb, änderte er einfach die Umwelt. Seit tausend Jahren durchstreifte er das All, ließ sich auf verschiedenen Planeten nieder. Die Linkswendigen von Verkehrtherum: nachtschwarze Körper, kein einziges Haar am Leib, immun gegen Hautkrebs, die Augen unempfindlich gegenüber ultravioletten Strahlen. Und durch reinen Zufall waren fünfzig Prozent der Bewohner von Verkehrtherum Linkshänder. Auf Terra Novae lebten untersetzte Menschen mit zwei Herzen. Epyphysen hatten mit Phnoben mehr gemeinsam als mit gewöhnlichen Menschen. Die Kolonisten auf Verdammich führten ständig Krieg. Auberginer beschränkten sich notgedrungen auf vegetarische Kost, die sie mit grünen Zähnen und Dornen schlugen — ein im höchsten Maße seltsames Volk, im wahrsten Sinne des Wortes in ihrer Heimat verwurzelt. Menschen machte es Spaß, planetengroße Monumente zu errichten. Und außerdem: Einige Menschen galten als führende Joker-Experten.

Oder die Löffler. Sie kamen ebenfalls in Frage. Man fand die Joker-Artefakte nicht nur auf heißen Welten, sondern auch auf kalten. Und der Begriff ›dunkle Seite der Sonne‹ gewann weit vom Zentralgestirn des Sonnensystems entfernt eine ganz neue Bedeutung. Die Klapprer, Tarquinen, Hülse, die beiden Gattungen von Dual — sie alle hätten Joker sein können.

Irgendwo im Raum drehte sich die Heimatwelt der mysteriösen Turmkonstrukteure. Sie nahm einen so zentralen Platz in den Legenden ein, daß niemand an ihrer Existenz zweifelte. Dort warteten die Geheimnisse der Türme, der Maschinen, die die Kettensterne geschaffen hatten, des reibungslosen Lagers. Dort verbarg sich die Antwort nach dem Sinn des Universums.

Von der Abzweigung mit den vielen Lichtern ging ein matter Schimmer aus, tropfte geisterhaft blaß durch den Tunnel. Dom eilte weiter, schob sich an einem mit Rädern ausgerüsteten kleinen Roboter vorbei, der eine Schalttafel prüfte.

Kurz darauf erreichten sie eine Höhle, und Hrsh-Hgn starrte auf die dunklen Maschinen, die vor ihnen in die Höhe ragten. Er stieß Dom an und deutete nach oben.

»Weißt du, wass dass isst?« zischte er.

»Ein Matrixmotor«, erwiderte der junge Sabalos. »Von der Größe eines mittleren Asteroiden. Unterhält die Bank eigene Raumschiffe?«

»Ich glaube nicht.«

Ein zweiter Radroboter näherte sich, bremste vor ihnen ab. Ruckartig streckte er einen gepolsterten Arm aus und versuchte, die beiden Hindernisse beiseite zu schieben. Dom und Hrsh-Hgn setzten ihren Weg fort.

Der Tunnel mündete schließlich in eine Kaverne abseits der Haupthöhle, und dort herrschte die übliche Hektik. Der Hangarzugang befand sich auf der anderen Seite.

Sie trennten sich. Dom wich einigen Passanten aus, hielt nach Robotern von Verkehrtherum Ausschau. Hrsh-Hgn hüpfte steifbeinig umher, bewegte sich auf eine Art und Weise, die Phnoben für verstohlen hielten.

Dom hastete über den glitzernden Boden, und auf halber Strecke zum Hangar sah er, wie Joan in die Halle kam, begleitet von insgesamt sechs Sicherheitsrobs, die im Vergleich zu ihr wie Zwerge anmuteten. Sie wirkte energisch und entschlossen.

Der junge Mann sprang zurück — und spürte, wie ihn jemand an der Schulter packte und herumzog.

Der Mann lächelte. Sein Grinsen war wie eine Fratze.

Dom starrte auf den blauen Mantel, auf die breite goldene Manschette am Hals — und er erinnerte sich. Er versuchte zu fliehen, doch die Hand hielt ihn fest.

Das Attentat während der Party …

»Bitte fürchten Sie sich nicht!« Dom wand sich hin und her. Eine blitzartige schemenhafte Bewegung folgte, und plötzlich löste sich die Hand von der Schulter: Ig hatte ihm messerscharfe Zähne in einen Finger gebohrt. Der Mann erbleichte zwar, schrie aber nicht, blieb völlig stumm. Dom trat zur Seite, direkt in die Arme eines Roboters.

Und er hob ab. Eigentlich war es verboten, in der Bank zu fliegen, und der junge Mann hoffte inständig, daß sich seine Patin auf die Rolle eines Beobachters beschränkte.

Die Kapazität der Gravsandalen reichte für eine Person völlig aus, und angeblich funktionierten sie auch in sehr starken Schwerkraftfeldern. Sie trugen Dom mit der zusätzlichen Masse der Maschine empor. Zwei weitere Roboter starrten mit elektronischer Gleichgültigkeit zu ihnen hoch, und Dom beobachtete, wie Hrsh-Hgn von einigen weiteren Automaten in die Enge getrieben wurde.

Eine sonderbare Stille umhüllte ihn. Das Stimmengewirr der Menge verklang in der Höhe, und er hörte nur noch den summenden Pulsschlag der Bank. Er blickte in die Facettenaugen des Roboters, die den Korona-Effekt der Säulen widerspiegelten.

»Du bist ein Exemplar der Klasse Zwei, nicht wahr?« fragte Dom.

»In der Tat, Sir«, erwiderte der Apparat.

»Verfügst du über ein Motivationsprogramm, das deiner persönlichen Sicherheit einen hohen Stellenwert zuweist?«

»Nein, Sir.« Der Roboter sah nach unten. »Leider nicht.«

Dom schlug die Fersen aneinander und stürzte in die Tiefe. Dreißig Meter über dem Boden schaltete er die Sandalen auf höchste Polarisierungsstufe und spürte, wie sein Hemd riß, als die Maschine den Halt verlor. Sie fiel weiterhin, prallte gegen eine Säule aus funkelndem Germanium. Helles Licht gleißte, und es regnete heiße Metalltropfen.

Zwei andere Roboter setzten Antigravgürtel ein und

stiegen auf. Dom sauste in die Höhe und beobachtete, wie ihm das Höhlendach entgegenzuckte. Einige Sekunden später erkannte er die dunklen Flecke daran als Zugängen zu kleinen Kavernen.

In diesem Bereich herrschten recht hohe Temperaturen. Böen heulten, und der heftige Wind jagte Dom durch die Gewölbe. Er ließ sich einfach treiben, wußte, daß es keinen Sinn hatte, gegen den Sturm anzukämpfen. Auf einer Welle aus warmer Luft ritt er durch lange Korridore.

Und über die Hölle hinweg.

Es gelang ihm, den Kopf zu neigen und kurz nach unten zu sehen, bevor er weitergerissen wurde.

Kurze Zeit später raste er durch einen kilometerbreiten Belüftungsschacht. Weit vor ihm schienen die Wände aufeinander zuzustreben, ließen schließlich nur noch Platz für ein unheilvolles weißes Auge. Donner grollte wie das Stampfen ferner Aggregate. Und die Hitze verdichtete sich, gewann eine greifbare Qualität, hämmerte wie ein Kolben auf ihn ein. Er fühlte sich angesaugt — und dann ausgespuckt, einem welken Blatt gleich davongewirbelt.

Auf einer Fontäne überhitzter Luft fegte Dom aus einem Schacht, den Sternen entgegen. Nacht umgab ihn. In einer Richtung — ›Oben‹ und ›Unten‹ nahmen nicht mehr die gewohnten Positionen ein — erstreckte sich das Geflecht kalter Sterne, und in der anderen öffnete sich ein riesenhaftes rotes Auge mit weißer Pupille.

Es schien zu zwinkern, sich von ihm zu entfernen. Rauch stieg von den Gravsandalen auf, tastete mit faserigen Tentakeln. Irgend etwas zupfte an ihm — eine gestaltlose Entität, die immer wartete, jenseits des Lichts. Dom trieb in einer Lache aus Schmerz, fragte sich benommen, was ihn sanft berührte, ihm den Atem in der Kehle gefror, auf der versengten Haut kristalline Frostmuster bildete.

Bewohner von Verkehrtherum sind sehr aktiv. Die

Ungeschickten und Plumpen unter den Dagon-Fischern bezahlen dieses Handikap irgendwann mit dem Leben. Es überleben nur die Tüchtigen und Geschickten — und zu ihnen gehören auch die Angehörigen der Direktoriums-Familien. Wie zum Beispiel Dom. Er drehte sich noch während des Sturzes, landete hart auf den Füßen, rollte sich ab. Und spürte Schnee.

Er wußte, was Schnee war. Keja hatte ihm einige konservierte Flocken aus den kalten Regionen von Laoth geschickt, und sie wiesen eine gewisse Ähnlichkeit mit den Eiskristallen auf, die sich manchmal, während eines besonders kalten Winters, an den Polkappen von Verkehrtherum bildeten. Aber Keja hatte ihm verschwiegen, daß sich Schnee zu derartigen Massen ansammeln konnte.

KAPITEL 7

AUF VERKEHRTHERUM BRACH DIE LANGE NACHT AN. Das Ritual der Geknickten Löffel wurde vorbereitet, während Sadhimisten diese Gelegenheit nutzten, die Kleinen Götter zu ehren. Für gewöhnlich fanden dabei mehrere Clanbund-Versammlungen statt, und die den Vorsitz führenden Priester bewiesen ihre religiöse Erleuchtung, indem sie den Zeremonienlöffel aus einem geweihten Samtkasten holten, ihn auf den Heiligen Sockel legten und so lange anstarrten, bis er krumm wurde — aus reiner Verlegenheit, wie spitze Zungen behaupteten. Nach diesem einleitenden Zeremoniell wurde gefeiert, in der Regel mit Fischwein und Grätenbier. Doch die fröhliche Ausgelassenheit dauerte nur bis Mitternacht; dann lösten sich die einzelnen Gruppen auf, und jedes Clanmitglied ging eigene Wege. Sie suchten die Einsamkeit, um individuelle Rituale durchzuführen. Die bescheidenen Novizen versuchten es zunächst mit Gabeln und Messern, nahmen sich dann die ersten Löffel vor. Anzumerken sei hier die Weisheit der alten und erfahrenen Sadhimisten, die vor Verrenkungen der Augenmuskeln warnen: Manchmal, so munkeln sie, knicke nicht etwa der Löffel, sondern der menschliche Verstand. Die Statistik gibt ihnen recht: Nach der Langen Nacht kehren viele Ritualteilnehmer mit verbogenem Hausbesteck zurück, doch einige bleiben im Sumpf, lachen schrill, geben unartikulierte Laute von sich und rollen mit den Augen ...

Der Boden unter ihm fühlte sich heiß an.

Dom begriff erst nach einer Weile, daß ihn lauwarmes Wasser umgab. Mit ausgestreckten Armen und Beinen lag er in einer dampfenden Pfütze, und dicht dahinter erhoben sich Schneewehen.

Er hörte das ferne Zischen und Heulen verdrängter

Luft. Irgend etwas raste über den Himmel, durchbrach dabei die Schallmauer. Plötzlich wendete das Objekt, flog eine schwindelerregend enge Schleife und kehrte langsam zurück. Dicht neben der Lache kam es herab, setzte zur Landung an, stieg wieder auf. Das Wasser fror bereits, und die Raumjacht tanzte im Aufwind, neigte sich zitternd von einer Seite zur anderen. Das energetische Summen der Triebwerksfelder wurde leiser, als es erneut sank. Schnee knirschte.

Isaac öffnete die Luke.

»Ich glaube, wir sollten jetzt besser von hier verschwinden!« rief er.

»Pfefferminz-Soda, Chef?«

Dom nahm das Glas. Kleine Eiswürfel klirrten, und Kondensfeuchtigkeit bildete sich. Die Flüssigkeit schmeckte wie ein Sprung in kalten Schnee.

An Doms Armen, Beinen und auch am Hals glänzte neue grüne Haut — verfestigter Heilsirup, der die DNS-Daten aus dem Zellgedächtnis abrief, sich ihnen anpaßte.

Isaac betätigte die Erinnerungstaste der Schiffswerkstatt und schob Sohlen auf die Gravsandalen und warf sie dem jungen Sabalos zu.

»Durch die Hitze kam es zu einem Kurzschluß«, erklärte er. »Jetzt müßte wieder alles in Ordnung sein.«

Dom starrte auf die im Sternenlicht funkelnde Oberfläche der Ersten Sirianischen Bank. Inzwischen war die Pfütze völlig zugefroren und formte ein funkelndes Oval im Schnee. Er hatte enormes Glück gehabt. Auf der sonnigen Seite der Bank kochte Wasser im Schatten. Er schaltete die externe Kommunikation ein und nahm Kontakt mit seiner Patin auf.

Hrsh-Hgn befand sich an Bord der *Trunken mit Unendlichkeit,* die mit unbekanntem Ziel gestartet war. Die Bank wußte nichts von dem Mann, der einen goldenen Kragen trug, konnte auch keine Angaben über den gegenwärtigen Aufenthaltsort von Ig machen. Sie hatte ihre peripheren Sektoren auf der Nachtseite erwärmt und Isaac benachrichtigt. Es handelte sich nicht unbedingt um uneigennützige Hilfe: In oder auf ihr kamen nur selten individuelle Wesen ums Leben; sie scheute entsprechende Ermittlungen.

Dom unterbrach die Verbindung, trommelte mit den Fingern auf die Konsole und betrachtete den grauen Schirm.

Er zeigte sein Spiegelbild: dunkelgrüne Schlieren, hier und dort einige hellere Flecken und Streifen, die ein sonderbares Muster bildeten. Das Zellgedächtnis speicherte nicht den Bräunungsgrad der verschiedenen Körperbereiche. Nackt vom Scheitel bis zur Sohle — die gleichmäßige Temperatur an Bord verhinderte, daß er zu frieren begann. Er sah sich so, wie ihn Verkehrtherum — beziehungsweise die biostrukturelle Regeneration — geschaffen hatte. Die sichtbaren Erinnerungen an kürzlich erlittenen Schmerz erfüllten ihn mit neuerlichem Unbehagen, auch mit einem Hauch Furcht, und er dachte an den Mann mit der goldenen Halsmanschette, an das fratzenhafte Grinsen, das ihn selbst in seinen Träumen verfolgte.

»Niemand bemerkt ihn«, sagte er laut. »Er ist nur ein Gesicht unter vielen. Er trachtet mir nach dem Leben.«

Geistesabwesend griff er nach Korodores Geschenk. Er hatte bereits ein wenig damit experimentiert, die Gestaltwechsel der Waffe beobachtet. Eine kleine Berührung des Kontrollknaufs, und er hielt ein Nadelschwert in der Hand ... dann ein kurzes Messer ... eine Projektilschleuder, die aus Luftfeuchtigkeit winzige Kugeln gefror und sie durch mehrere Zentimeter dicken Stahl jagen konnte ... noch eine Schußwaffe ... ein Schaller ...

»Ich frage mich, wie es meiner Großmutter gelungen ist, mich hier aufzustöbern«, murmelte er, schüttelte andeutungsweise den Kopf. »Nun, wahrscheinlich gehörte nicht allzuviel Phantasie dazu, mich in der Ersten Sirianischen Bank, meiner Patin, zu suchen. Und ebensowenig Imagination ist notwendig, um das Ziel der *Trunken mit Unendlichkeit* zu erraten.«

»Verkehrtherum?« vermutete Isaac.

»Nein. Band. Bestimmt bringt Joan unseren Freund Hrsh-Hgn irgendwie zum Reden. Vielleicht droht sie damit, ihn nach Phnobis zurückzuschicken.«

»Das klingt nicht besonders schlimm, Chef.«

»Für eine Phnoben schon. Wenn Hrsh-Hgn in seine Heimat zurückkehrt, wird man ihn dort zweifellos mit einem scharfen Tshuri-Messer empfangen. Das weiß er. Und deshalb ist er gewiß bereit, alle Fragen meiner Großmutter zu beantworten.«

Isaac nahm im Pilotensessel Platz.

»Vielleicht sollten Sie nach Verkehrtherum fliegen. Ihre Großmutter meint es nur gut mit Ihnen.«

»Nein, kommt nicht in Frage. Ich muß die Suche fortsetzen. Es bleibt mir gar keine andere Wahl, verstehst du?«

»Nee, Boß. Also ab nach Band? Ich habe den Matrixcomputer justiert. Er müßte jetzt in Ordnung sein.«

»Hoffen wir's.«

Dom hob das Memorialschwert. Wenn ihn auf Band jemand erwartete ...

Glühende Wände. Gespenstische Visionen, wie kurzlebige zerfasernde Schatten. Miniatursonnen und das klaustrophobische Empfinden eines Interraum-Transits. Geisterhafte Erscheinungen.

»Chel, was war das?«

»Sah wie ein Dinosaurier aus, Boß. Gestreift.«

Ways betastete den goldenen Kragen am Hals, aber er spürte keinen Zorn. Wut, Ärger und ähnliche Gefühle beeinträchtigten die physisch-psychischen Fähigkeiten, und deshalb lebte er in einem Zustand ständiger Dissoziation. Manchmal aber gab er sich der — weitgehend emotionsfreien — Vorstellung hin, was er ohne die Restriktionsmanschette anstellen konnte. In diesem Zusammenhang hatte er bereits einige Entscheidungen getroffen.

Es ging dabei in erster Linie um Asman. Und das fehlgeleitete Genie, von dem die Kragentechnik stammte.

Die Tür glitt auf.

Asman blickte auf und erstarrte. Hinter ihm wurde es, nur für eine Sekunde, völlig still im Raum. Ways kannte diese Reaktion bereits, erwartete, daß Asman die Waffe hob ...

Asman griff nach dem Strahler, deutete auf die drei Würfel im Becher. Ways sah in die Mündung eines Strippers, dem alle Sicherheitskomponenten fehlten; als Auslöser diente ein winziger Sensor. Eine einzige Berührung — selbst aus einem Reflex heraus — genügte, um die Energiekammer zu entladen.

Ways warf drei Sechsen.

»Noch einmal!«

Er wiederholte den Wurf.

»Soll ich's ein drittesmal versuchen?« fragte er sanft. Asman lächelte dünn, stand auf und reichte ihm die Hand.

»Entschuldige bitte«, bat er. »Du weißt ja, wie es ist.«

»Eines Tages wird mir ein Fehler unterlaufen. Haben Sie an diese Möglichkeit gedacht?«

»Ways, wenn du jemals einen solchen Fehler begehst, bist du nicht mehr du selbst, sondern ein Schwindler, vielleicht gar ein Spion, den ich erschießen muß.«

Asman kam um den Tisch herum und klopfte ihm auf die Schulter.

»Offenbar haben Sie alles gut überstanden.«

»Selbstverständlich.«

Ways hatte einmal seine elektronische Akte gesehen, nur ganz kurz. In Gedanken kehrte er auf dem Zeitstrom zurück, beobachtete sich selbst ... Er kroch durch einen Wartungsschacht, in dem eine Chlorgasatmosphäre herrschte, solange er nicht offiziell benutzt wurde — auf diese Weise sollte illegaler Zugang zu gewissen computergespeicherten Daten verhindert werden. Ways fragte sich nicht nach dem genauen Grund seines Auftrags — die Anweisungen kamen wie üblich aus Asmans Büro —, aber als der kleine Inspektionsschirm aufleuchtete, zeigte er für einen Sekundenbruchteil zufallsgesteuerte Datenfolgen, die ihn selbst betrafen. Er betrachtete sie durch die Chlorschlieren, prägte sich die Angaben sofort ins Gedächtnis ein.

Das praktisch reflexive Sammeln von Informationen gehörte zum allgemeinen Verhaltensmuster einer Klasse Fünf-Einheit, die einige wichtige Modifikationen nicht nur in Hinsicht auf Waffen- und Kommunikationstechnik aufwies, sondern auch in bezug auf das Erscheinungsbild. Die Konstruktion eines vollständig humanoiden Roboters war doppelt so schwierig wie die übliche Herstellung einer Maschine der obersten Kategorie. Unter anderem mußte man dabei Tränensekretion und das Wachstum von Gesichtshaaren berücksichtigen. Außerdem: Wenn der entsprechende Roboter als Spion eingesetzt werden sollte, kam ein ganzes Spektrum weiterer Erfordernisse hinzu ...

Die meisten technisch-individuellen Spezifikationen Ways' betrafen die Wahrscheinlichkeits-Mathematik. Es dauerte eine Weile, bis er den Grund dafür begriff. Roboter der Klasse Fünf galten juristisch als Menschen. Ihre elektronische Natur emulierte alle menschlichen Fähigkeiten, und bei Ways bedeutete das: Er war unter anderem dazu konstruiert, Glück zu haben.

Asman führte ihn zu einem Gemälde, das eine ganze Wand des großen niedrigen Zimmers einnahm. Dem Raum fehlten besondere Merkmale — eine Beschreibung, die auch auf die Techniker an den Konsolen zutraf. Einerseits wirkte er wie die typische Sicherheitszentrale einer Direktoriums-Welt, doch andererseits herrschte eine besondere Atmosphäre, die Vorstellungen von einer unterirdischen Kammer weckte. Ways' Sensoren nahmen die spezielle Qualität von Luft und Licht wahr, registrierten sogar die verschiedenen Gesteinsschichten jenseits der stählernen Mauern. Ein weiterer Ambientenindikator war das Verhalten des von der Erde stammenden Asman: Er offenbarte jene Art von selbstbewußter Zwanglosigkeit, die Ways als Ausdruck eines Gefühls absoluter Sicherheit interpretierte — ein zusätzlicher Hinweis darauf, daß sie sich tief in der Kruste eines Planeten befanden.

Die bunten Darstellungen an der Wand bestanden aus Hunderten von farbigen Linien, Kreisen und verschiedenen geometrischen Formen — Symbole der W-Mathematik, die sich geringfügig veränderten, während Ways sie beobachtete.

»Sie haben gute Arbeit geleistet«, sagte Asman. »Doms Verhalten paßt sich den zentralen Gleichungen an.«

»Gute Arbeit«, wiederholte Ways nachdenklich. »Welche Maßstäbe legen Sie für eine solche Beurteilung an? Ich trachte dauernd danach, ihn umzubringen, so wie die anderen. Soll ich es auf Band noch einmal versuchen?«

»Nein. Ihr nächster Einsatz findet erst statt, wenn Dom ...« Asman warf einen kurzen Blick auf die schimmernden Regenbogenmuster. »Wenn Dom die Creapii besucht. Für den Fall haben wir Ausweichpläne entwikkelt. Es steht alles in den Gleichungen. Zu jenem Zeitpunkt sind wir ihm dicht auf den Fersen. Die Wahrscheinlichkeits-Mathematik läßt keinen anderen Schluß zu. Eine zusätzliche Intervention auf Laoth — und er bringt uns geradewegs ins Joker-Universum.«

Ways zwinkerte träge. »Handelt es sich dabei um Informationen, die ich benötige?«

Asman hielt seinem Blick stand. »Was meinen Sie damit?«

Ways nahm Platz. »Sie haben mich geschaffen. Nun,

nicht Sie persönlich, jemand auf Laoth oder Luna. Ich bin ein künstliches Wesen, ein Roboter.«

»Daraus macht Ihnen niemand einen Vorwurf. Die Creapii hätten in einem solchen Fall einfach ein Individuum mit den notwendigen Eigenschaften gezüchtet. Bei einem Menschen sähe die Sache ganz anders aus ...«

»Na schön. Das ändert jedoch nichts daran, daß ich ein Roboter bin, wenn auch ein ganz besonderer. Ich habe praktisch alles, von Zehennägeln, die regelmäßig geschnitten werden müssen, bis hin zu unangenehmem Achselgeruch. Aber alle diese Eigenschaften — wenn man überhaupt eine solche Bezeichnung verwenden kann — werden von komplexen Regelkreisen gesteuert.« Ways holte tief Luft. »Warum sollte es wichtig sein, was ein Roboter wie ich weiß?«

»Ich verstehe, worauf Sie hinauswollen. Nun, sind Sie interessiert oder nicht?« Asman wurde allmählich ungeduldig.

»Natürlich. Warum stirbt Dom nicht, wenn ich ihn töte?«

»Das Universum verändert sich.«

Man erschieße einen Mann aus nächster Nähe, so daß der Strahl alle Molekülverbindungen löst, vom Scheitel bis zur Sohle. Für den gesunden Menschenverstand führt so etwas zu einem ganz bestimmten Ergebnis: Man mag einen monomolekularen Nebel erwarten, vielleicht einige angesengte Stoffetzen auf dem Boden, möglicherweise auch einen ätzenden Brandgeruch. Aber im Gebäude der Wahrscheinlichkeit gibt es auch eine winzige Kammer, in der das Unwahrscheinliche wohnt. Was in diesem Fall bedeutet: Im entscheidenden Augenblick weist der Stripper eine Synchronitätsstörung auf, oder man bildet es sich nur ein, den Abzug betätigt zu haben. In einem veränderlichen Universum gibt es keine unerschütterliche Gewißheit, nur örtlich und zeitlich begrenzte Strudel im Strom des totalen Zufalls. Anders ausgedrückt: Manchmal fällt die Münze auf die Kante oder berührt den Boden gar nicht.

»Dom Sabalos wird die Heimatwelt der Joker in«, — Asman starrte auf das eine Ende des Gemäldes —, »in zwanzig Standard-Tagen entdecken. Wir können ihn nicht aufhalten. Er ist unser erster Mißerfolg seit ... Oh, inzwischen müssen es über zweitausend Fälle sein.«

»Zweitausenddreihundertneun«, sagte Ways. »Ich habe alle seine Vorgänger umgebracht.«

»Sie wiesen die richtigen Lebensgleichungen auf. Jeder von ihnen wäre als Entdecker in Frage gekommen. Zum Beispiel Doms Vater.«

»Doch jetzt treten wir auf der Stelle«, fügte Ways hinzu. »Wir haben einen historischen Entwicklungskomplex gefunden, auf den wir keinen Einfluß nehmen können. Darüber hinaus geraten wir in Verdacht. In bezug auf den jungen Sabalos wurden umfangreiche Vorsichtsmaßnahmen ergriffen — obgleich seine Heimatwelt kein nennenswertes Gefahrenpotential hat. Er stammt aus einer recht populären Familie. Nach Johns Tod kamen Doms Verwandte zu dem Schluß, daß ihn jemand bedroht — allerdings kein Bewohner von Verkehrtherum. Als Kind wußte er nicht einmal etwas von den Jokern; er erfuhr erst als Heranwachsender davon. Gestatten Sie mir noch einen anderen Hinweis: Vielleicht motivieren *wir* ihn dazu, die Joker-Welt zu suchen.«

Asman rieb sich nachdenklich das Kinn.

»Diese Möglichkeit haben wir bereits erwogen«, erwiderte er.

»Wenn ich nicht versucht hätte, ihn zu töten, befände er sich vermutlich noch immer auf Verkehrtherum. Statt dessen durchstreift er das All, begleitet von einem Roboter und einem Joker-Experten, der eine echte Kapazität sein soll, wie ich hörte.«

Asman nickte. »Wobei es einen wichtigen Faktor zu berücksichtigen gilt: Man braucht nicht zu reisen, um zu entdecken. Andererseits haben Sie ganz recht. Wir arbeiten derzeit an einem anderen Ausweichplan. Wenn alles andere fehlschlägt, folgen wir ihm einfach.«

Eine Zeitlang blieb es still. Schließlich fragte Ways leise: »Zur dunklen Seite der Sonne?«

»Wenn uns keine andere Wahl bleibt — ja. Wo auch immer sie sich befinden mag. Die letzten Wahrscheinlichkeits-Elaborationen bestätigen unsere Entscheidung.«

»Sie bereiten sich also vor?«

»Selbstverständlich.« Asman seufzte. »Wissen Sie, manchmal habe ich das schreckliche Gefühl, daß wir in einem großen Kreis ohne Anfang und Ende leben. Wir treffen bestimmte Entscheidungen, weil sie von der Wahrscheinlichkeits-Mathematik vorausgesagt werden. Mit anderen Worten: nur Wirkung, keine Ursache. Wie dem auch sei: Wir folgen Dom. Und zwar bewaffnet.«

Ways musterte den Mann, sah sich anschließend in dem langen Zimmer um. Einige Sekunden lang stellte er sich ein Universum vor, in dem keine logische Kausalität herrschte, sondern eine unmittelbare Wechselwirkung zwischen Voraussage und Wirkung — ein geschlossener Kreislauf, aus dem es kein Entkommen gab, der sich selbst verstärkte. Er fragte sich, ob die Bewohner eines solchen Kosmos die Möglichkeit besaßen, sich über ihre hoffnungslose Lage klarzuwerden.

»Das genügt nicht«, sagte er laut. »Was bewahrt Dom vor dem Tod?«

Asman hob die Schultern. »Was halten Sie von der Idee, daß die Joker unser Universum verändern, um sein Leben zu schützen? Diese Vorstellung erfreut sich derzeit großer Beliebtheit. Vielleicht *wollen* sie, daß er ihre Heimatwelt entdeckt. Vielleicht warten sie darauf, daß jemand ihr Geheimnis lüftet. Von dieser Annahme gehen wir derzeit aus. Vielleicht sind unsere Aktionen notwendig, um Dom durch eine gewisse Anzahl alternativer Universen zu dirigieren — damit er das erreichen kann, in dem die Joker leben. Eine Möglichkeit, die absurd klingt. Aber sie ist der Überlegung wert.«

Ways schwieg.

»Das stimmt Sie nachdenklich, was?«

Der Roboter nickte, strich seinen Mantel beiseite und berührte die Brustplatte. Ein Segment glitt zur Seite, und dahinter kam ein kleiner Käfig zum Vorschein. Er bestand aus hastig zusammengelöteten Energiekabeln und enthielt ein rattenartiges Wesen. Das sechsbeinige rosafarbene Geschöpf drehte sich mehrmals um die eigene Achse, zischte und spuckte nach Asman.

»Doms Schoßtierchen«, sagte der Mann.

»Ich ahnte schon, daß Sie davon wissen«, brummte der elektronisch-mechanische Humanoide.

»Es steht alles in den Gleichungen«, erklärte Asman. »Obwohl wir uns in diesem Zusammenhang nicht zu sehr in die Einzelheiten vertieft haben. Das ist also Ig. Komischer kleiner Kerl, nicht wahr?«

»*Er* ist ein *es*«, sagte Ways. »Ich hatte ausreichend Gelegenheit, mich mit dieser Spezies zu befassen. Solche Tiere fressen alles, sogar künstliche Haut.« Er hob einen bis zum Metallknochen durchgebissenen Finger. »In gewisser Weise könnte man mich als Experten für die Sumpf-Igs bezeichnen. Die Dagon-Fischer auf Verkehrtherum behaupten, sie seien die Seelen Ertrunkener — und vielleicht lassen sich gewisse Ähnlichkeiten nicht leugnen. Es handelt sich um die drittgrößten atmenden Wesen, die das Ökosystem jenes Planeten hervorgebracht hat. Phnoben halten sie für Glücksbringer, und die Fischer vertreten einen ähnlichen Standpunkt: Wenn man die Freundschaft eines solchen Tiers gewinnt, sei der Tod nie tödlich. Möglicherweise besitzen sie einen rudimentär ausgeprägten sechsten Sinn, wie Hunde oder Drachen von Drittes Auge. Allerdings bleibt es mir ein Rätsel, warum sie solche Achtung genießen. Auf Verkehrtherum haben sie keine natürlichen Feinde, und sie stellen eine Art planetares Totem dar. Ich schlage vor, die Bombe im Brustkasten unterzubringen.«

»Bombe?«

»Ihr Plan sieht vor, Dom nach der Entdeckung der Joker-Welt umzubringen«, fuhr Ways fort. »Sie brauchen mir das nicht eigens zu sagen — es liegt auf der Hand. Nun, dieses Wesen hängt an ihm. Ich sorge dafür, daß es zu dem jungen Sabalos zurückkehrt.«

Asman betrachtete den Käfig. »Ihre Analyse unserer Absichten ist durchaus richtig«, gestand er ein. In seiner Stimme ließ sich ein Hauch von Nervosität vernehmen.

Auf seine Anweisung hin trug einer der anwesenden Techniker den Käfig fort. »Möchten Sie etwas essen?«

»In einem gewissen Maß sind organische Kalorien eine nützliche Energieergänzung«, antwortete Ways.

Sie betraten das ›Die dunkle Seite der Sonne‹, ein niedriges, im phnobischen Stil errichtetes Gebäude, das sich an die Dünen zwischen dem Joker-Institut und dem Minnesota-Meer duckte. Es war eins von vielen Bauwerken. Das Institut hatte eine Stadt von beträchtlichen Ausmaßen entstehen lassen: Sie basierte in erster Linie auf der Joker-Industrie und begrenztem Tourismus. Selbst Außenweltler kamen hierher. Den meisten irdischen Besuchern ging es nur darum, die Aliens zu sehen und sich kosmopolitisch zu fühlen, und das Management des ›Dunkle Seite‹ stellte sich darauf ein. Ebenso dekorative wie phantasievolle Hologramme leuchteten an den langen Wänden: Solarflöße der Creapii, die über das kochende Plasma von Luyten 789-6 glitten; eine Achtgruppe von Drosken beim Bestattungsschmaus; grimmig dreinblickende Gärtner, die auf Aubergine gegen einen wilden Baum kämpften; Löffler, die auf einer namenlosen Eiswelt irgendwelche seltsamen Dinge anstellten …

Hinzu kamen Dutzende von Skulpturen. Die phnobischen Statuen wirkten nicht sonderlich überzeugend und stellten vermutlich Nachahmungen dar, wohingegen das Schneekunstwerk eines ungenannten Drosken von der Tka-Halbinsel authentisch sein mochte. Was auch auf das … Ding zutraf, das sich nur schwer beschreiben und erst recht nicht verstehen ließ: Es schwebte an der Decke, drehte sich langsam, stieß ab und zu an die Wände. Auf dem Boden lag ein lebendiger semiintelligenter Reiniger (der auf der Lohnliste des Instituts stand), und die Roboterkellner stammten ausnahmslos von Laoth. Die etwas anpassungsfähigeren Außenweltler zogen das ›Die dunkle Seite der Sonne‹ allen anderen gastronomischen Einrichtungen vor: Sie schätzten sowohl die gute Küche als auch die einzigartige irdische Atmosphäre.

Über der Speisekarte stand in kupfernen Lettern: ›Wir servieren alles.‹

»In diesem Zusammenhang berichtet man von einem Drosken-Häuptling, der hier Platz nahm und das Hirn seiner Großmutter auf Toast bestellte«, sagte Asman, als er einen Tisch wählte.

Ways nickte. »Und der Kellner erwiderte: ›Tut mir leid, uns ist das Brot ausgegangen.‹ Die Geschichte hat sich bereits herumgesprochen. Ich habe sie sogar auf Terra Novae gehört. Nun, ich vertraue ganz Ihrem Geschmack — solange Sie eine stärkehaltige Speise bestellen.«

»Ich schlage vor, wir genehmigen uns eine epiphysische Spezialität. Wie wär's mit Fastenglück-Kuskus?«

Hinter Asman erstreckte sich eine weitere, ganz besondere Wand, und dadurch gewann auch der Tisch eine spezielle Bedeutung. Aus diesem Grund hatte sich Asman betont würdevoll gegeben, als sie sich dem Platz näherten. Der Direktor des Joker-Instituts war eine Attraktion.

Das Gemälde zeigte einige der vertrauteren stellaren Völker. Die Abgesandten der einzelnen Spezies nahmen eine demütige Haltung ein, standen vor einem Thron, auf dem ein Mensch saß. Es handelte sich um einen Mann mit vage epiphysischen Zügen, gekleidet in ein Harlekin-Kostüm. Er trug eine Narrenkappe mit Glöckchen und lächelte. Dahinter leuchtete eine Sonne, die eine Hälfte dunkel, die andere aus diesem Blickwinkel nur als Sichel zu erkennen.

»Warum wird der Joker ausgerechnet als Mensch dargestellt?« fragte Ways. Er nahm eine Handvoll aus der dampfenden Schüssel, knetete die Masse und verschlang sie auf einmal.

»Nun, eigentlich gibt es dafür keinen wissenschaftlich-physiologischen Grund in dem Sinne«, entgegnete Asman. »Der Begriff ›Joker‹ entstammt einer alten irdischen Sprache, und um der bildlichen Metapher gerecht zu werden, wurde eine menschliche Gestalt gewählt.« Asman sah Ways an und lächelte schief. »Sind Sie mit dem Rest der Symbolik einverstanden?«

»Der Joker als Herr der Schöpfung? Das entspricht der Vorstellung, daß sie auf vielen öden Planeten Leben säten. Die Darstellungsweise deutete darauf hin, daß dem nicht nur altruistische Motive zugrunde lagen. Sklavenrassen?«

»Vielleicht. Die Menschheit — ich meine die *richtige* Menschheit, die sich auf die Erde und ihren Mond beschränkt — kann es sich nicht leisten, den Jokern zu begegnen. Sie haben uns gegenüber einen Entwicklungsvorsprung von mindestens fünf Millionen Jahren. Und was noch wichtiger ist: Sie hatten die ganze Galaxis für sich. Sie mußten nicht lernen, sich anderen Völkern gegenüber durchzusetzen. Deshalb leiten *wir* die Suche. Wir dürfen nicht zulassen, daß sie uns zuerst finden.«

»Mit anderen Worten: Sie gehen davon aus, daß die Joker nach wie vor existieren, daß sie noch leben?«

»Was hätte sie umbringen können? Und ich frage mich: Zu welcher Art von Göttern — oder Teufeln — sind sie inzwischen geworden? Ich glaube, sie verbergen sich irgendwo. Und warten.«

Ways starrte einige Sekunden lang ins Leere. »Was soll aus mir werden?« fragte er nach einer Weile.

Asman starrte ihn verwirrt an, verwandelte seine

Miene dann ein wenig zu schnell in eine ausdruckslose Maske.

»Möchten Sie das Institut verlassen?«

»Nur dies hier hält mich«, brummte Ways und betastete seinen goldenen Kragen. »Ja, ich möchte aussteigen. Ich weiß, wieviel ich koste. Das ist einer der Vorteile, ein Roboter zu sein: Es gibt kaum Fragen, die sich nicht beantworten lassen. Ich kenne meinen Wert, und ich weiß auch, zu welchem Zweck ich geschaffen wurde. Ich werde jeden einzelnen Picostandard zurückzahlen. Aber das menschliche Drum und Dran können Sie behalten. Ich brauche es nicht.«

Ways machte einen Salto rückwärts, zerschmetterte dabei den Sessel und landete elegant auf den Beinen, bereit zum nächsten Sprung. Der weite Satz brachte ihn über den Tisch hinweg, in Richtung eines heraneilenden Mannes. Der Roboter umfaßte das Handgelenk des Unbekannten, drückte gerade fest genug zu, um stechenden Schmerz zu induzieren. Ein kleiner Schaller fiel auf den zuckenden Teppich.

Mit einer schemenhaft schnellen Bewegung hob Ways die Hand und berührte den Mann am Nacken. Die Gestalt gab ein leises Stöhnen von sich, sank zu Boden. Der Roboter entschuldigte sich bei einem in der Nähe sitzenden Besucher von Verdammich, der verdutzt auf seinen zerbrochenen Teller starrte, kehrte dann zu Asman zurück.

»Das tut mir leid«, sagte der Direktor. »In meinem Beruf muß man immer mit Attentaten rechnen.«

»Er war zu laut, als er den Schaller justierte«, erklärte Ways. »Ich hoffe, Sie wurden rechtzeitig verständigt.«

»O ja. Vor drei Tagen. Ein ganz gewöhnlicher Vertrag der Vereinigten Spione. Allerdings habe ich hier im Restaurant keinen Anschlag erwartet — die Verwaltung des ›Die dunkle Seite der Sonne‹ hat eine Neutralitätsvereinbarung getroffen. Vermutlich legt sie Beschwerde ein.«

»Konnten Sie dem regulären Kontraktfaks entnehmen, wer den Auftrag gab?« erkundigte sich Ways.

»Nein. Er enthielt nur die üblichen Hinweise, Sie wissen schon: ›Wir benachrichtigen Sie hiermit, daß man mit Hilfe von Projektil- oder Strahlwaffen versuchen wird, Sie vom Leben zum Tode zu befördern.‹ Ich nehme an, es steckt jemand dahinter, den ich ... Nun, es ist mein Problem, nicht Ihrs. Trotzdem vielen Dank.«

Zwei Sicherheitsbeamte des Instituts näherten sich mit auffälliger Unauffälligkeit und trugen die Leiche fort. Ways sah sich in dem Saal um. Zwei einfache Funktionäre des irdischen Direktoriums beklagten sich beim Oberkellner, doch die von Außenwelt stammenden Gäste gingen bereits wieder zur Tagesordnung — zu den Speisekarten und ihrem Menü — über. Vielleicht glaubten einige von ihnen, der Zwischenfall sei nur eine Vorstellung, die zu ihrer Unterhaltung diente. Während der Aushungerungs-Zeremonie auf Verdammich traten Tänzer auf, die ... Ways unterbrach den unerwünschten Datenstrom und beobachtete zwei Gestalten, die hinter einer üppig wuchernden Blattschußpflanze von Aubergine saßen: ein großer narbengesichtiger Mann, der teure, aber schon abgenutzte Kleidung trug, begleitet von einem veralteten Dienstroboter. Während des Mordversuchs hatten sie nicht einmal aufgesehen, blieben auf ein Spielbrett mit mechanischen Figuren konzentriert.

Ways wandte sich an Asman.

»Ich gehe jetzt«, sagte er. »Wenn ich diesen letzten Auftrag erfüllt habe, werde ich mich auf das siebzehnte Untergesetz der Robotik berufen und aus den Diensten des Instituts scheiden. Danke für das Essen. Es war höchst energiereich. Guten Abend.«

Asman sah Ways nach, lehnte sich schließlich zurück und betrachtete nachdenklich die Wand. In seinem Innenohr summte es leise, und kurz darauf erklangen zwei vertraute Stimmen — subakustische Impulse, die an seinen auralen Nerven entlangtasteten, das Trommelfell passierten, ohne eine einzige Vibration auszulösen, sich direkt dem Bewußtsein mitteilten.

»Interessant.«

»Mag sein«, sagte die zweite Stimme. »Dennoch rate ich Ihnen, den Roboter umgehend zu demontieren.«

»Wie viele Personen hören mit, Herr Vorsitzender?« dachte Asman.

»Nur Lady Ladkin und ich«, antwortete die erste Stimme. »Dies ist keineswegs eine offizielle Direktoriums-Konferenz. Wir sind dem Geschehen zwar mit großem Interesse gefolgt, aber leider kamen wir nicht zu den gleichen Schlußfolgerungen.«

Asman nickte dem Kellner zu und trat in die Nacht hinaus. Er folgte dem Verlauf eines kurvenreichen sandigen Pfads, der zum Institut zurückführte.

»Ways ist konsequent«, erwiderte er in Gedanken. »Er gibt nicht eher Ruhe, bis er seinen Auftrag durchgeführt hat.«

Lady Ladkin klang pikiert. »Warum sollen wir uns auf einen Roboter verlassen? Ich kenne ein Dutzend Personen mit der erforderlichen Mischung aus Loyalität und Entschlossenheit.«

»Mylady, ganz abgesehen von der Tatsache, daß die Wahrscheinlichkeits-Strukturen den Einsatz einer solchen Maschine voraussagen ...«, warf Asman ein. »Er hat seine Fähigkeiten bei früheren Mordaufträgen bewiesen. Zum Beispiel löste er das Debal im Direktorium von Terra Novae aus. Darf ich offen sprechen, Lord Pan?«

»Nur zu!« lautete die fast mürrische Antwort des Vorsitzenden. »Derzeit nehme ich an der Premiere eines Konzerts des Taktilen Orchesters von Drittes Auge teil. Ich langweile mich hier fast zu Tode.«

»Mylord und Mylady, ich habe diesen Abend Ihrem Wunsch gemäß vorbereitet und bin dabei keine unerheblichen Risiken eingegangen. Der Attentäter hätte Erfolg haben können. Vereinigte Spione zeigte durchaus

Verständnis für meine Anfrage, aber ich mußte eine Verzichterklärung unterschreiben, und vermutlich wurde der beste Mann eingesetzt. Nun, Sie wissen natürlich, daß wir den Roboter überwachen. Er haßt das Institut, und er begegnet Sabalos mit gewisser Sympathie ...«

»Mir ergeht es nicht anders«, sagte Pan. Diesmal übertrug die mentale Verbindung auch einige leise Orchesterklänge. »Ich glaube, ich bin ihm einmal begegnet, und außerdem war ich mit seiner Großmutter befreundet. Inzwischen müßte sie alt sein. Ziemlich alt sogar. Eine großartige Frau.« Pan unterbrach sich kurz. »Ja, wir haben den Gong für die dreizehnte Symphonie gehört, Meister Banause ...«

»Wir sollten den jungen Sabalos als eine Art Werkzeug sehen, Mylord«, dachte Asman geduldig und wanderte durch schmale Dünentäler. »Ways hat Mitleid mit ihm, aber ich habe alle Maßnahmen getroffen, um seine Loyalität uns gegenüber sicherzustellen. Wie er selbst zugibt: Er ist ein Roboter der Klasse Fünf, und mit den richtigen Mitteln können selbst solche Maschinen konditioniert werden.«

»Wenn Sie den Kragen meinen ...«, begann Lady Ladkin.

»Er wird sich von ganz allein aktivieren«, versicherte Asman hastig. »Wenn der unwahrscheinliche Fall eintritt, daß Ways andere als die vorgesehenen Entscheidungen trifft.«

Die Dame auf der anderen Seite der Gedankenbrücke brummte etwas und schwieg.

»Bekomme ich grünes Licht von Ihnen?«

Asman vernahm ein diffuses musikalisches Echo. »Wenn das Kunst ist, bin ich ein getarnter Joker«, übermittelte Pan. »Ja, Asman, machen Sie weiter. Schließlich ändert sich nichts an den Voraussagen der Gleichungen, oder? Über die Bombe in Doms kleinem Liebling bin ich nicht sonderlich glücklich — ich habe einige Katzen, an denen ich sehr hänge —, aber wir müssen eben praktisch denken. Fahren Sie wie geplant fort. Ich erwarte Ihren vollständigen Bericht.«

Und dann war Asman allein inmitten der Dünen.

Dom erwachte. Eine Zeitlang schwebte er, fing dahingleitende Gedankenfragmente ein und versuchte sich an das Hier und Jetzt zu erinnern. Dann stieß er sich mit den Zehen ab und segelte durch die Kabine.

Tag herrschte auf dieser Seite von Band. Dom beobachtete, wie der Terminator über den Planeten raste, das Band-auf-Band enthüllte.

Es handelte sich um einen fast fünftausend Kilometer breiten Landstreifen am Äquator, der den Planeten in ein Korsett zu zwängen schien. Selbst aus großer Höhe betrachtet, schien die Welt so schnell zu rotieren, daß ein phantasievoller Beobachter unwillkürlich damit rechnete, das dumpfe Brummen eines Kreisels zu hören. Das Band war ein graubraunes Gebirgsmassiv, mehr als vierzigtausend Kilometer lang, gesäumt von blaugrünem Grasland. Daran schlossen auf beiden Seiten dunkle Ozeane an, die bis zu den wie plattgequetscht anmutenden weißen Polkappen reichten.

»Für diese geologischen Besonderheiten gibt es einleuchtende Erklärungen, Boß«, sagte Isaac und sah vom Autokoch auf. »Sie heißen Kontinentaldrift, superschnelle Rotation und uralter Vulkanismus.« Er fügte hinzu: »Oder wollten Sie das gar nicht wissen?«

»Muß ein irrer Ort sein«, murmelte Dom. »Eine Sonne, die geradezu über den Himmel *rast* ...«

»Den Sonnenhunden gefällt's dort unten.«

Dom nickte. Band galt als ihre Heimat. Eigentlich hatten sich die Sonnenhunde auf Aubergine entwickelt, doch vor rund sechshundert Jahren akzeptierten sie ein lukratives finanzielles Angebot und ließen sich auf Band nieder. Eigentlich waren sie recht nett und umgänglich, doch während der Legezeit mußte man sie mit erheblicher Vorsicht genießen. Doms Teleskopsondierung zeigte nur Herden von Jungen, die vom Raum aus wie große Flecken auf einer der tausendfünfhundert Kilometer langen und mit Mariengras bewachsenen Ebenen aussahen.

Der junge Sabalos entdeckte zwei kleine Sumpfstreifen, einige Flüsse in den Bergen und einen kleinen See. Nirgends boten sich seinen neugierigen Blicken irgendwelche Hinweise auf Siedlungen dar.

Dom hatte bereits Informationsmaterial über Band gelesen. Der von den Creapii mitfinanzierte Naturschutzfonds unterhielt eine kleine, von Robotern bemannte Beobachtungsstation auf dem Planeten, die illegale Landungen verhindern sollte. Das Hauptquartier der Fonds-Organisation wies darauf hin, daß auf Band ein Wesen namens Saufmich wohnte, eine alte Entität, die bereits vor dem Eintreffen der Sonnenhunde auf Band lebte. Diese Behauptungen stießen bei Dom auf vorsichtige Skepsis: Immerhin hatte die Welt unter ihm nur einige wenige Pflanzenarten hervorgebracht und überhaupt kein tierisches Leben. Hinzu kam, daß die Vegetation überhaupt keine Anzeichen von Intelligenz offenbarte. Auf Band gab es kein höherentwickeltes Leben — das war einer der Gründe, warum sich die Sonnenhunde für den Planeten entschieden. Demzufolge galt Saufmich als eine Legende oder eine Art planetarer Spuk. Nein, die Datenspeicher der Basis enthielten keine Angaben über kürzlich erfolgte Landungen von Raumschiffen. Ja, es geschah nur selten, daß sich jemand auf die SOS-Klausel berief und technische Hilfe anforderte. Die Station war auf solche Notfälle vorbereitet. Besten Dank für die Anfrage.

Die Sonnenhunde, mit denen sich Dom in Verbindung setzte, weigerten sich, über Saufmich zu diskutieren. Viele von ihnen segelten in einer Umlaufbahn des Planeten.

Band drehte sich mit unversiegbarem Temperament, und es dauerte nicht lange, bis Dom einmal mehr die

Komsignale der *Trunken mit Unendlichkeit* empfing. Es knackte im Lautsprecher, und einige Sekunden später ertönte Joans Stimme.

»Willst du noch immer nicht landen, Dom? Sei doch vernünftig! Ich finde, du verhältst dich nicht besonders klug.«

Die Stimme seiner Großmutter bildete den akustischen Hintergrund, als Dom erneut das Teleskop ausfuhr und den Planeten beobachtete.

Die *Trunken* befand sich mehrere tausend Kilometer unter der *Ein Sprung voraus*, ein gedrungener Klecks am Ende eines langen Schattens, der zu schrumpfen schien. Das Raumschiff stand auf einer grasigen Ebene, in der Mitte zwischen den Bergen und dem Meer, nur etwa fünfzehn Kilometer vom kleinen See entfernt. In der Nähe des Kreuzers spiegelte sich das Licht hier und dort auf Metall wider: Roboter.

»Schon seit Stunden befindest du dich in der Umlaufbahn, Dom. Du mußt bald landen, um die Sauerstoffvorräte zu erneuern, und zufälligerweise weiß ich, daß dein Treibstoff nicht für einen neuerlichen Start genügt. Nimm Vernunft an! Ich habe doch gar nichts gegen dich, meine es nur gut mit dir. Bitte komm mit mir zurück nach Verkehrtherum! Du ahnst gar nicht, in welcher Gefahr du schwebst.«

Zum mindestens hundertsten Mal blickte Dom auf die Treibstoffanzeige. Joan hatte völlig recht.

Mißmutig schlug er den Planetenführer der Jacht auf. Er stammte aus der Bordbibliothek, die auch Dutzende von Werken über Ökonomie und moderne Wirtschaftsprobleme enthielt. Dom erinnerte sich in diesem Zusammenhang an die vielen Vorträge Hrsh-Hgns und schnitt eine Grimasse.

»Eine von der Natur dürftig ausgestattete Welt, wenn auch vom All aus gesehen recht hübsch«, las er. »Einer der wenigen festen Planeten, die sich große Mühe geben, wie die Miniaturausführung eines Gasriesen auszusehen. Band wurde im Jahre Der Großen Sonne 5356 von den Creapii entdeckt und vorübergehend besiedelt, kurze Zeit später jedoch an die Sonnenhunde und ihre Jungen verpachtet. Nichtgenehmigte Landungen sind — außer in Notfällen — streng verboten. Wer die Bodenstation um Reparatur defekter Bordmechanismen bittet, sollte sich davor hüten, Band im späten Frühling zu betreten ...«

Aus offensichtlichen Gründen, dachte Dom. Er zweifelte kaum daran, daß nun gerade der späte Frühling begonnen hatte. Andererseits: Bestimmt befand sich auch Hrsh-Hgn auf dem Planeten. Und ein phantomhaftes Wesen mit dem eher seltsamen Namen Saufmich.

»Nun«, sagte Dom, »wir gehen folgendermaßen vor ...«

»Sie landen, Ma'am.«

Joan stolzierte durch die Kabine und winkte den Roboter aus dem Kommandosessel.

Der Bildschirm zeigte eine dünne Linie, die über den Planeten strich. Sie neigte sich nach unten, und kurz darauf erfaßten die externen Sensoren eine Raumjacht. Der Pilot der *Ein Sprung voraus* steuerte das kleine Schiff mit waghalsiger Tollkühnheit über die Ebene.

»Die Trotzgeste eines echten Sabalos«, sagte Joan stolz. »Es ist keine Schande aufzugeben, wenn einem keine Alternative mehr bleibt.«

Die Jacht verzögerte mit feuernden Bremstriebwerken, landete etwa eine Meile entfernt. Dutzende von erschrockenen Sonnenhund-Kindern sausten schwerfällig und ungelenk davon, wimmerten und heulten furchtsam.

»Acht und Drei: Holt ihn ab; bringt meinen Enkel hierher.«

Zwei der draußen wartenden Roboter setzten sich in Bewegung und liefen durchs kniehohe Gras.

»Das wäre erledigt«, sagte Joan zufrieden. Sie drehte

sich in ihrem Sessel um und gab einem Servodiener die Anweisung, einen Krug bitteren epiphysischen Wein aus der Bordkombüse zu holen. Der einzige andere organische Passagier beobachtete sie traurig und niedergeschlagen.

Bei den Phnoben gab es drei Geschlechter, doch außerdem existierte noch ein anderer wichtiger Unterschied: zwischen den Phnoben, die auf dem Heimatplaneten lebten, und den anderen, die nach Außenwelt zogen. In Hinsicht auf diese beiden Subspezies fehlte jede gemeinsame Basis. Wer fortging, kam für gewöhnlich nicht zurück. Und wer doch Heimweh verspürte, bezahlte es mit dem Leben. Mit unerschütterlicher religiöser Sturheit beharrten die phnobischen Priester darauf, das Universum ende an den Immerwährenden Wolken. Zurückkehrende Phnoben waren schlecht fürs Kirchengeschäft — und deshalb wurden sie schlicht und einfach aus dem Verkehr gezogen. Vernünftigere Emigranten zogen das Leben in den *Burukus* vor.

»Offenbar muß ich Sie doch nicht zurückschicken«, sagte Joan süffisant.

»Und dafür bin ich ssehr dankbar.« Hrsh-Hgn verzog das Gesicht und massierte sich den langen Brustkorb. »Ihre Roboter ssind ssehr unsanft, Madam.«

»Ich bin sicher, sie haben nur wenig mehr als das unbedingt notwendige Minimum an Gewalt eingesetzt.« Die alte Frau beugte sich vor. »Aus reinem Interesse: Was geschieht mit zurückkehrenden Phnoben?«

»Die entssprechenden Schiffe müssen in einem heiligen Bereich landen, und aussteigende Phnoben werden mit Ritualmessern getötet, sso heißt ess. Ich halte dass für ssehr unvernünftig. Immerhin überweise ich mein ganzess Gehalt dem heiligen Schatzamt. Tja, wie heißt ess sso schön? Frskss Shhs Ghs Ghnng-ghngss.«

Joan hob die Brauen. »Ach, tatsächlich? Hrskss-gng, mein Lieber. Und zwar gleich mehrfach.«

Hrsh-Hgn errötete in einem matten Grau. »Verzeihen

Ssie bitte, Madam, aber ich wußte nicht, daß Ssie Phnobisch beherrschen ...« Er musterte Joan mit neuem Respekt.

»Das ist auch gar nicht der Fall. Aber selbst bei flüchtigen Bekanntschaften mit fremden Sprachen bleiben einige Worte hängen. Eine Frau von der Erde empfindet Ihre Bemerkung von eben als ein — wenn auch sehr direktes — Kompliment.«

Sie wandte sich wieder dem Bildschirm zu.

Roboter Acht und Drei stapften auf die Raumjacht zu, aus deren Außenlautsprechern die Melodien der Verkehrtherum-Ballade *Hältst du mich etwa für einen Dummkopf?* drangen. Die einzelnen Tonfolgen der Daumenorgel klangen ein wenig zu schrill.

Ein Sonnenhund-Junges eilte fort, als sich die beiden Maschinen näherten.

Die Luke schwang auf. Drei trat in die Luftschleuse.

Isaac musterte ihn freundlich.

»Wie ich sehe, ist der Mensch nicht zugegen«, sagte Drei.

»Da hast du völlig recht«, erwiderte Isaac.

Drei beäugte ihn aufmerksam und verkündete schließlich: »Ich bin ein Roboter der Klasse Drei. Ich bitte Sie darum, sich nicht von der Stelle zu rühren, während ich neue Anweisungen einhole.«

»Ich hingegen bin ein Roboter der Klasse Fünf mit integriertem Ergebenheitsprozessor«, sagte Isaac fröhlich und griff nach einem Schraubenschlüssel.

Das Leuchten in den Augenlinsen der anderen Maschine verstärkte sich.

»Ich registriere die Möglichkeit einer unmittelbaren chronologischen Sequenz mit beträchtlichem Gewaltpotential«, sagte Drei und trat einen Schritt zurück. »Ich persönlich ziehe eine chronologische Sequenz ohne jede Gewaltanwendung vor.«

Acht sah in die Luftschleuse und sagte: »Dem kann ich mich nur anschließen.«

Isaac hielt den Schraubenschlüssel nachdenklich in der Hand. »Für Roboter der Klasse Drei seid ihr Burschen recht helle. Nun, hier gibt es nur euch und mich; wir brauchen also nicht auf organische Menschen Rücksicht zu nehmen. Habt ihr die Absicht, mich zu belästigen?«

»Unser Befehl lautet, die Insassen dieses kleinen Raumfahrzeugs zu unserer Herrin zu bringen«, sagte Drei. Er beobachtete das wuchtige Werkzeug.

»Wie wär's, wenn ihr den Gehorsam verweigert?«

»Roboter der Klasse Fünf können den Gehorsam verweigern, sogar Exemplare der Klasse Vier, zumindest unter gewissen Umständen. Wir gehören zu keiner der beiden genannten Kategorien. Erlauben Sie mir, in diesem Zusammenhang mein Bedauern zum Ausdruck zu bringen.«

»Tja, dann bleibt mir wohl nichts anderes übrig, als euch vorübergehend außer Betrieb zu setzen«, sagte Isaac fest.

»Zwar sind Sie intelligenter als ich, aber ich muß trotzdem darauf bestehen, Widerstand zu leisten«, entgegnete Drei. Unsicher verlagerte er das Gewicht vom einen Bein aufs andere.

»Ich zähle jetzt bis drei, und anschließend greifen wir zum Mittel der Gewalt«, sagte Isaac. »Eins. Zwei.«

Der Schraubenschlüssel prallte an die Desaktivierungstaste des einen Roboters. »Drei«, sagte Isaac und wandte sich zu Acht um, der verwirrt auf seinen am Boden liegenden Kollegen hinabstarrte.

»Ich registriere eine unlogische Ereigniskette, die Gewalt einschließt«, bemerkte er. Isaac holte aus und schlug zu.

Er brauchte eine Weile, um sich von Gesichtsmaske und Kunsthautverschalung zu befreien, klebte sich ein Plastikschild mit der Kennung ›Drei‹ auf die Brust. Dann machte er sich sofort auf den Weg zur *Trunken mit Unendlichkeit*, hielt den stählernen Kopf stolz aufrecht.

Unterwegs kam es zu keinen Zwischenfällen. Er wurde auch nicht aufgehalten, als er das größere Raumschiff erreichte, und betrat dort Joans Kabine. Die alte Frau sah auf.

»Du hast dir Zeit gelassen«, stellte sie fest. »Wo ist Dom? Und wo steckt Acht?«

»Eben kam es zu einer gar nicht so unlogischen Ereigniskette, die Gewalt einschloß«, sagte Isaac. Mit einer fließenden Bewegung hob er Hrsh-Hgn aus dem Sessel, warf ihn sich über die Schulter und floh. Gerade noch rechtzeitig huschte er durch die Luftschleuse, bevor sich das Schott hinter ihm schloß.

Vor dem Schiff ließ er den Phnoben zu Boden und deutete nach Osten. »Laufen Sie los! Dort drüben befindet sich ein See; wir treffen uns später.« Er fügte hinzu: »Derzeit befürchte ich einige weitere Ereignisketten, die fast ausschließlich aus Gewalt bestehen.«

Auf Joans Befehl hin drehten sich zwanzig Roboterwächter um und stürmten auf sie zu.

Isaac blieb an Ort und Stelle stehen, und dieses Verhalten schien die Angreifer zu verwundern. Er musterte die stählerne Horde. »Gehört ihr alle zur Klasse Drei?«

»Einige von uns sind Klasse Zwei-Einheiten, doch die meisten lassen sich in die Kategorie Drei einordnen«, erwiderte Roboter Zwölf. »Ich bin ebenfalls ein Dreier.«

Isaac sah zum Himmel hoch. Er fühlte sich ausgelassen, fast euphorisch — und bekam deswegen Gewissensbisse.

»Berichtigung«, sagte er. »Ihr wißt es zwar noch nicht, aber gleich gehört ihr alle in die Kategorie Schrott.«

Zwölf zögerte. »Mein elektronisches Lexikon verbindet diesen Ausdruck mit der Vorstellung von Zerstörung.«

Isaac nickte. »In der Tat. Was hältst du von dem geflügelten Wort ›zum alten Eisen werfen‹, hm? Nun, ich zähle jetzt bis drei ...«

Er trat vor, und sein Atomherz sang die lyrische Melodie überlegener Intelligenz.

Dom sprang aus der dahinrasenden Jacht, bevor sie sich der *Trunken mit Unendlichkeit* auf Sichtweite näherte. Wie ein welkes Blatt trieb er im Sog der *Ein Sprung voraus,* bis die Gravsandalen seine Fluglage stabilisierten. Er ließ sich zur Ebene hinsinken, verharrte einen knappen Meter überm Gras und schwebte nach Osten.

Zehn Minuten lang glitt er über das Mariengras hinweg, das abgesehen von einigen Unkrautarten, Moosen, Flechten und Meerestang die einzige Vegetation auf Band darstellte. Offenbar hatte die Natur auf diesem Planeten den Punkt ›Experimente‹ von ihrer Optionsliste gestrichen.

Mehrmals kam er an Sonnenhund-Jungen vorbei, großen plumpen Wesen, die vom Weltraum aus gesehen wie Wolken über dem Kontinent aussahen. Hier und dort sonderte sich ein etwas älteres Exemplar von den Herden ab, hockte sich aufs breite Hinterteil und starrte traurig zum Firmament hoch. Die Haut dieser Einzelgänger glänzte in dem stumpfen Grau von Sonnenhunden kurz vor der Pubertät, und für gewöhnlich rochen sie wie verfaulende Fische.

Als Dom ein solches Wesen passierte, stimmte es einen heulenden Klagegesang an, wankte auf seinen Stummelbeinen und blickte dann wieder sehnsüchtig gen Himmel.

82 Erandi eilte flink zum Zenit.

Das Gebäude der Roboterstern erhob sich am gegenüberliegenden Ufer. Vermutlich hatte man die planetare Basis des Naturschutzfonds an jener Stelle errichtet, weil der See eins der wenigen auffälligen Merkmale Bands war. Dom beschloß, es dort zu versuchen. Irgendwo mußte er die Suche nach Saufmich schließlich beginnen.

Er machte kurz Rast, trank einen Schluck Wasser und

nagte an einer gebratenen Geflügelkeule, die aus dem Autokoch stammte. Warme frühlingshafte Luft umgab ihn. Das ewige Kauen und Schmatzen der Sonnenhund-Kinder, die sich langsam durch das Mariengras fraßen, bildeten ein recht angenehmes Hintergrundgeräusch.

Vor Dom knisterte etwas. Eine kleine Metallkugel sauste mit leisem Sirren heran, verharrte in einem autarken Antigravfeld. Sie musterte den jungen Mann aus glänzenden Optiken und fuhr eine Kombination von Mikrofon und Lautsprecher aus.

»Ich erkenne Sie als ambulatorische Intelligenz vom Typ B«, sagte der Apparat. »Die Biovorhersage warnt davor, daß diese Region in zehn Minuten vom Runterkrachen erfaßt wird. Es wird empfohlen, sich in angemessene Schutzkleidung zu hüllen oder eine chtonische Zuflucht aufzusuchen.«

Die Kugel stieg wieder auf, sauste nach Norden und zirpte immer wieder: »Achtung, Achtung! Das Runterkrachen steht unmittelbar bevor! Hütet euch vor den Eiern!«

»He!« rief Dom. Der kleine Roboter kehrte sofort zurück.

»Ja?«

»Ich verstehe nicht, was du meinst.«

Die stählerne Sphäre dachte darüber nach. »Ich bin nur ein Exemplar der Klasse Eins«, antwortete sie schließlich. »Ich muß neue Anweisungen einholen.«

Wieder verschwand sie, und ein neuerliches »Hütet euch vor den Eiern!« verklang in der Ferne.

Dom blickte der Kugel nach und hob die Schultern. Aufmerksam sah er sich um, zog das Memorialschwert hinter dem Gürtel hervor. Die meisten Sonnenhündchen — abgesehen von den depressiven Himmelsstarrern — wirkten ganz friedlich, kauten in aller Ruhe Mariengras. Eine wahre Idylle.

Das Runterkrachen begann eine halbe Welt entfernt, über der glühenden Brandung der Atmosphäre. Die erwachsenen Sonnenhunde befanden sich nach wie vor im Orbit. Sie hatten ihre Eier gelegt, und nun begann das letzte Reifestadium.

Das erste Ei raste durch heiße Luft, und der bugwärtige Hitzeschild hinterließ einen Kondensstreifen aus ionisierten Molekülen. Schließlich platzte es an der spitzen Stelle auf, und der erste Fallschirm öffnete sich. An anderen Stellen des Firmaments erblühten ebenfalls weiße Membranen.

Nach zehn Jahren fiel das erste Ei auf die Oberfläche des Planeten, etwa hundertfünfzig Kilometer nördlich von Dom. Die schimmernde Hülle explodierte, und Myriaden Splitter rasten davon, verbrannten das Gras ...

Das zweite landete im Westen des Sees. Die Schale detonierte ebenfalls, und rotglühende Fragmente regneten auf einige Sonnenhund-Kinder herab, die einem uralten Instikt gehorchten, die Köpfe unter dicken Vorderpfoten verbargen.

Hinter ihnen erklang ein phnobischer Fluch.

KAPITEL 8

DOM HASTETE DURCHS GRAS und versuchte, den wie Geschossen dahinrasenden Trümmerstücken auseinandergeplatzter Eier auszuweichen. Er spürte ein schmerzhaftes Brennen an der Schulter: Einer der Splitter hatte seinen Schädel nur um Haaresbreite verfehlt.

Der Boden neigte sich plötzlich nach unten, und vor ihm erstreckte sich der See. Er war recht groß. Und kühl. Vielleicht bot er Sicherheit. Dom schaltete seine Gravsandalen ein und stieß sich ab.

Er sprang aus großer Höhe, und der Fall dauerte eine Weile. Nach einer halben Ewigkeit, wie es ihm erschien, durchbrach er die Wasseroberfläche. Schimmernde Blasen umgaben ihn, als er versuchte, sich zu orientieren, nach oben zurückzukehren, doch statt dessen sank er weiter.

Verwirrt fühlte er, wie seine Füße den Grund berührten. Das Wasser an Fersen und Waden schien sich zu erwärmen, als trachteten die Gravsandalen danach, ihn wieder in die Höhe zu katapultieren. Entsetzen stieg in Dom empor, als der Druck in den Lungen zunahm. Nach wenigen Sekunden konnte er ihm nicht länger widerstehen, und der junge Mann öffnete den Mund, atmete Wasser.

Mehr als zehn Meter trennten ihn von der Oberfläche. Nässe strömte ihm durch die Kehle. Dom trachtete danach, die Furcht aus sich zu verdrängen, holte erneut tief ›Luft‹.

Das Wasser ist mit Sauerstoff gesättigt. Es wird dich am Leben erhalten.

Ein silbrig glänzender großer Fisch schwamm neugierig näher, beäugte ihn kurz und huschte davon. Ein zehnbeiniger Krebs krabbelte über Doms Füße.

Hab keine Angst!

Ein Geräusch — jemand sprach zu ihm.

»Du bist also Saufmich.« Dom spähte durch trübe Planktonschlieren. »Wie der Name schon sagt: Man hat sich ein aquatisches Wesen vorgestellt, aber im Meer danach gesucht. He, ich kann dich nicht sehen!«

Ich bin hier. Du denkst in den falschen Begriffen.

Sterne funkelten im Wasser, erstrahlten auf allen Seiten: oben und unten, rechts und links neben Dom. Nach wie vor spürte er den kühlen Druck des Sees, doch die visuelle Wahrnehmung gaukelte ihm einen Aufenthalt im interstellaren Raum vor. Er glaubte sich im Zentrum eines Sternhaufens.

Nein, es ist der Mittelpunkt der Galaxis.

»Eine Illusion.«

Eine Erinnerung. Sieh zu!

Und im Mittelpunkt der Galaxis, wo Sterne einander streiften und interstellare Entfernungen in Lichtwochen gemessen wurden, gleißte ein Planet im blendenden Licht von vielen hundert Sonnen. Eine Welt aus Wasser.

Im Kern bestand sie aus Wasser IV, dem drittmerkwürdigsten Stoff im Universum, und die Oberfläche kochte. Die Bilder formten sich vor Doms innerem Auge, wuchsen mit der beständigen Trägheit glitzernder Kristalle.

Ein paar tausend Jahre lang zog der Planet seine komplizierte Bahn zwischen den Sternen, wie ein kosmischer Regentropfen, hinterließ am galaktischen Himmel einen leuchtenden Regenbogenschweif, der unter dem Photonendruck geisterhafte Gestalt gewann. Dann platzte die Welt wie ein verstopftes Ablaßventil für heißen Wasserdampf.

Dom duckte sich unwillkürlich. Ein brodelndes Etwas — ein ganzer See — überstand die verheerende Explosion und raste an ihm vorbei, auf dem Weg zum Rand der Milchstraße.

Mit einer Sicherheit, die jeden Zweifel ausschloß, begriff er plötzlich, daß die nasse Welt Leben hervorgebracht hatte — eine Art Leben, wie es nicht einmal die Joker kannten. Im heißen Wasser bildeten sich aller Wahrscheinlichkeit hohnsprechende chemische Verbindungen, komplexe Moleküle ...

»Du bist der See«, sagte Dom.

In der Tat. Wie geht es meiner alten Freundin, der Ersten Sirianischen Bank?

»Oh, vor ein paar Tagen war sie noch wohlauf«, erwiderte Dom. »Nun, äh, vermutlich bist du eher zurückhaltend und scheu, nicht wahr? Ich meine: Sonst hättest du dich längst zu erkennen gegeben.«

Da irrst du dich. Ich lege nur großen Wert auf meine Privatsphäre. Als ich hier eintraf, stellte die Bank die einzige andere Lebensform dar. Die Sonnenhunde kennen mich. Ich helfe ihnen, kümmere mich um ihre Jungen, und dafür sind sie mir dankbar. Sie sind diskret und taktvoll, sprechen nicht über mich.

»Du kümmerst dich um die Jungen? Bist du Telepath?«

Du verbindest andere Vorstellungen mit diesem Ausdruck. Die meisten Lebewesen bestehen zu einem großen Teil aus Wasser, aber in meinem ... Körper gibt es keine anderen Substanzen. Wer von mir trinkt, der nimmt mich in sich auf. So wie du. So etwas nennt man Osmose. Was keineswegs als Beleidigung gemeint ist.

»So habe ich das auch nicht verstanden«, sagte Dom. Er bohrte einen Fuß in den Grund, wirbelte Schlamm auf, versuchte, sich nicht wie ein Narr zu fühlen.

Vor acht Tagen schickte mir die Bank eine Nachricht. Sie ist Stein, ich bin Wasser. Daher kommen wir prächtig miteinander aus. Wir haben eine Übereinkunft getroffen.

Dom lächelte und ahnte etwas. »Es gibt Gerüchte über eine intelligente Sonne im galaktischen Norden.«

Da hast du völlig recht. Eine höchst sonderbare Erscheinung. Die Bank und ich sind jetzt auf der Suche nach einer vernunftbegabten Gaswolke, um das Elementenquartett zu vervollständigen. Nun, die Bank versprach mir, jemanden zu schicken, der mir bei meinem Ausdehnungsprogramm helfen kann.

»Davon weiß ich gar nichts«, warf Dom ein. »Meine Patin sagte mir, du könntest mir dabei helfen, die Heimatwelt der Joker zu finden.«

Wie wär's, wenn wir uns gegenseitig unter die Arme greifen?

»Welche Informationen hast du über die Joker?«

Keine. Wissen gehört nicht zu meiner Natur. Mein Wesen ist . . .

Es gab kein geeignetes Wort dafür. In Doms mentalem Fokus formten sich die Konturen rasch wechselnder Bilder, als Saufmich zu erklären versuchte. Intuition traf nicht genau den Kern der Sache. Der junge Salabos spürte etwas von der Ahnung eines Blattes, zu einem Baum zu gehören, mit ihm zusammen zu wachsen. Hinzu kamen Wärme, Verträumtheit, geheimnisvolles Ahnen . . .

Darf ich dein Gedächtnis sondieren? Vielleicht ist das notwendig. Danke. Möglicherweise erlebst du gleich einige Visionen, aber ich darf dir versichern, daß sie keine Rolle spielen. Meine Untersuchungen bringen das Fundament deines Bewußtseins überhaupt nicht in Gefahr. Weißt du, ich achte die geistige Integrität anderer Wesenheiten . . .

Nach einer Weile fuhr der See fort: *Eigentlich gibt es überhaupt keine dunkle Seite der Sonne. Beginnen wir mit den Joker-Türmen. Ihre Außenhülle besteht wahrscheinlich aus einem Riesenmolekül. Niemand weiß, wozu die Bauwerke dienen, warum sie alle Arten von Energie aufnehmen und anscheinend keine abstrahlen. Ich möchte hinzufügen: Im Prinzip gibt es für ihre Existenz ebensowenig einen ersichtlichen Grund wie für die des Menschen.*

Offenbar hat der Attentäter die Absicht, dich an der Entdekkung der Joker-Welt zu hindern. Aber vielleicht veranlaßt dich sein Verhalten zu Entscheidungen, die du unter normalen Umständen nicht getroffen hättest.

Kommen wir nun zu den Jokern selbst. Niemand kann

ernsthaft bestreiten, daß sie einmal gelebt haben. Sie hinterließen Artefakte, unter anderem die grandiosen Kettensterne, die beweisen, daß sie nicht nur mächtig waren, sondern auch ausgesprochen kühn. Auf Wolf schufen sie das ›Zentrum des Universums‹, was auf ein tiefes Verständnis für die offensichtlichen Wahrheiten des Totalen hindeutet. Die Zukunftsfossilien auf Drittes Auge stammen ebenfalls von ihnen — ein Hinweis darauf, daß sie mit dem Möglichkeitspotential der Zeitreise zumindest experimentiert haben. Es wäre jedoch ein großer Irrtum anzunehmen, die Joker seien die Summe ihrer Schöpfungen. Vielleicht handelt es sich bei ihren Hinterlassenschaften nur um Spielzeuge aus ihrer Kindheit und Jugend. Einige astronomische Daten lassen folgenden Schluß zu: Wenn sich die Joker auf einem Planeten entwickelten, so ist er wahrscheinlich längst in einer Nova- oder Supernova-Explosion verbrannt. Der Umstand, daß die Heimatwelt der Joker nicht in der ›Lebenssphäre‹ gefunden wurde, halte ich für keinen ausreichenden Beweis dafür, daß sie bewußt versteckt worden sind. Vielmehr glaube ich, daß sie sich woanders befindet. Noch eine weitere Bemerkung sei mir gestattet: Die Bezeichnung ›dunkle Seite der Sonne‹ verstehe ich nicht unbedingt als Ortsangabe, eher als ein ideelles Konzept.

»Das ist mir auch schon in den Sinn gekommen«, gestand Dom ein. Er hockte im Schlamm und beobachtete den Sonnenschein, der weit über ihm auf der Wasseroberfläche glitzerte.

Poesie ist die höchste aller Künste. Und die Joker beherrschten sie in Vollendung.

Dom seufzte. »Als ich die Suche begann, glaubte ich zunächst, es ginge nur darum, eine gut klingende Erklärung zu finden. Wie zum Beispiel die von Hrsh-Hgn.«

Oh, sie weist durchaus einige poetische Aspekte auf und läßt sich nicht so einfach von der Hand weisen. Andererseits ...

Einmal mehr folgten verbal-mentale Komponenten, die nicht übersetzt werden konnten: ein leichtes Prikkeln, gefolgt vom Gefühl des Irrtums; der fast körperliche Schmerz, ein schief hängendes Bild zu sehen — und nicht in der Lage zu sein, es geradezurichten; eine sanfte Disharmonie.

In dem Fall müßten sie den Creapii ähneln. Das Sein bestimmt das Bewußtsein, wie es so schön heißt — aber die Joker dachten nicht wie die Erbauer der Solarflöße. Allerdings sind die Creapii ohne jeden Zweifel die derzeit höchstentwickelte Lebensform. Ich rate dir, dich eingehender mit ihnen zu befassen. Vielleicht findet du bei ihnen einen Hinweis auf die Joker.

»Mit anderen Worten: Es ist mir nicht bestimmt, die Heimatwelt der Turmkonstrukteure zu entdecken.«

Zieh keine voreiligen Schlüsse! Nun, wichtig ist in erster Linie das Konzept. Jedes Geschöpf lebt in einem eigenen Vorstellungsgebäude, das sich von allen anderen unterscheidet. Man spricht doch von der ›Welt des Dichters‹, nicht wahr? Solche Angaben beziehen sich nicht auf einen physisch existenten Planeten, sondern auf Ideen.

»Ich glaube, ich verstehe, was du meinst«, sagte Dom und stand auf. »Die Welt der Joker — vielleicht nur eine Perspektive, eine Anschauung?«

Genau.

»Ich statte den Creapii einen Besuch ab.« Er versuchte sich zu erinnern. »Ich glaube, die Hochgradigen haben gerade ein Studienfloß im Bereich der Kettensterne eröffnet.«

Das ist richtig. Die Hochgradigen sind die eigenevolutionär fortgeschrittensten Creapii, und außerdem beschäftigen sie sich mit anderen Lebensformen. Daher kann ich deine Wahl nur begrüßen.

Dom machte Anstalten, zur Oberfläche zu schwimmen, zögerte jedoch. »Du wolltest mich um irgend etwas bitten, nicht wahr?«

Um einen großen Gefallen, ja. Du bist Vorsitzender des Direktoriums von Verkehrtherum, einer Welt, die zum größten Teil aus Wasser besteht, stimmt's?

»Was die äußere Peripherie des Planeten betrifft: über

neunzig Prozent oxidierter Wasserstoff, wenn man die Sümpfe hinzurechnet.«

Ich möchte auswandern.

Saufmich begann mit einer Erklärung. Band sei zwar eine recht angenehme Welt, aber es mangele ihr an geistiger Stimulation. Der See konnte mit den flüssigen Bestandteilen der Sonnenhunde kommunizieren, die als Ausgeschlüpfte vom intelligenten Wasser getrunken hatten. Die Telepathie der erwachsenen Exemplare — eigentlich nichts weiter als eine Nebenfunktion ihrer massigen Hirne — versetzte ihn in die Lage, den Bewußtseinsinhalten von Sternreisenden Informationen zu entnehmen. Aber damit wollte sich Saufmich nicht länger zufriedengeben. Er sehnte sich danach zu wachsen. Er benötigte kein Raumschiff. Dom brauchte nur den Behälter zu nehmen, in dem er sein Trinkwasser aufbewahrte. Wenn er einen Teil der H_2O-Entität darin aufnahm, nach Verkehrtherum brachte und die Flasche im großen Tethys-Ozean entleerte, wurde jenes Meer zu einem zweiten Saufmich. Das Seewesen wählte ziemlich überzeugende Argumente.

Ich würde mich um eure Fische kümmern und die Seewege überwachen. Mit den Muskeln der Gezeiten könnte ich Brandung und hohe Wellen schaffen, eure Dichter inspirieren. Wer von mir trinkt, der kostet aus dem Brunnen des Universums. Bitte.

Dom ließ sich Zeit mit der Antwort, und der See verstand den Grund für sein Zögern.

Ich habe keine Macht. Ich helfe, aber ich kämpfe nicht. Was sollte ich erobern wollen? Ich bin ...

Nicht transkriptionsfähige Erläuterungen, geistige Streiflichter, sanft und freundlich; kein festes Geschöpf in dem Sinn, eher eine Idee aus Wasser. Der See übermittelte unerschütterliche Gewißheit und nicht etwa Wahrheit, die den Gegensatz der Lüge herausgefordert hätte: Saufmich konnte überhaupt nicht lügen ...

»Vielleicht handle ich mir einen Anpfiff von den übrigen Mitgliedern des Direktoriums ein, aber was soll's ...« Dom öffnete seinen Rucksack, holte eine Flasche hervor. »Tritt ein!« Eine Luftblase kroch aus dem Flaschenhals und stieg hoch.

Danke.

Der junge Mann stieß sich ab, kehrte an die Oberfläche zurück, schwamm mit kräftigen Zügen zum Ufer.

Das Runterkrachen schien inzwischen beendet zu sein. Einige Nachzügler sausten über den Himmel, aber die Eier explodierten weit entfernt im Süden. Mehrere noch feuchte Sonnenhündchen, kaum größer als ein Mensch, wagten erste, noch unsichere Schritte.

Die älteren Kinder blickten zum wolkigen Firmament hinauf, reckten die langen Schnauzen in den Wind und stimmten ein heulendes Bellen an. Rötliches Fell bildete eine glänzende Patina auf schlanken Körpern. Ein Sonnenhund in der Nähe des Sees schauderte und zitterte.

»Pscht!«

Hrsh-Hgn eilte durchs hohe Gras, begleitet von einem Roboter, dessen Brustplatte ein großes Schild mit der Kennung ›Drei‹ aufwies. Sie blieben nicht stehen, als sie Dom an den Armen packten und zum See stürmten.

Die Luft roch plötzlich nach Methan — ein fauliger Gestank, der dem jungen Sabalos die Kehle zuschnürte.

»Hrsh! Isaac hat dich also befreit. Was geschah mit ihm? Oh, *du* bist Isaac! Was ist passiert?«

Ruß bedeckte den Stahl des Roboters, und in dem Metall des einen Arms zeigten sich mehrere Kratzer. Der Phnobe nickte geistesabwesend und sah über die Ebene zurück. Das nächste Sonnenhündchen erbebte, und Rauch kräuselte aus drei angeschwollenen Drüsen am rückwärtigen Körpersegment.

»Isaac isst von einem Hund gebissen worden«, brummte Hrsh-Hgn. »Wir haben bereitss einige ziemlich aufregende Erlebnisse hinter unss. Bei allen Sschein-Heiligen von Phnobiss!«

Sie warfen sich zu Boden, und vor ihnen krachte eine

Explosion, hinterließ einen tiefen Krater. Heißer Wind zerrte an dem Mariengras, trieb eine Wolke aus fettem schwarzen Rauch vor sich her. Eine Sekunde später herrschte Finsternis.

Über dem Qualm ritt ein junger Sonnenhund auf drei blauen Flammensäulen. Mit träger Gelassenheit schlug er den gleichen Kurs ein wie seine Ahnen vor einer Million Jahren, ließ eine für ihn unwirtlich gewordene Welt unter sich zurück, strebte der Freiheit des Alls entgegen.

Er wurde schneller, gewann an Höhe, blies einen dunstigen Rauchring, beschleunigte noch immer, als Dom ihn in den fernen Zirruswolken aus den Augen verlor.

Berechnungen:

Hrsh-Hgn betätigte einen kleinen Schieberegler.

»Ich sstelle mit großer Erleichterung fesst, daß ess nicht klappen kann«, sagte er.

»An Bord der *Ein Sprung voraus* befinden sich zwei Raumanzüge«, erwiderte Dom. »Einer müßte dir passen.«

Drei Kilometer entfernt stieg ein wimmerndes Sonnenhündchen aus einer weiteren Rauchwolke.

»Versuchen Sie einmal, unsere Lage aus einem anderen Blickwinkel zu betrachten«, sagte Isaac drängend. »Wenn wir Madam mit schwingenden Memorialschwertern angreifen, verliert sie vielleicht den Humor und richtet die Bordblaster auf uns. Nun, möglicherweise liegt ihr nichts daran, Dom zu verletzen, aber wie schätzen Sie in einem solchen Fall *unsere* Chancen ein?«

»Wir würden geröstet«, entgegnete Hrsh-Hgn kleinlaut und rang mit sich selbst.

»Die Tanks der *Ein Sprung voraus* enthalten keinen Treibstoff mehr«, warf Dom ein.

»Nicht einen einzigen Tropfen«, betonte Isaac.

»Es bleibt uns gar nichts anderes übrig.«

Ein weiterer Sonnenhund galoppierte auf brennendem abdominalen Gas. Hrsh-Hgn sah dem Wesen nach, und seine besorgten Züge brachten gemischte Gefühle zum Ausdruck.

»Ich bin mit Tieren noch nie besonderss gut zurechtgekommen!« klagte er.

Damit fügte er sich. Dom und Isaac wechselten einen kurzen Blick, nickten entschlossen.

Fünfzehn Minuten später landete die *Trunken mit Unendlichkeit* neben der leeren Jacht. Joan starrte ihre Robotergarde zornig an.

»Ich habe zwanzig von euch in den Einsatz geschickt — und trotzdem entkamen mein Enkel und seine Begleiter!«

»Die Klasse Fünf-Einheit löste eine unlogische Ereigniskette aus«, erklärte Zwölf.

»Er ist intelligenter als wir«, fügte Neunzehn hinzu. »Er forderte uns auf, bis drei zu zählen.«

»Und dann schlug er zu«, meinte Zwölf.

»Wenn wir in die Zivilisation zurückkehren, sorge ich dafür, daß jener Roboter einer umfassenden Lobotomie unterzogen wird«, versprach sich Joan grimmig. »Himmel, ich frage mich, warum wir damit begonnen haben, menschliche Maschinen zu konstruieren!«

»Die Einheiten der Klasse Fünf sind dazu bestimmt ...«, begann Zwölf, aber er war vernünftig genug zu verstummen, als er Joans durchdringenden Blick spürte.

Drei andere Roboter traten ein, trugen die starren Metalleiber ihrer Kollegen Drei und Acht.

»Ich bin sehr traurig«, sagte Zwölf.

»Mögen sie in Frieden rosten«, rasselte Neunzehn.

»Nach ihrer Rejustierung wird es mir eine Freude sein, sie um eine Kategorie zu deklassifizieren«, zischte Joan. »Na schön. Schwärmt aus! Wir verlassen diesen elenden Planeten erst, wenn wir Dom und seine Komplizen gefunden haben.«

Fünfzehn Kilometer entfernt rasten drei junge Sonnenhunde gen Himmel. Sie schlingerten ein wenig, weil sie zusätzliche Masse transportierten, stabilisierten ihre Fluglage und rasten den Sternen entgegen.

Hrsh-Hgn wies mit weinerlicher Stimme darauf hin, sein orbitaler Vektor gestalte sich zunehmend als eine Spirale, die ihn zum Planeten zurückführe — wobei er schüchtern auf die Gefahr hinwies, in der Atmosphäre zu verglühen. Aber ihre Verhandlungspartnerin ließ sich von solchen Hinweisen nicht beeindrucken. Eine der herausragenden Eigenschaften von Sonnenhunden bestand in ihrer unerschöpflichen Geduld.

Sie hieß Rinne-Dreipol-Strich-Pfand-Hudsons Bay-Liebling.

»Eure Kinder haben die Umlaufbahn sicher erreicht«, sagte Dom ruhig.

Trotzdem war es ein verabscheuungswürdiges Handeln eurerseits, Mensch. Das Wohl der Jungen hat absolute Priorität für uns.

Dom überlegte rasch.

»Ich trage Saufmichs Saat«, verkündete er.

Jeder Freund des Sees ist auch mein Freund, was jedoch nichts an den gegenwärtigen Situationsaspekten ändert. Nun, eine großzügige Überweisung auf das Sonnenhund-Konto würde mich für das verwerfliche Verbrechen entschädigen, das Wir Allein beobachten mußten. Wie lautet dein Name?

»Dom Sabalos.«

Er klingt vertraut. Ich habe ihn schon einmal gehört, vor nicht allzu langer Zeit. Nun, die Kettensterne befinden sich am Rand der Lebenssphäre. Mit anderen Worten: Euch steht ein langer Aufenthalt im Interraum bevor.

»Der Roboter weist die notwendige Widerstandsfähigkeit auf. Mein Freund und ich sind mit Raumanzügen geschützt.« Dom starrte auf Hrsh-Hgn herab und fügte nervös hinzu: »Letzterem droht ein unkontrollierter Wiedereintritt in die Atmosphäre.«

Eine Ewigkeit im Interraum ...

Dom versuchte sich davon zu überzeugen, daß ihnen im Pseudofeld der Sonnenhündin überhaupt keine Gefahr drohte, aber seine Instinkte behaupteten etwas ganz anderes, veranlaßten ihn dazu, sich fast krampfhaft am Fell des Tieres festzuhalten. Der Raumanzug stellte ihm ein starkes Sedativ zur Verfügung, das einen Benommenheitsfilter zwischen Furcht und den gespenstischen Erscheinungen des Interraums schuf. Hrsh-Hgn zog es vor, schon nach kurzer Zeit das Bewußtsein zu verlieren, und Isaac schaltete die meisten Komponenten seines Roboterkörpers ab.

Die Ewigkeit dauerte an …

KAPITEL 9

»Eigentlich sollten sie gar nicht existieren. Rein theoretisch sind sie möglich, aber ebensogut könnte man sich vorstellen, eine Nadel auf einer Haarspitze zu balancieren. Wird der Mensch mit Dingen wie den Kettensternen konfrontiert, muß er sich entweder voller Ehrfurcht niederknien — oder er hat allen Grund, sich ernsthaft Sorgen zu machen.«

Charles Sub-Lunar:
Galaktische Ausflüge

Als die Entfernung zu den Kettensternen noch zwanzig astronomische Einheiten betrug, fragte sich Dom, warum die Sonnen als so beeindruckend galten.

Die Creapii-Fähre setzte den Flug fort, und nach einer Weile konnte Dom das stellare Monument der Joker besser erkennen.

Man stelle sich einen fünf Millionen Kilometer durchmessenden Pfannkuchen vor, der mit einem anderen von der gleichen Größe verbunden ist.

Die Kettensterne. Und in einer komplizierten Umlaufbahn: Minos, ein Planet, der aus Tausenden von Asteroiden bestand, aus galaktischen Trümmern, die man über viele Lichtjahre hinweg hierher transportiert und zu einer Welt zusammengepreßt hatte. Das Labyrinth auf Minos, eine weitere Hinterlassenschaft der Joker.

Die Kabine enthielt nur mehrere Kontursitze und einen Bildschirm. Von außen betrachtet wirkte das Shuttle geradezu gewaltig, viel größer als ein durchschnittlicher Frachter. Außerdem zeichnete es sich durch eine überraschende stromlinienförmige Eleganz aus. Dom wußte, daß der größte Teil der Hülle als Hitzeschild diente, und hinzu kam das Triebwerk: Es mußte leistungsfähig genug sein, um den enormen Gravitationssog einer Sonne auszugleichen.

Dennoch verwunderte ihn die schlanke Form. Bis er schließlich begriff: Selbst Sterne besaßen Atmosphären.

Dom starrte auf den Schirm und beobachtete, wie die glühenden, miteinander verbundenen Ringe wuchsen, bis der äußere Rand aus dem Erfassungsbereich geriet. Der junge Mann empfand nicht den geringsten Trost, als er sich daran erinnerte, daß es sich nur um ein auf normale Helligkeit gefiltertes Bild handelte. Die Logik richtete kaum etwas gegen das Gefühl aus, in eine Sonne zu stürzen.

»Vom Stern geboren — und nun kehren wir in den Mutterschoß aus Licht, Plasma und Feuer zurück«, philosophierte Isaac. Dom entspannte sich und lachte. Er glaubte, irgendwo in der Ferne ein dumpfes Brodeln zu hören, das Grollen eines stellaren Hochofens. Natürlich nur überschäumende Phantasie. Im Vakuum des Alls fehlte ein Übertragungsmedium für Schallwellen jeder Art. *Ich bilde mir das ein,* dachte er — und spürte gleichzeitig die Hitze ihm entgegenleckender Flammenzungen.

Schließlich verflüchtigten sich alle Konturen, und der Bildschirm verwandelte sich in ein blendendweißes Rechteck. Hrsh-Hgn zitterte, als Phnobe erfaßt von instinktiver Furcht vor nacktem Sonnenlicht. Dom stellte sich vor, wie die Fähre über ein glühendes Meer ohne Horizonte glitt — und er legte seinem Einfallsreichtum strenge Zügel an, als er an die Defektanfälligkeit gewisser mechanischer Teile dachte. Fusionsozeane erlaubten keine Panne.

Kurz darauf geriet das Solarfloß in Sicht, und Dom riß unwillkürlich die Augen auf.

Man spreche gewöhnliche Leute auf die Flöße der Creapii an. Die Antwort lautet vermutlich: Oh, irgendwie ähneln sie vermutlich den Windschalen der Dagon-

Fischer! Sie gleiten ganz ruhig und gemütlich dahin, und auf dem Deck stehen einige Hochgradige, beobachten den ... Himmel, das gelbe Meer, atmen die frische Brise.

Das war natürlich Unsinn. Selbst Hochgradige konnten nicht ohne umfangreiche Schutzvorrichtungen im Freien überleben, abgesehen vielleicht von den Oberflächen fast erloschener Sonnen. Außerdem stammte das Kettenfloß aus einer Zeit, als gerade die ersten neuangepaßten Creapii aus den Zuchtbottichen kletterten. Es handelte sich um eine glatte Halbkugel, die mit der flachen Seite auf einem Untergrund ruhte, der wie dünner Dunst wirkte.

Das Shuttle legte mit einem kaum merklichen Ruck an, und ein Wandabschnitt glitt beiseite, gab den Weg in einen runden grauen Tunnel frei. Eine freundliche Sprachprozessorstimme forderte sie auf, die Passage zu benutzen. Dom ging als erster los, sah sich immer wieder wachsam um.

Plötzlich vernahm er ein vertrautes Geräusch. Ungläubig setzte er einen Schritt vor den anderen, glaubte, Ohren und Augen nicht trauen zu können.

Vor ihm erstreckte sich ein echtes Meer.

Seine Glühheit CReegE+690° rollte auf glänzenden Raupenketten über den Strand. Er war groß, größer als die meisten niedergradigen Creapii, die auf Verkehrtherum lebten. Sein eiförmiger Schutzanzug leuchtete in einem goldenen Ton. Ein Rehkitz sprang neben ihm dahin, und ein kleiner blauer Singvogel hockte auf dem Tentakel des massigen Wesens. Seine Glühheit verharrte dicht vor der Wassergrenze und wartete geduldig.

Dom spürte, wie seine Zehen Sand berührten, und er watete durch die Wellen. Zumindest ein Teil des Fremdartigen, das die Creapii umgab, verflüchtigte sich nun und wich dem Gefühl vager Vertrautheit. Er hatte es mit einem Wesen zu tun, das zu der hochentwickelten Subspezies einer Rasse gehörte, die zehnmal so alt war wie die Menschheit. Beobachtete ihn das merkmallose Ei? Und wenn ja: Was sah es?

Ein gepanzerter Tentakel reichte ihm ein rauhes Handtuch, das nach Zitronen duftete.

»Haben Sie das Schwimmen als angenehm empfunden?« ertönte eine sanfte Tenor-Stimme, die aus keinem sichtbaren Mund drang.

»Und ob«, erwiderte Dom. Er streckte den Arm aus, zeigte dem Creap eine kleine purpurne Muschel.

»Trivia monarcha sinistrale«, erklärte Seine Glühheit. »Die Tintenkaurischnecke von Verkehrtherum. Wunderschön in ihrer Schlichtheit. Was halten Sie von meinem Ozean?«

Dom drehte den Kopf und blickte über die Wellen. Künstliche Brandung, der hundert Meter vom Ufer entfernte Horizont ein Meisterwerk der Illusion. Eine artifizielle Sonne, umhüllt von echter strahlender Pracht.

»Er ist *überzeugend*«, sagte er.

Der Creap lachte humorvoll und führte seinen Besucher langsam über den Strand.

Das Biosanktuarium enthielt mehr Land als Wasser — ein verzeihlicher Fehler bei der Verteilung von Großzügigkeit. Auf der einen Seite reichte eine mit goldenem Gras bewachsene Ebene bis zu fernen Bergen hinauf, deren Konturen sich in der kristallklaren Luft in aller Deutlichkeit abzeichneten. Götter mochten auf den hohen Gipfeln wohnen. Auf der anderen Seite erstreckte sich dichter Wald. Ein breiter Fluß gischte über mehrere Felsen, schlängelte sich dann an wurzeldurchzogenen Uferbänken entlang. Eine große *Aeschan*-Libelle von Terra Novae glitt mit buntem Schillern vorbei. Auf dem Humusboden zwischen den Bäumen wuchs wilder Enzian, und an einigen Stellen zeigten sich Hasenspuren. Wohlriechender Fenchel gedieh, und hier und dort hingen Weinreben. In der Ferne grummelte ein Vulkan.

»Möchten Sie über Retroprojektion, verborgene Geräte und künstliche Bewässerung sprechen?« fragte Seine

Glühheit unschuldig. Dom schnupperte. Es roch nach Regen.

»Wahrscheinlich würde ich Ihnen ohnehin nicht glauben«, gab er zurück. »Was fände ich hier, wenn ich einen Spaten nähme, um ein tiefes Loch zu graben?«

»Mutterboden und das eine oder andere sorgfältig ausgewählte Fossil.«

»Und?«

»Oh, Fels, Kalkstein bis zu einer Tiefe von drei Metern!«

»Und dann?«

»Dann ist die Illusion dahin. In dieser Reihenfolge: die Maschinenetage, ein Meter aus monomolekularem Kupfer, eine dünne Schicht aus oxidiertem Eisen, ein kleines Matrixfeld. Wollen Sie auch wissen, was sich *darunter* befindet?«

»Nein, ich glaube nicht, Euer Glühheit.«

»Sollen wir dann unseren Spaziergang fortsetzen? Ich muß die Karpfen füttern.«

Später, als goldene Fische auf das Läuten einer kleinen Glocke reagierten und herbeischwammen, sagte der Creap: »Der Grund für dieses Ambiente? Ich studiere die Menschheit. Insbesondere die irdische. Nun, diese Worte könnten zu einem Mißverständnis führen, und deshalb möchte ich hinzufügen: Ich befasse mich mit der kulturellen Totalität, und deshalb versuche ich, mir die menschliche Betrachtungsweise zu eigen zu machen. Verstehen Sie, was ich meine? Das Sein bestimmt das Bewußtsein. Eine Binsenwahrheit.« Mit seinem Tentakel deutete er auf das Meer, den Wald, die fernen Berge. »Ich fand es also angemessen, mir eine menschliche Umwelt zu schaffen. Es wäre natürlich einfacher gewesen, mich auf einem entsprechenden Planeten niederzulassen, aber dazu liebe ich die Sonne zu sehr.«

Dom rief sich ins Gedächtnis zurück, daß unter ihm ein natürlicher Fusionsreaktor arbeitete. Die Creapii untersuchten die Kettensterne — aus unmittelbarer Nähe —, und seine Glühheit hatte bereits angedeutet, daß auf dem Floß einige wichtige Experimente durchgeführt wurden.

»Die Joker?« fragte Creap. »Oh, natürlich helfe ich Ihnen. Wenn ich kann. Sie und Ihre Begleiter sind die ersten menschlichen Besucher, die wir hier empfangen. Gibt es bei Ihrem Volk irgendeine Prophezeiung, die einen grünen Mann mit einem intelligenten Meer in der Flasche betrifft?«

»Nein«, entgegnete Dom alarmiert. »Und bei Ihnen?«

»Nicht daß ich wüßte. Trotzdem: Es hat ganz den Klang einer Legende, die aus der irdischen Märchenwelt stammt. Ich denke da nur an einen gewissen Aladin und sein Wunderbrot. Man brauchte nur ein Stück von dem Laib abzubrechen, und schon manifestierte sich ein kleiner Gnom, der einen in die Waden kniff. Vermutlich aus Rache. Mir würde es auch nicht gefallen, wenn jemand an mir knabbert.«

Dom hatte das vage Gefühl, daß Seine Glühheit irgendwelche Geschichten durcheinanderbrachte, aber er war taktvoll genug, keine kulturelle Kritik zu üben.

»Nun«, fuhr der Creap fort, »Sie müssen verstehen, daß wir eigentlich gar nicht in der Lage sind, Ihnen einen Rat anzubieten. Für derartige Auskünfte sind Jahrzehntausende sorgfältiger Forschungen notwendig. Nicht auszudenken, wenn sich jemand irrte! Haben Sie spezielle Fragen?«

»Die Creapii sind nicht mit den Jokern identisch.«

»Eine Feststellung, die ich nur bestätigen kann.«

Dom holte tief Luft. »Die Creapii sind das älteste Volk in der Lebenskugel. Die Erste Sirianische Bank und Saufmich dürfen wir nicht berücksichtigen, weil es sich bei ihnen um individuelle Wesenheiten handelt. Daraus folgt, daß Sie die größte Ähnlichkeit mit den Jokern aufweisen. In geistiger Hinsicht, meine ich. Halt, nein, das ist nicht ganz richtig. Es betrifft eher die ... Lebenseinstellung.«

Seine Glühheit lachte. »Und wie *ist* unsere Einstellung zum Leben?«

»Sie studieren andere Kulturen. Der Mensch als Jäger, die Creapii als Erkenntnissucher. Darf ich ganz offen sein?«

»Ich bitte darum«, sagte das große goldene Ei. Dom errötete ein wenig.

»Nun, ich bin schon häufiger Creapii begegnet. Wissen Sie, was mir bei solchen Gelegenheiten immer seltsam erschien? Sie sind so — menschlich. Und das trifft auch auf Euer Glühheit zu.

Hrsh-Hgn ist mein Freund, aber er stammt von Phnobis. Obgleich er fast sein ganzes Leben auf Verkehrtherum gelebt hat, unter Auswanderern von der Erde, bleibt er mir fremd. Es gibt winzige Unterschiede, die sich anhäufen und dadurch ins Gewicht fallen. Er hat eine ganz andere Perspektive. Wenn wir eine Sache betrachten, weiß ich genau, daß er sie aus einem völlig verschiedenen Blickwinkel betrachtet. Aber die Creapii, die ich kenne, erwecken keinen solchen Eindruck.«

»Wir leben auf heißen Welten«, sagte CReegE+690°. »Wir sind oktopoid und geschlechtslos. Und trotzdem vergleichen Sie uns mit Menschen?«

»Bei Chel! Menschlichkeit betrifft nicht etwa den Körper, sondern die Geisteshaltung. Nun, Sie gaben mir gerade das Stichwort. Ich habe mich oft gefragt: Die Creapii unterscheiden sich so kraß von uns — warum wirken sie dann so vertraut? Die Antwort auf diese Frage lautet: Alle Angehörigen Ihres Volkes, denen ich begegnet bin, gaben sich große Mühe, unsere Perspektive zu teilen. Es sind erst Menschen, dann Creapii.«

Dom wandte sich dem Ei zu und hielt vergeblich nach einem Gesicht Ausschau. »Ihre Bemerkungen haben einiges für sich«, sagte die körperlose Stimme.

»Ich glaube, Sie versuchen auf diese Weise, das Universum besser zu verstehen«, meinte Dom. »Phnoben sehen einen anderen Kosmos als Menschen.« Er verzog das Gesicht und schüttelte den Kopf. »Himmel, ich benutze dauernd die falschen Ausdrücke! Phnoben *erleben* einen anderen Kosmos. Stimmen Sie mir zu?«

»Eine sehr kluge Einschätzung. Darf ich Ihnen etwas zeigen, bevor wir mit Ihren Gefährten speisen?«

Dom bekam einen eiförmigen Besucheranzug, mit einer schlichten Kontrolltafel ausgestattet. Der junge Sabalos verglich die Schutzhülle mit einem kleinen vertikalen Tank, der auch für Aufenthalte im All verwendet werden mochte. In diesem besonderen Fall waren die Heizrippen durch Kühlschlaufen ersetzt worden. Nach einer kurzen Überprüfung der Sicherheitsmechanismen wagte er sich in die Zentralsektion des Solarfloßes.

Später konnte er sich kaum mehr an Einzelheiten erinnern. Die einzelnen Erlebnisse bildeten ein Wirrwarr aus Hitze, großen scheibenförmigen und langsam dahingleitenden Ungeheuern, dem Donnern der Sonne und einem seltsamen Flackern in der Luft. Man führte ihn auf eine von dicken Matrixspulen gesäumte Beobachtungsplattform, und dort wurde er aufgefordert, nach oben zu sehen.

Der runde Stern, auf dem das Floß trieb, glitt gerade unter der bogenförmigen Wölbung einer anderen Kettensonne hinweg. Auf einer kühleren Welt hätte dieser Anblick ausgereicht, um Dutzende von neuen Religionen zu inspirieren.

Eine glitzernde Sichel, nur etwas heller als der Himmel ringsum, kroch übers solare Firmament.

Wahrscheinlich wußten die anderen Creapii nicht, daß der ungeschickt steuernde Schutzkokon einen jungen Mann enthielt, keineswegs einen betrunkenen Creap — falls jene Wesen überhaupt tranken. Vermutlich sahen sie in Alkohol nur eine chemische Substanz, aus der man ein wenig Energie gewinnen konnte. *Sehr* wenig im Vergleich zum Fusionsplasma der Sonne. Dom starrte und starrte — und nach einer Stunde war er wie im Rausch.

Dieses Empfinden dauerte noch einige Minuten an, als sie ins Biosanktuarium zurückkehrten. CReegE brauchte nicht eigens auf die Bedeutung der Lektion hinzuweisen. Durch eine Art mentale Osmose hatte er dem Besucher das Fühlen seines Volkes vermittelt. Eine ganze Totalität trennte die Welt der Creapii vom Erfahrungskosmos der Menschen. Deshalb versuchten die einzelnen Glühheiten, wie der Homo sapiens zu denken. Sie meinten, nur das versetze sie in die Lage, die vollständige Natur des Universums zu erkennen.

Mit seinem neuen Verständnis begriff Dom, daß das allgemeine Bild von den Creapii nicht der Wirklichkeit entsprach. Sie galten als geborene Wissenschaftler, als die Kühlköpfe des Universums, als absolute Analytiker, als ein Volk hochintelligenter Roboter — wenn es den ersten Entwicklungstechnikern gelungen wäre, ihre Vorstellungen von perfekten Maschinen zu verwirklichen. Aber das stimmte nicht. Dom entsann sich an eine der präsadhimistischen Sekten. Was hatten ihre Anhänger angestrebt? Ultimate Realität? Ja, genau. Die Creapii waren kosmische Mystiker.

Sie aßen an einem Tisch, der unter einem großen Birnbaum stand. Dem Phnoben Hrsh-Hgn servierte man ein Kompott aus halb verfaulten ölig-schwarzen Blätterpilzen — eine einzigartige Delikatesse für ihn. Isaac verschlang einen Topf Salpeterkartoffeln von Verdammich — der Energie wegen. Dom bekam ein vorzüglich zubereitetes Meeresfrüchte-Soufflé und ahnte allmählich, daß die Creapii auf allen Gebieten Experten waren. Seine Glühheit saugte an einem unter Druck stehenden Zylinder; die geheimnisvoll bleibende Nährmasse (Dom dachte in diesem Zusammenhang an flüssiges Zinn, lecker kochendes Blei oder dergleichen) verschwand durch eine organische Luftschleuse in Magenhöhe.

»Was ist Ihr nächstes Ziel?« fragte der Creap.

»Ich wäre Ihnen sehr dankbar, wenn Sie mich nach Minos bringen könnten«, sagte Dom. »Ich brauche ein neues Raumschiff, und ich weiß, daß es dort eine Multispezies-Siedlung gibt. Darüber hinaus: Vielleicht sehe ich mir das Labyrinth an.«

»Glauben Sie, in dem Irrgarten irgendeinen Hinweis zu finden?« fragte seine Glühheit höflich.

Isaac summte leise vor sich hin und rammte Dom den Ellbogen in die Rippen. »He, Mann, das war eine echt geschickte literarische Anspielung!« rief er. »Selbst der Name des Planeten ...«

»Ich weiß«, erwiderte Dom. »Und ich freue mich bereits darauf, dem Minotaurus zu begegnen. Hrsh?«

»Oh, nichtss!« zischte der Phnobe und sah auf. »Ich mußte nur gerade an etwas denken ... Irgendwie habe ich das Gefühl, in einer Legende zu agieren.«

Dom nannte den Raumer *Ein Sprung dahinter.* Er gehörte zu den besten Schiffen, die die Werft auf Minos anzubieten hatte: Zwar fehlte ein Autokoch — was in diesem Zusammenhang nur ein Vorteil sein konnte —, aber der Matrixcomputer war sorgfältig justiert worden, und die Pilotenkabine bot etwas mehr Platz als ein (kleiner) Schrank.

»Warum ausgerechnet *Ein Sprung zurück?*« fragte Isaac.

»Ein Bezug auf die Relativität«, erklärte Dom. »Der volle Name müßte eigentlich lauten: *Ein Sprung so weit voraus, daß das Schiff direkt hinter einem auftauchen müßte, wenn Einstein recht hätte.* Versuch mal, eine solche Bezeichnung auf der winzigen Identerplatter unterzubringen.« Dom seufzte. »Kommst du damit zurecht?«

»Oh, ich denke schon«, erwiderte Isaac. Es klang nicht besonders begeistert. »Wenn der Compi bockt, helfe ich ihm auf die Sprünge.« In einem Anflug von elektronischer Ironie fügte er hinzu: »Oder wir wenden uns wieder an die Sonnenhunde.«

Der Phnobe zischte erschrocken, als er diese Worte vernahm, und Dom spürte, wie er erblaßte.

Sie wanderten durch die menschliche Wissenschaftskolonie und näherten sich dem Labyrinth. Die vordere Wand des Irrgartens überragte die niedrigen Wohnkuppeln.

»Wass hältsst du von den Hochgradigen?« fragte Hrsh-Hgn.

»Sie sind bemerkenswert«, entgegnete Dom zurückhaltend. »Und du?«

»Während deiner Bessichtigungstour habe ich mit einigen gesprochen. Wie nicht anderss zu erwarten gewesen isst, hat mich ihre Ähnlichkeit mit unss Phnoben ssehr erstaunt. Deine Anssicht, jedes Volk habe eine ganz spezielle und individuelle Perspektive für dass Universum ...«

Hrsh-Hgn unterbrach sich, als ein silbernes Ei aus dem Zugang des Labyrinths rollte, sich ihnen näherte und mit einem Bündel Papieren winkte. Der rötliche Glanz des Augenschilds deutete darauf hin, daß sie es mit einem niedergradigen Creapii zu tun hatten.

»Pscht!« fauchte eine Stimme, die aus keiner bestimmten Richtung zu kommen schien. »He, Jungs, wollt ihr 'ne Karte kaufen? Ohne Karte verirrt ihr euch vielleicht im Labyrinth. Diese Darstellungen hier stammen von meinem Zuchtbruder; er hat dazu authentische Luftaufnahmen verwendet!«

»Verschwinde, Aschenhirn!« rief ein größerer Creap, der nun heraneilte. »Nun, Sir und Frss, ganz offensichtlich sind Sie sehr scharfsinnig und interessieren sich für eine Karte. Ich kann Ihnen ein ausgezeichnetes Angebot unterbreiten, Sir und Frss.«

»Brauche ich eine Karte?« fragte Dom.

»Nicht unbedingt«, erwiderte der Phnobe, der den Irrgarten schon einmal besucht hatte. »Aber wenn du ein Souvenir möchtest ...«

Mehrere Kartenverkäufer ruderten aufgeregt mit Tentakeln und anderen Extremitäten, als Dom und seine beiden Begleiter das Labyrinth betraten.

Die Joker wurden ihrem Namen gerecht und hatten sich einen kleinen Scherz erlaubt. Ab und zu wies ein phantasievoller Forscher darauf hin, das Labyrinth sei vermutlich nie als solches geplant gewesen, doch auf die Frage, welchem Zweck der ›Irrgarten‹ einst gedient habe, konnten die Wissenschaftler keine glaubhafte Antwort geben. Dom war nicht überrascht, als sich seine Gefährten aufzulösen schienen, erinnerte sich an Hrsh-Hgns Hinweise auf die Wirkung der Anlage.

Irgendeine Vorrichtung in den monomolekularen Wänden erzeugte für jedes Individuum ein separates Universum. Aus diesem Grund blieben selbst detaillierte Karten und kontrastreiche Luftaufnahmen nur von begrenztem Wert. Anders ausgedrückt: Wenn Dom eine Karte vom Labyrinth zeichnete, so stimmte sie vermutlich bis ins letzte Detail — allerdings nur für ihn.

Einmal beobachtete er die geisterhafte Erscheinung des Phnoben, kaum mehr als einen Schatten, der aus einer Wand trat und in einer anderen verschwand. Dom pochte mehrmals an die Mauer, vergewisserte sich, daß niemand in der Nähe weilte — und richtete einen Stripper-Strahl auf die weiße Fläche. Das Material wurde nicht einmal heiß. Als Illusion war sie mindestens ebenso widerstandsfähig wie massiv.

Nach einem zehnminütigen Marsch fand er den Mittelpunkt. Sein Memorialschwert bot sich nach wie vor als Energiewaffe dar, und Doms Daumen verharrte dicht über dem Kontrollknauf, als Ways um die Ecke kam und lächelte.

»Offenbar haben Sie mit einer solchen Begegnung gerechnet«, sagte er freundlich.

Dom feuerte. Ways bedachte ihn mit einem vorwurfsvollen Blick und streckte die Hände aus. Eine sich aufblähende Kugel, die Licht fraß, raste auf Dom zu — und verflüchtigte sich.

»Die erste Runde«, sagte Ways. »Nun, *ich* habe eine resonanzabsorbierende Matrix. Und Sie?«

»Wer sind Sie?« fragte Dom. Er betätigte das Justierungsmodul, und aus dem Stripper wurde ein Messer.

»Ways, Bürger der Erde.« Er duckte sich kurz, fing die Klinge auf und schleuderte sie zurück. »Ich fürchte, die Schneide ist ein wenig stumpf geworden«, fügte er hinzu. »Trotzdem: ein guter Wurf. Mein Kompliment.«

»Meine nächste Frage sollte eigentlich lauten: Sind Sie gekommen, um mich zu töten? Aber das klänge ziemlich dumm, nicht wahr?«

»In gewisser Weise schon«, räumte Ways ein. »Nun, bisher hatte ich mit meinen Anschlägen nur wenig Erfolg. Dennoch darf ich nicht einfach so aufgeben — wo bliebe sonst die Freiheit des eigenen Willens?«

»Bieten Sie mir eine Erklärung an?«

»Warum nicht? Wissen Sie, das Universum ist zu groß für uns und die Joker. Einige Leute fürchten, die legendären Turmkonstrukteure könnten ganz plötzlich auftauchen.«

»Stellen Sie sich dabei irgendwelche hochgeistig-geniale Monstren vor?«

»Nein, eher Götter. Tja, was hochgeistig-geniale Ungeheuer angeht: In der Regel weiß man, woran man mit ihnen ist. Ganz anders sieht's mit Göttern aus. Niemand möchte sich plötzlich in die Rolle eines Sklaven gedrängt sehen. Oh, da fällt mir ein: Ich hab hier was für Sie.«

Der Roboter öffnete eine Brustklappe, holte Ig hervor und warf ihn Dom zu. Das kleine Tier hockte sich auf die Schulter des jungen Sabalos, fauchte Ways wütend an und kroch dann unter Doms Hemd.

»Und noch etwas anderes ...«, sagte der Attentäter. Einige Sekunden lang kramte er in seiner Reisetasche, griff dann noch einmal in das offene Torsosegment. »Äh, bitte haben Sie einen Moment Geduld, Sie wissen ja, wie so was ist, die Dinge befinden sich nie am richten Platz ... Ah, hier!«

Dom gehorchte einem Reflex und fing die kleine graue Kugel auf. Sie fühlte sich warm an.

Ways beobachtete ihn aufmerksam.

»Ein Matrixmotor ohne Spule«, sagte er. »Er hätte Ihnen eigentlich den Kopf vom Hals sprengen sollen. Ja, recht primitiv, ich weiß.«

Dom holte aus und warf den Gegenstand über die nächste Wand hinweg. Sie funkelte kurz im Licht der Kettensterne, bevor sie mit einem leisen Knistern im nächsten Gang landete. Einen Sekundenbruchteil später stürmte Ways los.

Dom empfand den Aufprall so, als sei er von einer wuchtigen Ramme getroffen worden. Die schwere Masse des Roboters schleuderte ihn zurück, warf ihn zu Boden. Er versuchte sich zur Seite zu rollen, neigte den Kopf ruckartig nach links und entging nur knapp einer stählernen Faust. Durch den Hieb platzte die künstliche Haut. Die Servomotoren des Roboters surrten laut, als Ways zu einem neuerlichen Hieb ansetzte. Eine seiner Fingerspitzen hinterließ einen blutigen Striemen an Doms Stirn.

Ig griff in den Kampf ein, fuhr die Krallen aus und zielte damit nach den Augenoptiken des Angreifers. Ways stieß das Tier mühelos beiseite, sprang zurück und spannte metallene Muskeln.

»Ich glaube einfach nicht an Unverwundbarkeit«, sagte er. »Nun, ich schlage vor, wir kommen jetzt zur Sache.«

Der Matrixmotor explodierte. Das Labyrinth erbebte.

Ways wurde von der enormen Druckwelle erfaßt, wie eine Puppe aus leichtem Kunststoff an die Wand geschleudert. Das eine Bein des Roboters kratzte über Doms Brust.

Weit über dem Irrgarten näherte sich ein Raumschiff und setzte zur Landung an.

KAPITEL 10

Das wichtigste Werkzeug auf Laoth ist der Schraubenzieher.

Galaktisches Allerlei

Hört das Krachen des Laubs im Herbst,
das Lachen der kristallenen Blätter.

Charles Sub-Lunar:
Planetares Haiku

DAS BETT WAR GERADEZU ANTIK, ein üppig verziertes schwarzes Etwas, das ganz offensichtlich aus der taminischen P'ing-Dynastie stammte. Dom zwinkerte, starrte durch einen sich langsam auflösenden blauen Dunst und ließ den Blick durch den Rest des Zimmers wandern.

Er befand sich in einer regelrechten Schatzkammer. Oder vielleicht in einem Museum — Unterscheidungen fielen schwer. Irgend jemand hatte Möbel und Ornamente quer durch die Galaxis transportiert und an diesem Ort abgeladen, ohne die geringste Rücksicht auf Stil oder Kunstepoche zu nehmen. An zwei Wänden hingen Memorialgobelins, auf denen längst vergessene Helden wie in einer auf ständige Wiederholung geschalteten Holo-Aufzeichnung historische Szenen darstellten. Einige Tstame-Figuren in Ritualkostümen standen steifbeinig auf einem Spielbrett aus massivem Rubin. Dom sah auch eine desaktivierte Wasserskulptur — jetzt nur eine glitzernde Lache auf dem Boden des Tanks. In einer Vitrine aus der Ära ›Früher Chrom‹ lagen mehrere Töpferwaren, die jemand aus Heiligen Phnobischen Tempeln gestohlen hatte. Wo keine Tapisserien hingen, leuchtete der purpurne Samt kostbarer Wandteppiche.

Dom dachte an die bescheidenen, streng-praktisch ausgestatteten Wohnkuppeln auf Verkehrtherum. Als einziger vertretbarer Schmuck galt das Sadhim-Symbol, vielleicht auch noch das Eine Gebot in einem angemessenen Rahmen. Die Anwendung elektrischer Energie mußte sich auf die Küche beschränken. Die Familie der Sabalos war reich — so reich, daß sie sich ein bescheidenes Leben leisten konnte. Wem auch immer dieses Zimmer gehören mochte: Entweder versuchte er, über seine Armut hinwegzutäuschen — oder er schwamm so sehr in Geld, daß Dom und seine Verwandten im Vergleich zu ihm Almosenempfänger sein mochten.

Der junge Mann fühlte etwas Warmes am Ohr, und als er den Kopf drehte, sah er Ig, der sich im Ruhefeld zusammengerollt hatte. Das Tier öffnete ein Auge und schnurrte leise.

Dom kletterte unbeholfen aus der energetischen Schlafkapsel, wankte einige Male und rang um sein Gleichgewicht. Die Schwerkraft war ein wenig höher als auf Verkehrtherum.

Er zog einen Vorhang beiseite, und dicht über der Zackenlinie des Horizonts sah er eine Sonne, die infolge der Lichtbrechung wie plattgedrückt wirkte. Ein kleines Etwas sauste am Fenster vorbei, fand einen schmalen Zugang und schwebte herein. Dom sah das metallische Glänzen winziger Schwingen, vernahm das Surren einer fast mikroskopischen Luftschraube. Es handelte sich um eine Laothmotte. Und die Sonne … Tau Ceti. Die Abenddämmerung auf diesem Planeten tauchte den Himmel nicht in einen blutroten Schein; es fehlte an atmosphärischem Staub.

Dom lächelte zufrieden.

Die bronzene Tür am einen Ende des Zimmers glitt auf, und Isaac trat ein.

»Hallo, Boß!« sagte er besorgt. »Wie geht es Ihnen?«

»Meine Brust fühlt sich an, als habe jemand mehrere Schürhaken hineingestoßen«, erwiderte Dom und schnitt eine Grimasse. »Meine letzten Erinnerungen verbinden sich mit Minos …«

»Kein Wunder. Wir fanden Sie am Eingang des Labyrinths, mit halb zerquetschtem Torso. Ihr Ig heulte sich fast die Lunge aus dem Leib.«

Dom setzte sich. »Am Eingang des Labyrinths? Wie kam ich dorthin?« Ruckartig hob er den Kopf. »Habt ihr auch im Zentrum nachgesehen?«

Der Roboter nickte. »Natürlich. Aber in *unseren* Mittelpunkten des Irrgartens, wenn Sie verstehen, was ich meine. Ein weiterer Mordanschlag, nicht wahr?«

Dom erzählte ihm alles.

»Kurze Zeit später kam Ihre Großmutter«, sagte Isaac. »Hrsh-Hgn und ich trafen eine rasche Entscheidung. Sie schienen dem Tode näher zu sein als dem Leben, und die *Trunken mit Unendlichkeit* ist ein ziemlich schnelles Raumschiff.«

»Schon gut. Aber offenbar befinden wir uns nicht auf Verkehrtherum.«

»Madam machte hier Zwischenstation, damit Sie behandelt werden konnten. Wissen Sie, auch die Regenerationsfähigkeiten der Heilsirup-Körper sind begrenzt.«

»Hm. Dies ist dein Zuhause, nicht wahr?«

Isaac hob stolz den Kopf. »Ich bin Bürger der Galaxis, Boß. Nun, Sie haben natürlich recht. Ich kam auf diesem Planeten zur Welt: Arbeitssektion Drei, Produktionskomplex Neunzehn.« Er sah sich in dem Raum um. »Tja, normalerweise bekommen Leute wie ich so etwas wie das hier nie zu Gesicht. Unter uns gesagt: Ich halte nichts davon. Wußten Sie, daß ich weit und breit der einzige Roboter bin?«

»Jetzt übertreibst du bestimmt«, erwiderte Dom und hielt nach irgendwelchen Kleidungsstücken Ausschau. »Es muß hier doch Bedienstete geben!«

»Oh, sicher. Menschen. Mein Wort darauf, Sahib.«

Dom starrte ihn verblüfft an.

»Einer von ihnen hat mich sogar ›Sir‹ genannt!« fügte

Isaac hinzu. »Um Himmels willen: Menschen, die einen Roboter mit ›Sir‹ ansprechen, haben doch nicht mehr alle Tassen im Schrank!«

»Reg dich ab und besorg mir was zum Anziehen«, sagte Dom. »Ich möchte mir diese Welt genauer ansehen, bevor sie sich als eine Traumvision entpuppt.«

Sie verließen die Kammer, wanderten durch einen breiten, mit dicken Teppichen ausgelegten Flur. Isaac zeigte Dom mehrere viel zu luxuriös eingerichtete Säle, und schließlich erreichten sie eine mit Silber beschlagene Doppeltür. Zwei Männer in braun und golden gemusterten Livrees öffneten sie hastig und nahmen Haltung an, als der Roboter und sein Begleiter an ihnen vorbeigingen. Dom vernahm ein mechanisches Knurren in Isaacs Kehle.

In dem Zimmer stand ein großer runder Tisch, in dessen Mitte ein Springbrunnen gurgelte. Dom musterte die anwesenden Personen, richtete den Blick sofort auf Joan. Wie üblich war sie die herausragende Gestalt, schien alle Aufmerksamkeit für sich allein zu beanspruchen. Sie trug ein mitternachtsblaues Kleid, dazu eine schwarze Perücke, die gut zur Haut paßte. Ein dünnes Lächeln umspielte ihre Lippen. Neben ihr stand ein großer korpulenter Mann, dessen Statur an die eines Drosken erinnerte — Dom erkannte ihn als Kaiser Ptarmigan. Dann bemerkte er Keja, die rasch aufstand, um den Tisch lief und sich ihrem Bruder näherte. Auf dem Stuhl rechts von ihr saß ein junger Mann, etwa in Doms Alter, der die Neuankömmlinge nachdenklich beobachtete. Bei den übrigen Personen handelte es sich um Direktoriums-Repräsentanten und hochrangige Vertreter der planetaren Verwaltung.

Keja umarmte Dom, gab ihm einen Kuß.

»Ich wußte ja, du würdest eines Tages kommen!« Sie schnappte nach Luft. »Wie grün du bist ... Hast du dich als Dagon-Fischer versucht?«

»Eigentlich nicht«, erwiderte er.

»Komm und setz dich zu uns. Wir wollten gerade essen.« Keja fügte fröhlich hinzu: »Könntest du ein wenig weiterrücken, Tarli? Wenn ihr euch alle etwas zusammendrängt, findet auch Isaac Platz.«

»Klar«, sagte der junge Man und grinste.

»Das kann doch nicht Ihr Ernst sein, Madam!« entfuhr es Isaac und starrte die uniformierten Diener auf der anderen Seite des Tisches an. »Ich soll zusammen mit Menschen speisen?«

»Mach dir nichts draus — wir sind hier wie ein großer integrierter Schaltkreis«, sagte Keja.

Dom beugte sich zu dem Roboter vor und murmelte: »Wenn du nicht sofort Platz nimmst und dich von deiner freundlichsten Seite zeigst, besorge ich mir ein paar Zangen und Bohrer und demontiere dich.«

Dom setzte sich neben den Kaiser, der ihn höflich begrüßte, bevor er sich wieder an Joan wandte. Die meisten Anwesenden beäugten den jungen Sabalos mit unverhohlener Verwirrung. Zu der Gesellschaft gehörten auch einige Phnoben, und Hrsh-Hgn nahm die gute Gelegenheit wahr, ein angeregtes Gespräch mit einem sehr würdevoll aussehenden Alpha-Mann zu führen.

»Nehmt ihr eure Mahlzeiten immer in der Gegenwart so vieler Personen ein?« fragte Dom seine Schwester.

»O ja«, erwiderte Keja. »Ptarmigan zieht es vor, seine Leute ständig im Auge zu haben.« Sie winkte, und daraufhin traten die Kellner näher.

»Äh, wie lange bin ich schon hier?«

»Seit gestern abend. Du bist berühmt, kleiner Bruder. Ptarmigan meint, die halbe Galaxis sucht nach dir. Angeblich wirst du uns alle zur Heimatwelt der Joker führen. Was uns dort wohl erwartet?«

»Vermutlich eine verdammt große Bombe.« Dom sah, wie Keja zusammenzuckte. »Tut mir leid, ich wollte dich nicht erschrecken. Hm, ich bin also berühmt, wie?«

»Dutzende von Raumschiffen warten in einem Parkorbit, die meisten von Terra Novae und Verdammich.

Mit jeder verstreichenden Stunde treffen weitere ein. Ptarmigan ist deshalb ziemlich sauer. Nun, ich kenne nur einen Teil der Hintergründe, aber offenbar haben es alle darauf abgesehen, dich zu entführen. Stimmt es wirklich, daß du den Planeten der Joker in fünf Tagen entdecken wirst — ganz gleich, was auch geschieht?«

»Ich glaube schon. Woher weißt du das?«

»Du hast kein Geheimnis daraus gemacht, oder? Die Vereinigten Spione mischen ebenfalls mit. Ptarmigan mußte einige Sondereinheiten damit beauftragen, in mehr oder weniger regelmäßigen Abständen die kleinen Roboterinsekten zu beseitigen, die dauernd auf den Palast herabregnen. Eins hat sogar die Küche erreicht und ist dort in ein Soufflé gekrochen — einfach unerhört!«

»Haben auch die Creapii ein Schiff geschickt?«

»Keine Ahnung.«

Tarli beugte sich an seiner jungen Stiefmutter vorbei und nickte. »Ich bitte um Entschuldigung, o Dom, aber durch Zufall habe ich Ihr Gespräch gehört ...«

»Es belauscht«, korrigierte Keja streng.

»... und daher kann ich bestätigen, daß sich einer der Kreuzer, ein Sonnensegler von den Kettensternen, mit Creapii-Codes identifizierte.«

»Von den Kettensternen«, brummte Dom. Dann fiel ihm plötzlich etwas ein, und er tastete nach seinem Gürtel. »Keja, ich vermisse da eine Flasche ...«

»Mach dir keine Sorgen! Sie ist in Sicherheit. Meine Zofe meinte, einer der Sicherheitsbeamten habe ihr erzählt, sie enthalte das Wasser des Lebens. Bitte versteh mich nicht falsch: Ich bin keineswegs neugierig ...«

»Oh, natürlich nicht. Wie dem auch sei: Die letzten Tage gaben mir Gelegenheit, einige interessante Erfahrungen zu sammeln: Man hätte mich fast umgebracht; ich mußte mein Konto bei der Ersten Sirianischen Bank überziehen; ich habe eine Stunde lang unter Wasser geatmet und Band auf recht ungewöhnliche Weise verlassen; später schwamm ich auf der Oberfläche einer Sonne. Und das ist noch nicht alles. Mit zerquetschtem Brustkorb wanderte ich durch das Labyrinth von Minos. Das Leben spielt einem die seltsamsten Streiche. Jemand sollte meine Biographie schreiben, bevor es zu spät ist.«

»Vielleicht wäre jener Mann dort bereit, den Auftrag zu übernehmen«, sagte Keja und deutete auf die andere Seite des Tisches. Dom erkannte Narbengesicht und seinen verbeulten Roboter.

»Das ist Charles Sub-Lunar, nicht wahr? Derjenige, den man ›Ranaissance-Mensch‹ nennt.«

Keja bemerkte Sub-Lunars Blick, lächelte und hob ihr Glas. Hinter dem glitzernden Kristallkelch murmelten ihre Lippen: »Ja — und er gilt als bedeutender Joker-Experte. Und Historiker. Und Dichter, der einiges zu bieten hat. Wußtest du, daß er es war, der die Joker-Sprache entschlüsselte?«

Dom erinnerte sich an den Hinweis auf Poesie und einen übergeschnappten Computer, ließ sich zu einer entsprechenden Bemerkung hinreißen.

»Eigentlich ist er gar nicht verrückt«, fuhr Keja fort. »Vielleicht meint das Gerücht einen anderen Dichter. Sein Begleiter hat ebenfalls etwas Faszinierendes, findest du nicht? Und die Narben ... sie geben ihm ein gewisses Flair. Dom?«

»Äh, ja«, sagte Dom langsam. Nachdenklich starrte er in sein Weinglas. »Komisch, daß man sich immer ein bestimmtes Bild von Leuten macht, sie einer individuellen Kategorie zuordnet ... Ich glaube, ich sollte mit ihm reden. Bitte entschuldige mich!«

Dom schob sich am Tisch entlang, war dabei jedoch nicht vorsichtig genug. Joans Hand schloß sich um seinen Arm. Ihre Berührung wirkte eher sanft, fast zärtlich, aber die langen Finger übten genau den richtigen Druck an den richtigen Stellen aus.

»Guten Abend, Enkel. Seit einiger Zeit interessieren sich ziemlich üble Leute für dich. Ways ist der Meisterkiller des Joker-Instituts.«

Dom seufzte. »Na schön, Großmutter. Du hast also meinen Gedankeninhalt sondiert.«

»Nun, du warst bewußtlos, und ich mußte doch wissen, was eigentlich los ist.«

»Oh, sicher. Völlig klar.«

»Hab dich nicht so, Enkel — das Leben ist hart. Jeder Sicherheitsbeamter, dem etwas an seiner Pension liegt, kennt Ways. Er hat sogar einen stellvertretenden Direktor der Vereinigten Spione erledigt. Ein Roboter mit dem Instinkt eines geborenen Mörders. Wie ich sehe, hast du noch immer deinen kleinen Schlammspringer.« Joan deutete auf Ig.

»Er hat einige Zeit bei Ways verbracht«, erwiderte Dom. »Bestimmt befindet sich irgendein Sprengkörper oder etwas in der Art in seinem Körper. Aber deswegen brauchen wir uns wohl kaum graue Haare wachsen zu lassen.«

»Du hältst dich für unverwundbar«, stellte Joan fest. »Verlaß dich nicht zu sehr darauf.« Sie bedachte Ig mit einem funkelnden, durchdringenden Blick.

Der Kaiser stand langsam auf und läutete mit einer kleinen Glocke, woraufhin sich auch die anderen Männer und Frauen erhoben. Dom sah, wie Sub-Lunar und sein Roboter in der Menge verschwanden.

»Und nun?« fragte er. »Anscheinend wartet die halbe Galaxis darauf, daß ich irgend etwas unternehme.«

»Willst du nach wie vor die Joker-Welt entdecken?«

Die meisten Gäste hatten inzwischen das Zimmer verlassen. Der Kaiser folgte ihrem Beispiel, nickte Joan und ihrem Enkel kurz zu, bevor er ging. Einige Meter entfernt unterhielten sich Hrsh-Hgn und Isaac mit Tarli.

»Ich denke schon«, entgegnete Dom. »Ich habe bereits einige — Vorstellungen. Es handelt sich nicht um einen Planeten. Ich meine, es könnte durchaus ein Planet sein, so wie — Verkehrtherum, mit Hydrosphäre, Magnetfeld und allem Drum und Dran. Andererseits: Unsere Heimat ist auch eine Welt im übertragenen Sinn, eine Kultur.«

»Ich verstehe«, sagte Joan. »Wo sich jenes geheimnisvolle Exil wohl befinden mag?«

»Mir bleiben noch ungefähr fünf Tage, und deshalb kommen praktisch nur die stellaren Regionen in der Lebenskugel in Frage. Ich glaube ...« Dom unterbrach sich. »Du horchst mich aus.«

»Beim Ritual der Geknickten Löffel: Ich möchte verhindern, daß du die Joker-Welt findest und sie anschließend an den Mob verlierst. Politik ist dir völlig gleich, nicht wahr? Ich möchte dich auf etwas hinweisen: Wenn wir umsichtigen Gebrauch von deiner Entdeckung machen, könnte sie den Sabalos zum Vorteil gereichen.«

»Ist das dein Ernst?«

»Allerdings.« Joan stand auf. »Laß uns später darüber reden. Kommst du mit zur Vorstellung?«

»Sie dürfen sie auf keinen Fall versäumen!« stieß Tarli hervor und eilte um den Tisch. »Ein ganz besonderes Stück: Sub-Lunar hat es während der Reise hierher geschrieben. Vater mag ein wenig Unterhaltung nach dem Essen.«

Nach Doms Meinung konnte von Unterhaltung kaum die Rede sein. Vielmehr war es eine Parodie auf die gegenwärtige politische Situation zwischen der Erde und den anderen Welten — für humorvolle Gemüter immer ein Grund, herzhaft zu lachen. Sub-Lunar hatte den frühen griechischen Stil gewählt und ihn mit eigenen choreographischen Kompositionen erweitert: Die Darsteller trugen überlebensgroße, mit glitzernden Edelsteinen geschmückte Masken, und ein Roboterchor sorgte für die muskalische Untermalung.

Zunächst langweilte sich Dom, doch dann wuchs sein Interesse.

Als Protagonist trat ein ziegenbeiniger Vorsitzender Pan auf: Hörner ragten aus der Körpermaske, und die Füße ruhten in Bockshufen nachempfundenen Extremitäten. Nach einigen geschäftlichen Interaktionen mit der

Ersten Sirianischen Bank stakte eine dicke Silberkugel mit dünnen Stelzen auf die Bühne.

»GLAUBEN SIE WIRKLICH, DER MENSCH KÖNNE ES VERHINDERN, VON ROBOTERN ÜBERTRUMPFT ZU WERDEN?« fragte die Bank.

Pan sprang umher. »Gewiß. Welcher Roboter wäre in der Lage, meinen Job zu übernehmen? Immerhin ist Klasse Eins die niedrigste Kategorie.«

Und der Chor: »Verschwinde, verschwuppe, verschwappe, halt endlich die Klappe!«

Pan: »Aber horch! Wer ist jener müde Wanderer?«

Ein anderer Schauspieler eilte auf die Bühne, gekleidet in leuchtendes Grün. Er taumelte unter einer Last, die aus folgenden Dingen bestand: einem Paar geflügelter Sandalen, von dem sich ständig Federn lösten, einem langen Schwert aus Gummi und einer riesigen Wasserflasche. Auf den smaragdfarbenen Schultern ruhte der Alptraum eines jeden Tierausstopfers: Ein monströses Etwas, das aus gläsernen Augen, weiteren Federn, dikken Haarbüscheln und einem Klauengewirr bestand.

Pan: »Herr im Himmel! Warum läßt du dich von einem so sonderbaren gräßlichen Wesen begleiten?«

Wanderer: »Es ist kein sonderbares Wesen, sondern mein Schoßtier.«

Pan: »Du meinst wohl Schultertier. Außerdem habe ich nicht zu dir gesprochen, sondern zu deinem Freund. O Wanderer, setz deinen Weg fort — sonst dauert dieser Sketch viel zu lange.«

Der Reisende blickte sich kurzsichtig auf der Bühne um, wandte sich dann ans Publikum.

»Ich suche die Heimatwelt der Joker«, murmelte er.

Pan: »Versuch es mit der Erde! Die Bewohner von Terra Novae zeichnen sich ebenfalls durch eine gehörige Portion Humor aus. Ach, du meinst keine normalen Witzbolde, sondern die *Joker*. Fort mit dir! Sie existieren überhaupt nicht, sind nur eine Legende — oder?«

»Ja und nein. Ich meine: nein und ja.«

Bank: »Es ist allgemein bekannt, dass sie ins Universum nebenan gezogen sind ...«

Pan: »... Warum siehst du nicht auf der dunklen Seite der Sonne nach?«

Wanderer: »Himmel, ja! Die dunkle Seite der Sonne, meinst du? Ich breche sofort auf.« Und damit schlurfte die grüne Gestalt davon.

Am nächsten Morgen erwachte Dom in einem Schlafzimmer, dessen üppigen Luxus er fast als bedrückend empfand. Er schöpfte Wasser aus einer goldenen Schale, wusch sich und suchte anschließend den Speisesaal auf. Es war schon recht spät fürs Frühstück. Fast die ganze Nacht über hatte er fruchtlose Diskussionen mit Joan geführt. Es kam sogar zu einem Streit, als man Ig in ein Laboratorium brachte und ihn auf versteckte Waffen hin untersuchte, was dem Tier überhaupt nicht zu behagen schien. Die Analysen erbrachten ein negatives Ergebnis, doch offenbar litt Ig noch immer: Zwar hockte er jetzt wieder auf Doms Schulter, aber er wahrte ein verdrießliches Schweigen.

Sub-Lunar hatte kurz nach dem Bühnenstück eine wichtige Nachricht von der Erde erhalten und sofort die Rückreise angetreten.

Im Speisesaal schwebte ein Büfett in autarken Antigravitationsfeldern, und darauf standen Dutzende von Tellern und Tabletts. Dom schritt über den dicken Teppich und nahm die Deckel von einigen Schüsseln. Ein Behälter enthielt geräucherten roten Fisch, eine andere die Reste eines Eberschädels. Der dritte bot Obst an. Dom erinnerte sich an seine Herkunft, wählte Fisch und nahm am Ende des leeren Tisches Platz. Aus reiner Neugier sah er in eine Suppenterrine — und wandte den Blick sofort wieder davon ab: Kaiser Ptarmigan hatte Drosken bewirtet.

Einige Minuten später öffnete sich eine kleine Tür, und eine junge Frau schlich auf Zehenspitzen ins Zimmer. Sie war zart gebaut, dunkelhaarig wie Tarli. Als Dom lächelte, errötete sie und trat seitlich zum Büfett, ohne den Blick von ihm abzuwenden.

Sie füllte einen Teller mit Fisch und setzte sich ans andere Ende des Tisches. Dom starrte sie aus großen Augen an: Im Licht der Morgensonne schien sie geradewegs zu glühen, wirkte irgendwie unheimlich. Das merkwürdige Schimmern umhüllte sie wie eine Aura, zog Spuren aus hellen Schatten, wenn sie den Arm hob, verwandelte sie in eine geisterhafte Erscheinung. Natürlich nur ein elektrophysikalischer Effekt, aber trotzdem sehr beeindruckend.

Sie aßen schweigend, und das einzige Geräusch, ein leises Summen, stammte von einer uralten Standuhr.

Schließlich faßte Dom Mut und räusperte sich. »Sprechen sie Janglisch? Linaka Comerks diwac? Oder Droskisch? Upaquaduc, ähn, lapidiquac nunquackuqc quipaduckuadicquakak?«

Die junge Frau schenkte sich eine Tasse Kaffee ein und lächelte. Dom stöhnte innerlich. Droskisch lag ihm nicht sonderlich, aber seine Kenntnisse genügten wenigstens, um sich zu verständigen. Er bereitete seinen Kehldeckel und die Nebenhöhlen auf eine schwere Belastung vor.

»Ffnbasshs sFFshs — frs Sfghn Gss?«

Das zweite Lächeln der Unbekannten erschien ihm unnötig geziert. Sie klatschte in die Hände, und einen Sekundenbruchteil später spürte Dom eine Bewegung dicht an seiner Seite.

Ein Hüne stand neben ihm. Zwei schlitzförmige Augen musterten ihn mit kühler Berechnung, starrten aus einem vergleichsweise kleinen Kopf, der auf einem fast zwei Meter großen und ebenso breiten Körper ruhte. Der Riese trug ein Lederwams mit vertrauten roten und blauen Mustern. Hinter dem breiten Gürtel steckten verschiedene Handwaffen.

Ein alter Droske — und somit vermutlich weiblichen

Geschlechts. Wenn sich irgendwelche männlichen Exemplare in der Nähe aufgehalten hatten, so lagen sie jetzt sicher in der Tiefkühltruhe des Hünen. *Der Hünin,* verbesserte sich Dom in Gedanken und fragte sich, ob es überhaupt einen solchen Begriff gab.

Die junge Frau sang einige glockenartige Tonfolgen.

Die roten Schlitzaugen blinzelten.

»Prinzessin fragen, was Sie sagen.«

»Ich habe nur versucht, freundlich zu sein«, erwiderte Dom. »Wer sind Sie?«

Die Riesin beriet sich kurz mit der Frau und antwortete schließlich: »Ich sein ihre Leibwächterin und gleichzeitig Kammerzofe.«

»Beziehen Sie auch ein doppeltes Gehalt?«

»Lady Sharli fragen, Sie Lust zu einem Ausritt?«

Die Droskin wartete gar keine Antwort ab, hob Dom mit einer Hand vom Stuhl. Ig erwachte und bleckte die Zähne, schnurrte jedoch, als die massige Gestalt die andere Hand ausstreckte und ihn — es — sanft streichelte. Das Sumpfwesen zwinkerte, hüpfte über den oberschenkeldicken Arm und hockte sich auf den Schädel der Droskin.

Sharli hatte das Zimmer bereits verlassen und marschierte über den breiten Innenhof. Sie sah mitfühlend auf Dom hinab, als ihn die Leibwächterin wie ein Paket vor ihr fallen ließ. Die Prinzessin stampfte mit dem Fuß auf — eine Geste, die ihn erstaunte: Seine Mutter kannte sich mit der richtigen Inszenierung von Wutanfällen bestens aus, aber nicht einmal sie wußte von der dramatischen Wirkung eines guten Aufstampfens — und richtete den Zeigefinger auf die Droskin, die sich daraufhin verneigte. Dann half Sharli dem jungen Sabalos auf die Beine.

Einige Meter entfernt hielt ein Roboter die Zügel zweier seltsamer Geschöpfe. Dom kannte Pferde, entsann sich an die beiden, die man ihm zum Geburtstag geschenkt hatte — und die einen Tag später mit einem kurzen Schreiben des Bedauerns an den Absender zurückgeschickt worden waren. Aber diese Exemplare stammten von Laoth, und das bedeutete, es handelte sich um Roboter.

Sharli schwang sich auf ein Roß, dessen Fell aus eloxiertem Aluminium bestand, griff nach Leinen aus geflochtenen Metallfasern, an denen Edelsteine und kleine Glocken baumelten.

Doms Pferd glänzte kupferfarben. Als er auf dem Kontrollsattel Platz nahm, drehte es den Kopf, sah ihn aus Facettenlinsen an und fragte: »Können Sie reiten, Teuerster?«

»Ich weiß nicht, hab's noch nie probiert.«

»Na schön, dann überlassen Sie alles mir, einverstanden?« erwiderte das Roß und scharrte mit stählernen Hufen.

»Warum hat man ein Computerhirn der Klasse Fünf im Körper eines Pferdes untergebracht?« erkundigte sich Dom, als sie sich vom Palast entfernten. Die Droskin folgte ihnen im Laufschritt.

»Tja, wissen Sie, ich bin dafür geschaffen, Gäste zu unterhalten, und manche fallen aus der Rolle, legen Wert auf eine geistreiche Unterhaltung«, sagte das Roboterroß im Plauderton. »Sind Sie der Typ, der die Pointe des letzten Joker-Witzes entdecken soll?«

»So kann man's auch ausdrücken.« Dom schmunzelte. »Kennst du zufällig eine Klasse Fünf-Einheit mit der Registriernummer TR-3B4-5?«

»Ach, Sie meinen Isaac! Wir wurden zusammen programmiert. Er ging nach Außenwelt, um irgendeinem Hinterwäldler-König zu dienen, und mich steckte man in diesen Körper.«

»Ich dachte mir schon, daß ihr euch begegnet seid«, sagte Dom. »Ihr pflegt eine ähnliche Ausdrucksweise.«

»Eigentlich ist es gar nicht so übel, ein Pferd zu sein«, meinte das Pferd und schnaubte. »Man muß mich gut behandeln, denn immerhin gelten wir Roboter der

Klasse Fünf als statusanerkannte Menschen. Ja, man wird regelmäßig überholt und bekommt dreimal täglich eine Energieauffrischung ... Sagten Sie etwas?«

»Ich überlege«, erwiderte Dom, biß sich auf die Lippe und beobachtete die Landschaft.

Nichts wuchs auf Laoth — der Planet war steril. Landende Raumschiffe mußten sich ebenso umfassenden wie langwierigen Dekontaminierungsverfahren unterziehen, und organische Besucher durften nur ihre Dickdarmbakterien behalten. Laoths Atmosphäre stellte Importware dar. Eine Welt, deren Volkswirtschaft auf der Herstellung elektronischer Wunder basierte, konnte sich kein Virus an der falschen Stelle erlauben.

Aber auf einer völlig öden Welt fehlten ästhetische Anreize für den Menschen und artverwandtes Leben. Aus diesem Grund hatte ein anderer Kaiser Ptarmigan — der erste seiner Dynastie — seinen Palast mit einem Garten umgeben.

Der leichentote trockene Staub diente als Nährboden für eine andere Art von interaktivem Dasein.

Elektronische Menschen bildeten inzwischen einen integralen Bestandteil des allgemeinen sozialen Gefüges. Ein Fünftel der Menschheit bestand aus Metall. Doch der Begriff ›elektronische Natur‹ fand sich noch in keinem Wörterbuch.

Die anmutigen Kupferbäume wirkten trotz ihrer erhabenen Eleganz gedrungen und knorrig wie Eichen. Äste und Zweige neigten sich unter dem Gewicht ihrer Selenzellenblätter, die leise im sanften Wind klirrten. Elektrisch summende und zirpende Vögel flatterten über silbrig glänzende Blumen. Kleine goldene Bienen zapften den elektrischen Strom in den Blüten an, luden ihre winzigen Batterien auf und kehrten anschließend in dunkle verborgene Speicherwaben zurück. Ein mineralienreicher schmaler Bach plätscherte durch den Garten. Plastikschilf saugte die metallhaltige Flüssigkeit durch Kunststoffkapillare und ließ zarte Schwefelblumen sprießen. In den tieferen Stellen schwammen Zinkforellen, und vor den seichten Ufern öffneten Seerosen aus Aluminium ihre bunten Kelche.

Die Pferde trabten an den Bäumen vorbei, und zu beiden Seiten des Kieswegs wiegten sich farbenprächtige Pseudogewächse. Sharli führte Dom zu einem kleinen Hügel, wo ein Flüßchen aus einem Felsspalt gurgelte, über einen granitenen Vorsprung gischte und weiter unten einen kleinen blauen See bildete. Zwischen Beeten mit goldenen Lilien und funkelndem Kupfer erhob sich eine kleine Pagode.

Die Prinzessin stieg ab, nahm Platz, deutete aufs smaragdene Gras und richtete einige Worte an die Droskin.

»Lady Sharli sagen, Sie über sich erzählen«, knurrte die Leibwächterin. Sie warf ein sechzig Zentimeter langes Messer hoch in die Luft und fing es an der Klinge auf.

Dom kam der Aufforderung nach, legte einige Pausen ein, um der Droskin Gelegenheit zu geben, seine Schilderungen zu übersetzen. Er nutzte diese Unterbrechungen, um eine kleine Messingspinne zu beobachten, die knapp einen Meter über ihm aus einem winzigen Loch schlüpfte, über einen stählernen Zweig kletterte und die Beine wie zum Sprung anwinkelte.

Sharli erwies sich als gute Zuhörerin, und allem Anschein nach ließ ihre Kammerzofe bei der Transkription keine Einzelheiten aus. Die junge Frau schnappte erschrocken nach Luft, als sie vom Kampf in der Ersten Sirianischen Bank erfuhr, lachte dann und klatschte in die Hände, als Dom von der Flucht mit Hilfe der Sonnenhündchen berichtete. Der goldene Glanz folgte ihren Bewegungen wie ein nicht greifbarer Schleier.

Die Spinne erklomm einen zweiten Ast, schwang sich hin und her.

»Prinzessin fragen, Sie keine Angst?«

Dom versuchte, die Prophezeiung zu erklären — die Voraussagen der Wahrscheinlichkeits-Mathematik —, beobachtete gleichzeitig die metallene Spinne, die von rechts nach links krabbelte, von oben nach unten. Er beendete seinen Vortrag, als das Messingwesen ein zartes Gespinst aus hauchzarten Kupferfäden fertiggestellt hatte und auf einen anderen Ast zurückwich, dabei zwei dünne Stromkabel ausschied.

Dom wußte, daß er zu weitschweifig war, sich viel zu selbstsicher gab. Aber Sharli starrte ihn aus bewundernd blickenden großen Augen an, und er konnte der Versuchung einfach nicht widerstehen. Außerdem stieg ihm langsam ihr Parfüm zu Kopf. Nach wie vor spürte er die Präsenz der droskischen Zofe, hörte dann und wann, wie das Pferd spöttisch kicherte.

Während er seine Gravsandalen vorführte und eine elegante Acht flog, geriet eine kleine mechanische Fliege in das Spinnennetz. Es blitzte blau auf.

Dom erläuterte das notwendige Geschick fürs Fangen und Steuern von Windschalen, und unterdessen machte sich das robotische Spinnenwesen über die protestierende Fliege her, demontierte sie mit zwei schraubenschlüsselartigen Beinen.

Ein anderes elektronisches Roß galoppierte durch den mechanischen Wald. Im Kontrollsattel saß Tarli, gehüllt in eine Rüstung aus sich überlappenden Hartlederplatten. Er nahm seinen monströsen Helm ab, wischte sich mit dem Handrücken den Schweiß von der Stirn und bedachte Dom mit einem strahlenden Lächeln.

»Gruß Ihnen, Stiefonkel. Ich hatte mir schon gedacht, Sie hier zu finden. Hoffentlich haben Sie sich nicht zu sehr gelangweilt.«

»Oh, ganz und gar nicht«, erwiderte Dom nonchalant. »Äh, Ihr Kostüm …«

Tarli hob die Brauen. »Die übliche Tracht für den Trug-Kampf. Sind auf Verkehrtherum Duelle üblich?«

Dom dachte an die Auseinandersetzungen und Konfrontationen, die er ab und zu im Bereich der Molen und Anlegestellen gesehen hatte. Meistens wurden dabei mehr als einen Meter lange Dagon-Messer verwendet.

»Für gewöhnlich geht es dabei um Leben und Tod«, erwiderte er. Neugierig geworden fügte er hinzu: »Was hat es damit auf sich?«

Tarli zog ein dünnes Bündel unter seinem Kontrollsattel hervor und entnahm ihm ein zwei Meter langes Schwert. Der Griff bestand aus schlichtem Leder, das keine Verzierungen aufwies, und die Klinge wurde nur dann sichtbar, wenn sie das Sonnenlicht widerspiegelte — dann zeigte sie sich für einen Sekundenbruchteil als grünlicher Schimmer.

»Ein Trug-Schwert«, erklärte Tarli. »Die Schneide ist natürlich nur einige Mikron dick und wurde als ein Molekül im besonderen Schwertlicht der Morgendämmerung geschmiedet. So gut wie unzerbrechlich. Können Sie mit solchen Waffen umgehen?«

»Ich besitze ein Memorialschwert«, sagte Dom und zeigte es. Tarli offenbarte großes Interesse.

»Wie funktioniert es?«

»Das Heft enthält einen kleinen Matrixfeld-Projektor, der auf mehrere verschiedene Strukturen und Formen programmiert ist.«

Tarli schüttelte den Kopf. »Keine sehr ehrenhafte Waffe«, kommentierte er traurig. »Möchten Sie einen Trug-Kampf führen?«

Er lachte, als er Doms Gesichtsausdruck sah, öffnete das Bündel und griff nach zwei Latten. »Zu Übungszwecken«, erläuterte er. »Damit Anfänger beim Lernen nicht zu viele Gliedmaßen verlieren. Ich bin der zweitbeste Trug-Kämpfer auf Laoth.«

Dom spürte Sharlis erwartungsvollen Blick auf sich ruhen. »Na schön«, brummte er und fühlte sich alles andere als wohl in seiner Haut. Immerhin handelte es sich nur um zwei Stangen aus Holz, und außerdem wußte er zumindest in der Theorie, wie man mit einem Schwert umging: Einige Tstame-Figuren trugen solche Waffen, und wer sie nicht zu handhaben verstand, wurde innerhalb weniger Minuten vom Spielbrett gefegt.

Tarli packte sowohl einen zweiten Helm als auch lederne Schutzkleidung aus, und Sharli half Dom dabei, den Harnisch anzulegen.

»Vielleicht wäre es ganz nützlich, wenn Sie mich auf die Regeln hinweisen.«

Tarli lächelte. »Bei einem Trug-Kampf mit dem Stock ist praktisch alles zugelassen — solange man die Latte benutzt. Sharli gibt uns das Zeichen.«

Die Prinzessin ließ Dom und seinen Herausforderer nicht aus den Augen, musterte ihren Bruder kurz und richtete einige scharf klingende Worte an ihn.

»Sie meint, wir sollten um eine Trophäe kämpfen. Mein Schwert gegen Ihre Gravsandalen.« Tarli schürzte die Lippen. »Obwohl ich das kaum für sehr fair halte.«

»Ich bin trotzdem einverstanden«, entgegnete Dom, bückte sich und löste die Riemen. Tarli seufzte und legte seine Trug-Klinge neben die Sandalen.

Sharli winkte mit einem kleinen Taschentuch.

Die beiden Latten krachten aufeinander, wichen wieder zurück. Dom ging in Abwehrstellung und beobachtete seinen Gegner aufmerksam.

Eine seltsame Mischung aus Kühnheit und Zuversicht regte sich in ihm, und er unternahm einige Vorstöße. Es fiel Tarli nicht weiter schwer, die Hiebe zu parieren. Sharlis Bruder schmunzelte und wirbelte seine Stange im Kreis, so schnell, daß ihre Konturen verschwammen, sie zu einem schemenhaften Etwas wurde, das über Tarlis Rücken zuckte, sich jäh nach vorn neigte und Doms Helm berührte. Der Prinz bewegte sich wie ein Tänzer, hüpfte geschmeidig zur Seite — und Dom hörte ein zweites dumpfes Pochen dicht über der Stirn.

Der junge Sabalos sprang, holte aus und schlug zu. Tarli setzte einfach über die nach unten sausende Latte hinweg, wehrte den Angriff ab. Dom verlor den Halt, fiel zu Boden und rutschte einen Meter weit auf dem Bauch.

Sharli preßte sich die Hand auf den Mund und wandte sich ab. Ihre Schulten zuckten.

Dom rollte sich auf die Seite, zielte nach Tarlis ungeschützten Füßen, kam dann wieder auf die Beine und traf den einen Arm seines Gegners.

Tarli wankte zurück, ruderte mit den Armen, um das Gleichgewicht zu wahren. Dom stieß erneut zu, und seine Latte prallte an die Brust des Prinzen.

Er fiel.

Dom stürmte los, sah gerade noch, wie das weiße Gesicht Tarlis im Wasser des Teichs verschwand. Rasch streifte er den ledernen Harnisch ab, sprang und tauchte an Dutzenden von blühenden Seerosen vorbei.

Weit unter ihm sank ein dunkler Schatten in die Tiefe. Dom griff danach, packte einen Arm, kehrte nach oben zurück. Als sie die Wasseroberfläche durchstießen, erinnerte sich eine gedankenlos gewordene Gravitation an die Lederrüstung und zerrte sie erneut nach unten.

Dom kämpfte gegen den plötzlich starken Sog an, versuchte, die Schnallen des Harnischs zu lösen. Wenige Sekunden später streckte sich ihm ein dicker Arm entgegen, und er klammerte sich daran fest.

Als die Droskin Tarlis erschlafften Körper zu fassen bekam, stieß sie Dom in den See zurück, warf sich den Prinzen über die Schulter und eilte in Richtung Palast davon.

Der junge Sabalos zog sich mühsam und beschämt an Land. Er würgte Wasser und wartete, bis das Dröhnen des Schädels nachließ.

Eine Klinge zischte durch die Luft, und Dom reagierte rein instinktiv, wirbelte herum und hechtete in den See. Er verfing sich in einem Dickicht aus fingerdicken Kabeln, befreite sich daraus und tauchte inmitten einer Seerosenkolonie auf. Sharli starrte ihn zornig an, holte mit dem Trug-Schwert aus. Die monomolekulare Schneide durchtrennte den Uferfels wie weiche Butter.

»Es war nur ein Spiel für Tarli«, fauchte sie auf perfektem Janglisch. »Er ist der zweitbeste Trug-Kämpfer in der ganzen Galaxis, und er wollte Ihnen nur sein Geschick zeigen. Aber Sie mußten unbedingt gewinnen!«

Wütend fügte sie hinzu: »Jetzt endet das Spiel — *ich* meine es ernst.« Sie schwang das Schwert über den Kopf, und die Klinge durchschnitt einen dicken Kupferast, ohne dabei auf nennenswerten Widerstand zu stoßen.

Dom tauchte, erreichte das gegenüberliegende Ufer und kroch hastig an Land. Aus den Augenwinkeln sah er, daß ihm die Prinzessin folgte. Sein Harnisch lag noch immer auf dem Kies, und er griff mit zitternden Händen danach. Natürlich schützte das Leder nicht vor einem Schwert, das Felsen zerteilen konnte. Die Polsterung diente nur dazu, die Wucht des Schlages mit einer Holzlatte zu mildern ... Aber vielleicht verfügte sie über einen integrierten Generator: Dom sehnte sich ein Kraftfeld herbei, das der Trug-Klinge energetischen Einhalt gebot ...

Er sah den Hieb überhaupt nicht, nahm nur ein kurzes grünliches Schillern wahr — und die Brustplatte in seinen Händen bestand plötzlich aus zwei Teilen. Mit wachsender Besorgnis starrte Dom auf die elektronischen Komponenten, die wie exotischer Staub zu Boden rieselten.

»Ich schneide Sie in kleine Stücke«, versprach ihm Tarli. »Ganz langsam. Angefangen mit den *Gliedmaßen.*«

Die Klingenspitze hinterließ nur deshalb eine dünne rote Linie auf seinem Arm, weil Dom gerade noch rechtzeitig auswich.

»Sie behaupten immer, der Tod könne Ihnen nichts anhaben«, sagte die Prinzessin. »Aber sind Sie da ganz sicher, hm?«

Dom zuckte zusammen und schloß die Augen. Das Schwert traf ihn am Hals. Nach einer Weile hob er die Lider wieder, sah das verächtliche Funkeln in Tarlis Pupillen, als er sich vorsichtig den Nacken betastete.

»Warten Sie nur ab, bis Sie nicken!« stieß die junge Frau hervor. »Ich habe mit der flachen Seite der Klinge zugeschlagen.« Sie trat auf ihn zu, erhob sich auf die Zehenspitzen und versetzte ihm eine schallende Ohrfeige. »Sie eingebildeter, angeberischer, arroganter *Narr!*«

Dom fühlte, wie seine Füße über das Ufergeröll rutschten, keinen Halt mehr fanden. Zum drittenmal fiel er in den See, tauchte prustend wieder auf und schnappte nach Luft. Sharli bebte am ganzen Leib, richtete das Schwert auf ihn.

»Wenn Tarli tot ist, werden Sie es bereuen, jemals geboren zu sein ...« Sie griff nach einem Stein und warf ihn unbeholfen. Dom ließ sich einfach in die Tiefe sinken. Als er kurz darauf die Wasseroberfläche durchstieß, hatte sich die Prinzessin bereits auf ihr mechanisches Roß geschwungen und ritt davon.

Dom kletterte ans Ufer, streckte sich auf dem Kies aus und beobachtete die Ameisen. Sie waren wie aus dem Nichts erschienen, versammelten sich an dem von Sharli abgetrennten Ast. Der Kupferzweig fiel auseinander, und die blauen Flammen winziger Schneidbrenner gleißten. Das kleinere Stück wurde rasch fortgetragen, verschwand in einer Luke im Baumstamm.

Dom nahm Gravsandalen und Trug-Schwert, trat dann auf sein Pferd zu. Es musterte ihn mitfühlend, gab jedoch keinen Ton von sich.

Nachdenklich ritt der junge Mann davon.

Hoch oben auf dem Aststumpf glitt ein Miniaturkran in die richtige Position, und winzige elektronische Wesenheiten errichteten ein Stützgerüst, begannen dann mit der Reparatur. Etwas weiter entfernt — dort, wo die Siliciumchip-Blätter das Sonnenlicht tranken und leise im Wind klirrten — hockte ein anderes mechanisches Insekt und sah der Wartungscrew gleichgültig zu. Es verfügte über Kameraaugen und stammte nicht von Laoth.

Eine Spinne beobachtete es hungrig und dachte an Elektrizität.

KAPITEL 11

> »Wir sind ein altes Volk. Wir haben alles genossen, was die Galaxis zu bieten hat — ich selbst sah das schwarze Maul im Zentrum der großen Sterneninsel, die hellen toten Sonnen dahinter —, und deshalb sind wir als Spezies zum Untergang verurteilt. Um der kulturellen Entropie ein Schnippchen zu schlagen, suchen wir neue Erfahrungen als Pseudo-Menschen. Zusammen mit den Hülse studiere ich die Geburt des Wasserstoffs in der interstellaren Leere. Wir trachten danach, uns von dem Erbe unserer eigenen Evolution zu befreien, ihre Beschränkungen zu überwinden. Was hält die Zukunft für uns bereit?«
>
> Aus einem persönlichen Brief
> Seiner Glühheit CRabE+687°,
> adressiert an Seine Glühheit CReegE+690°,
> nachgedruckt in der Anthologie *Post Joker.*

»HEREIN!«

Dom öffnete die Tür.

Tarli lag auf dem Bauch und las. Er hob den Kopf und lächelte. »Oh, Sie sind's, hochverehrter Stiefonkel! Kommen Sie nur!«

Dom näherte sich verlegen und legte die Gravsandalen aufs Bett.

»Sie gehören Ihnen«, sagte er. Tarli betrachtete sie gedankenverloren.

»Die Schwerkraft war auf meiner Seite«, begann Dom unsicher. »Ich habe Sie mit einem Trick hereingelegt, und ...« Er brach ab.

»Sie sind ja ganz naß«, stellte der Prinz fest und klatschte in die Hände. Irgend etwas raschelte, und wenige Sekunden später eilte ein junger Droske herbei. Er bekam die Anweisung, frische Kleidung und ein Handtuch zu holen, verschwand wieder und kehrte unmittelbar darauf zurück.

»Gibt es in Ihrer Heimat, äh, strenge Regeln in Hinsicht auf das Entblößen des Körpers?« fragte Tarli. »Wenn das der Fall sein sollte ... Das Ablutionszimmer — manche Leute bezeichnen es schlicht und einfach als Bad — erreichen Sie durch die Tür dort.«

Dom zog das klamme Hemd über den Kopf und brummte.

»Nun, gelegentlich kann man gar nicht taktvoll genug sein. Manche Leute haben die komischsten Bräuche. In Ordnung, Chaquaduc.« Tarli klatschte erneut, und der Droske neigte kurz den Kopf, löste sich einfach in Luft auf.

»Nicht schlecht. Feldtransferierung? Meine Großmutter lehnt so etwas ab. Sie hält es für sündige Energieverschwendung.«

Tarli hob die Hand. »Sie haben völlig recht — Induktanzflächen unter der Haut. Eine unserer Traditionen. Um Gäste zu beeindrucken. Hier.«

Dom fing einen Gürtel aus Drachenschuppen auf, band ihn sich um die Taille einer weiten Seidenrobe mit gelben und grauen Komplexmustern. Der Prinz öffnete einen emaillierten Schrank und holte eine kleinere Version des Trug-Schwerts hervor.

»He!«

»Nur ein sogenanntes *Koto.* Dient als Schmuckstück. Bitte nehmen Sie es als Geschenk. In diesem Zusammenhang: Ich rate es Ihnen nicht, es abzulehnen — so etwas gilt hier auf Laoth als tödliche Beleidigung. Ich müßte Sie zu einem weiteren Duell herausfordern, mit echten Klingen und ohne Schutzharnische. Und mir bliebe nichts anderes übrig, als Ihnen vorher zu zeigen, wie man mit solchen Waffen umgeht.« Tarli deutete auf Doms Hals. »Wie ich sehe, haben Sie bereits einige Erfahrungen gesammelt.«

Dom betastete sich unwillkürlich den Nacken und zuckte zusammen. Erinnerungsschmerz verband sich mit Vorstellungen von einer kopflosen Gestalt, die über das Ufergeröll eines wie spöttisch glitzernden Sees wankte.

»Ich dachte immer, laothische Frauen interessierten sich mehr fürs Blumenbinden«, murmelte er.

Tarli schmunzelte. »Ach, wirklich? Die nächsten Blumen wachsen auf unserem Nachbarplaneten Hierblühtesgut. Die größten Exemplare sind mobile Rosen, und man muß sie in den Würgegriff nehmen, um sie zu beschneiden.«

»Was Sharli bestimmt nicht sehr schwer fällt.«

»Mag sein. Sie steht an erster Stelle jener der, die rund fünfhundert Namen der besten Trug-Kämpfer enthält. Man muß ein wirklicher Könner sein, um dort eingetragen zu werden.«

Dom strich mit den Fingerkuppen über die Schneide des *Koto* und knurrte leise.

»Beim Bogenschießen hat meine Schwester keine Chance gegen mich. Ihr fehlt die nötige Geduld, und deshalb muß sie sich mit dem dreißigsten Platz begnügen.«

»Gibt es irgendeine Disziplin, die sie nicht ausgezeichnet beherrscht?«

»Nun, da wäre zum Beispiel unser dritter nationaler Zeitvertreib.«

»Was soll ich mir darunter vorstellen? Drachenjagd? Granit mit Fingern zerquetschen?«

»Nein. Mikroelektronisches Design. Eine echte Kunstform, wissen Sie.« Tarli warf einen Blick auf die Uhr. »Kommen Sie, Stiefonkel! Zeit zum Essen.«

Auf dem Weg zum großen Saal sah Dom sich immer wieder verwirrt um. Er befand sich auf Laoth, einer Welt, deren Produktionsanlagen nicht nur die besten Raumschiffe herstellten, sonden auch als menschlich anerkannte Computerhirne der Klasse Fünf. Doch abgesehen von den Pferden und Mechanismen im Garten hatte er überhaupt keine Roboter gesehen. Offenbar gefiel es den Laothern nicht, sich mit ihren Schöpfungen zu umgeben.

Als sie durch einen Flur mit glänzenden Lackwänden wanderten, sagte Tarli gedehnt: »Mein Vater ist sehr ungehalten.«

»Bin ich der Grund?«

»Ja, in gewisser Weise. Ihr Besuch hat eigentlich nichts damit zu tun — er findet Gefallen daran, neue Bekanntschaften zu schließen. Es sind die ungeladenen Gäste, wenn Sie verstehen, was ich meine. Wie lange dauert es noch, bis Sie die Heimatwelt der Joker entdekken?«

»Nach heute abend noch drei Tage.«

»Haben Sie irgendwelche Vorstellungen?«

»Einige«, erwiderte Dom ausweichend.

»Nun, das hoffe ich für Sie«, sagte Tarli. »Bereits fünfzig Raumschiffe umkreisen diesen Planeten und warten darauf, daß Sie irgend etwas unternehmen. Einige von ihnen sind schwer bewaffnet. Terra Novae hat eine ganze Flotte geschickt, und selbst die Bewohner von Verdammich entsandten einen Kreuzer, vermutlich den einzigen, der ihnen zur Verfügung steht. Ist kaum mehr als ein Wrack und müßte dringend überholt werden. Wenn Sie die Joker-Welt finden, ist bestimmt der Teufel los. Nun, äh, was Vater so besorgt ...«

»Sie können ihn beruhigen«, warf Dom rasch ein. »Ich bezweifle, ob die Joker irgend etwas mit Laoth zu tun haben.«

Der Prinz seufzte erleichtert. »Hier geht's schon jetzt drunter und drüber«, fuhr er fort. »Ganze Gruppen von Kammerjägern sind ständig unterwegs, um die elektronischen Wanzen einzusammeln, die aus den Arsenalen der Vereinigten Spione auf den Palast herabregnen. Sie kriechen in die kleinsten Ritzen und Fugen — sehen Sie nur!«

Er deutete auf ein Etwas, das aussah wie eine mit Diamantenstaub besetzte Gottesanbeterin. Das mechanische Insekt hockte auf einer der glänzenden Holztafeln und versuchte zu entkommen, als sich die beiden jungen Männer näherten. Tarli schlug mit seinem Schwert zu, und als der metallene Schnüffler zu Boden fiel, zertrat er ihn einfach.

»Scheint ein Standardmodell von der Erde zu sein«, kommentierte er. »Begreifen Sie nun, worauf ich hinauswill?«

»Sie haben mir gerade eine unmißverständliche Botschaft übermittelt«, erwiderte Dom steif. »Ihr freut euch, daß ich hier bin, aber eure Freude wäre noch größer, wenn ich mich endlich dazu durchränge, diesen Planeten zu verlassen, nicht wahr?«

»Fassen Sie das bitte nicht als Affront auf«, sagte Tarli hastig. »Ich möchte Ihnen versichern, daß uns Ihr Schicksal keineswegs gleichgültig ist. Wir werden uns die größte Mühe geben, Sie vor Unheil zu bewahren. Andererseits: Sie sind nicht unsere einzige Sorge. Wußten Sie, daß die Erste Sirianische Bank verschwunden ist?«

Dom schüttelte den Kopf.

»Ein einzigartiges, beispielloses Ereignis«, fügte Tarli überflüssigerweise hinzu.

Vor ihnen schwang die Tür des Speisesaals auf. Diesmal hatten sich nur acht Personen fürs Essen eingefunden. Der große runde Tisch war zu einem Memorialkubus zusammengefaltet, und seinen Platz nahm nun eine schlichte laothische Speisematte ein. Dom erkannte Joan, Keja, den Kaiser Ptarmigan, Sharli, Hrsh-Hgn und einen kleinen eleganten Laother. Einige Droskendiener standen in der Nähe, und Isaac bezog hinter Dom Aufstellung. Er hielt Ig in den Armen.

»Danke«, sagte der junge Sabalos und nahm das Sumpfwesen entgegen. »Wo hat er gesteckt? Und was ist mit dir?«

»Hab mich nur ein bißchen in meiner alten Heimat umgesehen, Boß. Und was Ig betrifft: Er ist zum Maskottchen der Wanzenjäger geworden — er stöbert die mechanischen Schnüffler überall auf.«

Sharli hob den Kopf und errötete, als sie Dom sah.

Der Hauptgang bestand aus Kai-Muscheln, und sie aßen schweigend. Dom gab sich vergebliche Mühe, das phnobische Trio zu überhören, das in einer Ecke hingebungsvoll an *Chlong*-Saiten zupfte.

Draußen wehte eine kühle Brise, und durch die offenen Fenster war das Klirren metallener Blätter zu hören.

Betont würdevoll schenkte der Kaiser eine klare sirupartige Flüssigkeit ein, die sich am Gaumen mit einem angenehmen Geschmack tarnte, aber in der Kehle brannte. Die Diener verschwanden, als Ptarmigan in die Hände klatschte. Die phnobischen Barden beendeten ihre schrille musikalische Vorstellung, packten die Instrumente ein und eilten fort.

»Jetzt können wir uns unterhalten«, sagte der Kaiser.

»Spione?« murmelte Joan und blickte in ihr Glas. Ptarmigan wölbte die Brauen.

»Hier wimmelt's davon, meine Liebe«, erwiderte er. »Um nur einige Beispiele zu nennen: Der *Inq*-Spieler des Trios hat einen Lauscher abgelegt, bevor er ging. Der Droskendiener meines Sohnes übermittelt ständig Lageberichte an die Autoritäten seines Heimatplaneten, dessen Name für unsere Zungen unaussprechbar ist. Darüber hinaus enthält dieses Zimmer Dutzende von elektronischen Augen und Ohren. Der Herr links von mir«, — Ptarmigan deutete auf den kleinen Laother, der daraufhin lächelte —, »steht in dem Ruf, ein ebenso fähiger wie vielseitiger Spion zu sein. Er heißt Magane. Eine seiner vielen Aufgaben besteht darin, mich zu überwachen. Wenn ich bei meinen Entscheidungen nicht die erforderliche Umsicht walten lasse, macht er mich sofort darauf aufmerksam.« Der Kaiser holte tief Luft und fügte scharf hinzu: »Wo befindet sich die Joker-Welt?«

Dom fuhr mit der Fingerspitze über den Rand seines Glases.

»Ihnen bleiben nur noch zweiundsiebzig Stunden, um sie zu finden«, warnte Ptarmigan. Wie Sharli und Tarli benutzte er das unpersönliche ›Sie‹, das Distanz schuf.

»Es ist unfair, ihn unter Druck zu setzen«, platzte es aus Keja heraus.

»Ich zwinge ihn nicht dazu, mir eine Antwort zu geben.«

»Ich ahne allmählich etwas«, sagte Dom wie zu sich selbst. »Ich spüre, wie erste Vorstellungsschatten Konturen gewinnen. Die dunkle Seite der Sonne — das klingt recht vage, nicht wahr? Vielleicht bezieht sich diese Angabe auf völlig andere Dimensionen.«

»Daran glauben Sie ebensowenig wie ich«, widersprach ihm der Kaiser. »Die Joker-Welt ist eine Singularität in diesem Kontinuum. Die Wahrscheinlichkeits-Mathematik läßt den Schluß zu, daß die Turmkonstrukteure nur in diesem Universum existierten — obgleich wir sie nicht mit Hilfe der Prophezeiungsgleichungen lokalisieren können. Die Tatsache, daß sie sich in unserer speziellen Raum-Zeit entwickelten, kommt einer Chance von eins zu einer Milliarde gleich. Manchmal«, sagte Ptarmigan spitz, »wird selbst das Unmögliche möglich.«

»Vermutlich haben Sie recht«, pflichtete ihm Dom bei. »Abgesehen von den Spezies in der Lebenskugel gibt es nur noch wenige andere Intelligenzen. Sie sind ... nun, groß. Und sie widersprechen unseren gängigen Vorstellungen von organischer Vernunft. Ich meine zum Beispiel die Bank oder Saufmich. Bei ihnen ist das Leben nur ein zusätzliches Attribut, wie Masse oder Alter. Nein, ich glaube, die Joker stellten die erste uns vertraute Lebensform in der Galaxis dar, und darüber hinaus waren sie so nett, unserer eigenen Evolution auf die Sprünge zu helfen.« Er runzelte die Stirn. »Fragen Sie mich jetzt bloß nicht, was mich zu solchen Annahmen bewegt! Sie erscheinen mir einfach plausibel und richtig.«

»Ich verstehe nicht ganz ...«, murmelte Keja. Der Kaiser lächelte.

»Weißt du, Liebste, eigentlich hat das Universum gar keine Zeit für die Entwicklung von Leben. Normalerweise dürfte es nicht einmal einfache Organismen geben, ganz zu schweigen von uns. Die Wahrscheinlichkeit spricht strikt dagegen.«

Dom nickte. »Wir gehen immer von der Prämisse aus, das Leben sei ein völlig natürlicher Bestandteil des Universums«, erläuterte er. »Selbst in präsadhimistischen Epochen bevölkerte unsere Phantasie andere Planeten mit imaginären Wesen. Wir wollten nicht allein sein und versuchten uns einzureden, Leben außerhalb der Erde sei praktisch eine Gewißheit.«

»Offenbar legten auch die Joker Wert auf Gesellschaft«, meinte Hrsh-Hgn und beugte sich vor. »Deshalb veränderten ssie die Zufallssmuster, ssorgten für eine gleichmäßigere Verteilung der Chancen.«

»Sie müssen wahre biologische Genies gewesen sein, bevölkerten sogar die Sterne«, begann Dom. »Sie füllten jede ökologische Nische, von kühlen Sonnen bis hin zum kalten luftleeren Raum. Sie ...« Er brach ab.

Plötzlich wußte er über die Joker Bescheid. Sätze und konzeptionelle Bilder strömten ihm in den Geist, schwammen wie Eisberge in einer mentalen See. Sie schienen sich von ganz allein zu formen — aber vielleicht entstand nun eine Gedankenbrücke, die ihm Informationen übermittelte.

Dom kannte alle Geheimnisse der Joker. Er *erinnerte* sich an ihr Empfinden, als sie leere und öde Planeten beobachteten, auf denen sie den Keim des Lebens säten, als sie an die innere Barriere dachten, die schließlich ihre Entwicklung beschränken mußte — die kulturelle Sackgasse der Evolution ...

Er sah die Heimatwelt der Joker und war wie betäubt.

Die anderen Personen am Tisch setzten die Gespräche fort, und Dom vernahm die Stimmen und Worte wie aus weiter Ferne.

»Die dunkle Seite der Sonne ... es hört sich an wie die Zeile eines Gedichts«, sagte Keja fröhlich. »Vielleicht kämen Kreischer und Stöhner in Frage.«

»Ssie meinen die Innenplaneten von Protostern Fünf?« fragte Hrsh-Hgn. »Nein, ssie ssind zu heiß und nicht stabil genug. Vor zehntausend Jahren hat ess ssie noch gar nicht gegeben. Hinzu kommt die hohe Radioaktivität.«

»Sie sprechen so über die Joker, als seien es Menschen«, wandte Keja ein. »Doch das steht keineswegs fest. Möglicherweise basiert ihr Stoffwechselsystem auf Silicium. Denken Sie nur an die Creapii.«

»Und die ›Ratten‹?« erkundigte sich Tarli. Er blickte in verdutzte Mienen und hob die Schultern.

»Nun, wir kennen die Verhältnisse auf jenem Planeten. Vielleicht bezieht sich der Ausdruck ›dunkle Seite der Sonne‹ auf die dort herrschende Umgekehrte Entropie.«

»Ich glaube, die Erde ist mit der Joker-Welt identisch«, sagte Joan fest. Ptarmigan drehte den Kopf.

»Eine ziemlich anmaßende Behauptung. Können Sie irgendwelche Beweise dafür nennen?«

Doms Großmutter nickte. »Es ist eine recht alte Theorie. Die Joker waren menschlich, *wirklich* menschlich — womit ich Ihnen nicht zu nahe treten möchte, Hrsh-Hgn; Sie wissen sicher, wie ich das meine. Sie ließen sich auf der Erde nieder, als wir noch in den Kinderschuhen unserer Evolution steckten, und schließlich vermischten sie sich mit uns. Viele Indizien deuten darauf hin. Zum Beispiel gehen manche fremde Wesen von der Annahme aus, die Joker seien Menschen gewesen. Nur die Creapii und der Homo sapiens erreichten aus eigener Kraft einen ausreichend hohen technischen Entwicklungsstand, um wenigstens interplanetare Raumfahrt zu ermöglichen. Drittens: Menschen hätten sicher großen Spaß daran, die Kettensterne oder den Mittelpunkt des Universums zu schaffen, einzig und allein aus Größenwahn. Und schließlich: Die Erde ist der Sitz des Joker-Instituts. Es beherrscht praktisch den ganzen Planeten. Man munkelt in diesem Zusammenhang, das Institut selbst werde von einigen echten Jokern geleitet, die alle Forschungen in Hinsicht auf ihre Heimatwelt sabotieren. Aus irgendwelchen lächerlichen Gründen trachten sie Dom nach dem Leben. Offenbar wollen sie verhindern, daß er das Exil der geheimnisvollen Turmkonstrukteure entdeckt.«

Hrsh-Hgn hüstelte. »Ich möchte darauf hinweissen, daß ähnliche Theorien auch Phnoben, Drossken, Creapii, Tarquinen, Löfflern und vielen anderen Völkern bekannt ssind. Jede Speziess vergleicht ssich mit den Jokern. Die Creapii meinen: Wer außer unss könnte dass notwendige Wissen ssammeln, um den Mittelpunkt dess Universums zu markieren? Die Phnoben fragen: Wer außer unss bessäße eine ssolche Einssicht in die Totalität, um die Kettensterne mit ssolcher Perfektion zu gestalten? Die Löffler überlegen: Wer außer unss hätte dass *Reimtole* in die *Gramepe,* um dass Labyrinth zu errichten. Die Tarquinen wiederum ...«

»Sie haben Ihren Standpunkt mit genügender Deutlichkeit erläutert«, warf der Kaiser ein und seufzte.

»Es gibt nur eine Sonne im Universum«, sagte Dom laut.

Die anderen sahen ihn an und beobachteten, wie er mit seinen — oder fremden — Gedanken rang.

»Es ist ganz einfach«, fuhr er fort und fühlte verblüffte Blicke auf sich ruhen. »Es existieren viele Sterne, aber nur eine Echte Sonne — der helle rote Riese ist intelligentes Leben.«

Die ultimate Erkenntnis rückte in greifbare Nähe. Dom sah durch die Anwesenden, durch die Wände des Speisesaals, starrte in die kosmopolitische Welt der zweiundfünfzig bekannten Völker. Und dort, in der Lebenssphäre geborgen wie das Gelbe im Ei ... die Heimat der Joker, auf der dunklen Seite der Sonne.

Erneut fragte er sich, ob seine Überlegungen auf fremdem Wissen basierten, und diesmal entschied er sich dagegen. Die Argumentationsketten erstreckten sich mit klar ausgeprägtem Kontrast durch die geistigen Dimensionen, wuchsen aus den Urtiefen seines Ichs. Sie glichen fein säuberlich strukturierten Gleichungen der Wahrscheinlichkeits-Mathematik — und ergaben einen zweifelsfreien Sinn.

Er hatte angenommen, sein Vater sei wissentlich in den Tod gegangen, wie es einem guten Wahrscheinlichkeits-Mathematiker gebührte. Aber das war nur ein Teil der Wahrheit. In Wirklichkeit ...

Er hörte ein leises Zischen. »Ich bedaure es sehr, Sie stören zu müssen«, erklang eine Stimme. Jemand stand in der Tür.

Ways starrte auf seinen Molekülstripper herab, runzelte die Stirn und kam herein.

»Guten Abend, Euer Hoheit und versammelte Herrschaften. Nun, bei solchen Gelegenheiten meinen immer einige Leute, sie müßten unbedingt nach den Wachen rufen.«

Die Wände lösten sich auf. Drei Sicherheitsbeamte eröffneten das Feuer auf Ways und verschwanden in einer Wolke aus glühendem Staub.

»Zu dieser Waffe gehört auch ein kleiner Matrixgenerator«, sagte Ways leichthin. »Es passiert nur sehr selten, daß er sich plötzlich entlädt und eine Feldumkehr bewirkt, aber ich glaube, genau das ist gerade geschehen.«

Ptarmigan erholte sich als erster von seiner Überraschung. Er schenkte Wein ein, bot Ways ein Glas an und lächelte schief.

»Würden Sie mir bitte erklären, wie Sie sich Zugang verschafft haben?« fragte er. »Ich sollte die Alarmanlagen im Palast überprüfen lassen.«

»Ich bin mit meinem Schiff auf der Terrasse gelandet. Vermutlich haben die meisten Überwachungsvorrichtungen versagt.«

»Sie haben Glück«, sagte Ptarmigan ruhig.

»Was Sie eigentlich nicht überraschen dürfte. Schließlich stamme ich aus den hiesigen Roboterfabriken.«

»Oh, ich verstehe. Glück als elektronische Eigenschaft. Ich bin selbst an der Erstellung der entsprechenden Konstruktionspläne beteiligt gewesen. Eigentlich schade, daß wir dabei den Aus-Schalter vergessen haben.«

»Dem muß ich widersprechen«, entgegnete Ways. »Aber genug jetzt mit dem Geschwätz. Wie soll ich Dom töten, solange er unverwundbar ist? Selbst wenn ich einen Felsen auf ihn herabstürzte — die Brownsche Bewegung würde dafür sorgen, daß er das Ziel verfehlt.«

Sharli warf ihr *Koto*. Es prallte an Ways' Brust und knickte wie Stanniol.

Die Prinzessin riß ungläubig die Augen auf.

»Machen Sie sich nichts draus«, sagte der Attentäter gelassen. »Wenn Unmögliches möglich wird, muß man mit allem rechnen. Entschuldigen Sie mich bitte.« Er holte eine schlichte Standard-Mordwaffe der Vereinigten Spione hervor und schoß auf Dom.

Die Kugel verharrte mitten in der Luft und verdampfte.

Das Universum erzitterte leicht.

»Molekularer Widerstand«, meinte Ways. »Pech.« Er ließ sich auf der Speisematte nieder, griff nach dem Glas Wein, lächelte und deutete mit dem Stripper nach oben.

»Inzwischen befinden sich mehr als hundert Raumschiffe in diesem Sonnensystem«, berichtete er. »Phnoben, Drosken, Creapii, Löffler, Hülse. Sie beobachten diesen Ort — und belauern sich gegenseitig. Wie viele Planeten umkreisen das hiesige Zentralgestirn, Euer Hoheit?«

»Da die Erste Sirianische Bank vor einer Weile in den

Interraum getaucht ist, sind es jetzt vermutlich sechs«, erwiderte Ptarmigan.

»In der Tat. Die Bank wartet sechzig Millionen Kilometer jenseits von ... Wie heißt der äußerste Planet?«

»Weit draußen«, sagte Tarli.

»Nun, ganz offensichtlich herrscht allseits enormes Interesse daran, wie sich Dom während der nächsten Tage verhalten wird. Das trifft auch auf mich zu. Die Pläne sind ein wenig verändert worden. Wir fliegen zur Heimatwelt der Joker.«

Ways hob die Hand, kam Einwänden des Kaisers und seiner Gäste zuvor. »Dom und ich haben Glück. Er wird geschützt — von den Jokern, wie man vermutet —, und bei mir manifestiert sich die metaphorische Göttin Fortuna in Form eines entsprechend programmierten Siliciumchips. Ihr anderen seid leider nicht ganz so gut dran. Um noch etwas deutlicher zu werden: Die Begriffe ›Geiseln‹ und ›töten‹ sind ziemlich abgedroschen, und deshalb werde ich sie nicht verwenden ...«

Eine mechanische Fledermaus huschte durchs Zwielicht der Abenddämmerung, als sie über die Terrasse marschierten. Ways' Raumschiff stand am einen Ende der langen Veranda. Es war so klein, daß die Form weitgehend vom Matrixtriebwerk bestimmt wurde. Über der Spule erstreckte sich der Pilotensattel, und die Haltegerüste für zusätzliche Geräte hatte man einfach ans Generatorgehäuse geschweißt. Es handelte sich um eine Maschine, die nur dazu diente, um jemanden von einem Ort zum anderen zu bringen, mit einem Minimum an Komfort und einem Maximum an Leistung. Ein äußerst schnelles Schiff, das keinen Namen trug.

Dom kletterte in den Sattel, schloß die durchsichtige Kuppel darüber und betrachtete die Kontrollen. Der transparente Kunststoff dämpfte Ways' Stimme, als ihm der Roboter letzte Anweisungen übermittelte.

»Damit keine Mißverständnisse zwischen uns entstehen: Wenn ich den Kontakt zu Ihnen verliere oder Sie versuchen, sich aus dem Staub zu machen, bleibt mir nichts anderes übrig, als gewisse Maßnahmen zu ergreifen. Warten Sie in der Umlaufbahn auf uns.«

Das Schiff hob weich ab, und als Dom die Atmosphäre verlassen hatte, konnte er mit Hilfe des Scanners den größten Teil des Tau Ceti-Systems beobachten. Der Bildschirm stellte die anderen Raumer als kleine blaue Punkte dar. Weit draußen, an der Grenze zum interstellaren Raum, schwebte ein anderes, wesentlich größeres Objekt. Der Scanner wechselte ständig zwischen den Farbkennungen Rot und Blau: Das Klasse Zwei-Computerhirn konnte sich nicht entscheiden, ob es jene Masse als Raumschiff oder Welt identifizieren sollte. Dom starrte auf die Anzeige und sah, wie der Fleck verschwand: Die Erste Sirianische Bank tauchte wieder in den Interraum. Er erinnerte sich an den riesigen Matrixmotor, den er in einer Höhle gesehen hatte: Man brauchte nicht übermäßig viel Energie, um einen Planeten zu transferieren — das Problem bestand in erster Linie darin, ob der Navigationscomputer genügend Elaborationskapazität besaß.

Zehn Minuten später glühte die *Trunken mit Unendlichkeit* als heller Stern über Laoths Terminator. Ways hatte eins der besten Schiffe gewählt. Dom gab die vom Attentäter stammenden Flugkoordinaten ein und seufzte.

Der Ül-Sprung führte über keine sonderlich große stellare Distanz und dauerte nur dreißig Minuten subjektiver Zeit. Als Dom ins Einstein-Universum zurückkehrte, fand er sich mitten in einer Flotte wieder.

»Öffnen Sie die Kommunikationskanäle!« ordnete Ways an.

Der junge Sabalos sah die Zentralkabine der *Trunken mit Unendlichkeit:* Die Geiseln des Roboters standen stumm und wie erstarrt, zumindest die meisten. Zwei Personen bildeten Ausnahmen: Joan I. wurde gestützt, und Isaac lag auf dem Boden.

Ways trat in den Erfassungsbereich der Kamera. »Ich bin auf etwas Widerstand gestoßen«, sagte er leichthin. »Aber machen Sie sich deshalb keine Sorgen.«

»Wozu die Flotte?« fragte Dom.

»Damit wir nicht ganz so allein sind. Wer weiß, was uns bevorsteht? Nur eine leere öde Welt, die wir erst aus dem Raum beobachten und auf der wir dann landen? Oder eine Konfrontation mit Halbgöttern, die ihre technischen Muskeln spielen lassen wollen?«

Dom begann schallend zu lachen, wurde erst wieder still, als er Igs entsetzten Blick auf sich ruhen spürte. Das kleine Sumpfwesen hockte auf der Konsole und zitterte in mühsam unterdrückter Panik.

»Was seid ihr doch für Narren!« platzte es aus Dom heraus. »Glaubt ihr im Ernst, ich führte euch zu einem Planeten?«

Das Bild der *Trunken* verblaßte, und kurz darauf formten sich neue Konturen. Dom betrachtete die Darstellung eines dünnen Gesichts, darüber eine dichte schwarze Mähne. Der Mann stammte ganz offensichtlich von der Erde.

»Darf ich mich vorstellen? Ich bin Franz Asman vom Joker-Institut. Dies ist unsere Flotte. Ways arbeitet für uns.«

»Sie sind Terraner, nicht wahr?« erwiderte Dom. »Das bedeutet: Sie glauben gar nicht daran, mich mit der Androhung von Repressalien an der Flucht hindern zu können. Jemand von der Erde würde seine eigene Großmutter am Spieß braten, wenn er sich einen persönlichen Vorteil davon verspräche.«

»Sadhim bewahre uns vor kulturellen Vorurteilen!« sagte Asman glatt und lächelte dünn. »Wie dem auch sei: Schon seit einiger Zeit befasse ich mich eingehend mit Ihnen. Zweihundert Mitarbeiter des Instituts sind einzig und allein damit beschäftigt, Ihre individuellen Entscheidungsstrukturen zu analysieren. Wir kennen Ihr Verhaltensmuster für jede beliebige Situation, und daher wissen wir, daß Sie sich jetzt nicht einfach auf und davon machen.«

»Interessant«, entgegnete Dom gedehnt. Hinter Asman sah er einige schemenhafte Gestalten. Sie standen vor einer langen Wand mit seltsam verschnörkelten, bunten Linien.

»Nicht wahr? Um Ihnen eine Vorstellung von unserer Tätigkeit zu vermitteln …« Asman überlegte kurz. »Wissen Sie, was Astrologen sind?«

»Na klar«, sagte Dom. »Astronomen, die den Anspruch auf Wissenschaftlichkeit aufgegeben haben und hoffen, daß es niemand merkt.«

»Nun, wir sind die *neuen* Astrologen. Als Beurteilungsmaßstab setzen wir …«

… die Mathemagie der Wahrscheinlichkeit ein. Das Institut untersuchte die Bevölkerung der Galaxis, hielt nach jenem Wahrscheinlichkeitsprofil Ausschau, das rein theoretisch dem des potentiellen Entdeckers der Joker-Welt entsprach. Es existierte schon seit einer ganzen Weile. Aus keinem ersichtlichen Grund wurden alle Fragen in Hinsicht auf den Ursprungsplaneten der legendären Turmkonstrukteure bedeutungslos, wenn man sie in Form von W-Gleichungen ausdrückte. Dennoch gab es die Möglichkeit, die ›Kanten‹ der logischen Lücken zu nutzen und sie in vage bestimmbare Variablen zu verwandeln.

Im Anschluß daran erfolgte eine neuerliche Suche nach in Frage kommenden Personen. Sie kostete nicht besonders viel Mühe. In diesem Jahr existierten nur drei mögliche Entdecker, einer davon ein phnobischer Mönch, der andere ein drei Monate junges Mädchen auf Drittes Auge. Sie wurden sofort eliminiert.

Dom erwies sich von einem ganz anderen Kaliber, und das Institut wußte noch immer nicht, was ihm einen so einzigartigen Status verlieh. Sein Vater war ebenfalls ein Entdecker mit hohen Wahrscheinlichkeitswerten gewesen, doch es gelang problemlos, ihn aus dem Verkehr zu ziehen. Irgend etwas bewahrte seinen Sohn vor dem Tod. Irgend etwas hinderte das Institut daran, auch ihn unschädlich zu machen. Er hatte einfach zuviel Glück.

Vielleicht wollte jemand, daß er die Joker-Welt fand.

»Ja«, erwiderte Dom, »die Joker.«

»Das glauben wir auch«, pflichtete ihm Asman bei. »Wissen Sie, warum wir nicht zulassen können, daß Sie Erfolg haben?«

»Ich verstehe Ihre Motive zumindest ansatzweise«, sagte Dom. »Sie fürchten die Joker. Weil Sie sie nicht kennen. Selbst in einem Kontakt mit den Resten ihrer Zivilisation sieht das Institut eine enorme Gefahr für uns. Vermutlich stehen Sie auf dem Standpunkt, ohne Götter seien wir besser dran.«

»Höre ich da ein wenig Ironie?« fragte Asman. »Nun, wir können nicht leugnen, daß die Hinterlassenschaften der Joker einen nicht unerheblichen Beitrag für die Interspezies-Kooperation geleistet haben.«

»Die Artefakte der Turmkonstrukteure stimulierten unsere Entwicklung!« Dom lauschte dem seltsamen, plötzlich fremden Klang seiner Stimme. »Die Creapii erfanden das Matrixtriebwerk, um andere Lebensformen zu finden und mit ihnen das Rätsel der Joker zu lösen!«

»In der Tat. Aber hören Sie mir zu, Dom! Wußten Sie, daß die meisten Menschen der präsadhimistischen Epoche — bevor es interstellare Raumfahrt gab — an einen allgegenwärtigen Gott glaubten? Damit meine ich nicht die Kleinen Götter der Sadhimisten, die nur eine Personifizierung normaler Naturkräfte sind, sondern ein leibhaftiges Oberhaupt des Universums. Aber wenn sich herausgestellt hätte, daß Er wirklich existiert, wäre auf der damaligen Erde vermutlich das Chaos ausgebrochen. Gott an sich nicht mehr als ein *Glaube,* der Trost spendet und Halt gibt, sondern eine unbestreitbare Tatsache. Und genau da fangen die Schwierigkeiten an. Tatsachen lassen keinen Platz mehr für den Glauben — sie sind einfach da, und damit hat es sich. Die Menschheit wäre an einem kosmischen Minderwertigkeitskomplex zugrunde gegangen. Man kann nicht einfach zur Tagesordnung übergehen und weiterleben wie bisher, wenn man von solcher Macht *weiß*.

Wir brauchten das Konzept der Joker — es wirkte sich bei den Völkern als einigende Kraft aus. Aber wir können es uns nicht leisten, ihre Heimatwelt zu finden. Angenommen, sie ist eine Wüste: Bedeutet das, daß auch die größten und höchstentwickelten Völker irgendwann das Zeitliche segnen? Und wenn die Joker noch leben: Werden sie uns versklaven oder uns einfach übersehen? Oder schlimmer noch: Vielleicht bestehen sie darauf, mit uns Freundschaft zu schließen.

Sie dürfen die dunkle Seite der Sonne aufsuchen, Dom — aber versuchen Sie bitte zu verstehen, daß wir Ihre Rückkehr nicht zulassen können.«

»Ich weiß, was sich hinter der Bezeichnung Joker-Welt verbirgt«, erwiderte der junge Sabalos langsam. »Ich glaube, ich wußte es schon seit einer ganzen Weile, ohne mir darüber klarzuwerden. Ich begreife jetzt auch, wo sie sich befindet. Es gibt nur eine Wahre Sonne im Universum — in unserem Kosmos —, und die Joker gaben sie uns allen. Hat Ihre Flotte die Anweisung, meinem Schiff zu folgen?«

Asman nickte.

»Gut.«

Der Interraum nahm Dom und seine kleine Kapsel auf. Er schaltete die Bordinstrumente aus und trachtete danach, dem orangefarbenen und goldenen Dimensionsglühen keine Beachtung zu schenken.

»Warum jetzt?« fragte er in die Leere. »Warum ich?«

Ig hob die Schultern und wandte ihm die spitze rattenartige Schnauze zu. Er sprach. Die Worte entstanden direkt in Doms Bewußtsein, ohne den Umweg über die Hörnerven.

»Unser eigentliches Problem bestand darin, daß wir nie Empathie erlernt haben. Telepathie ist nur eine höhere Form der Sprache. Aber zu wissen, was andere Geschöpfe empfinden, wie sie fühlen — das blieb uns verwehrt.«

»Ihr wart allein«, sagte Dom. »Während der ganzen langen Jahre ...«

»Isaac würde sagen ›Knapp vorbei ist auch daneben.‹ Mit anderen Worten: Von Einsamkeit in dem Sinn kann keine Rede sein. Wir suchten auch in den alternativen Universen, in den dunklen Unmöglichkeitskosmen, die selbst dem Furchtlosen das Fürchten lehren. Wir fanden Leben. Die Erste Sirianische Bank und Saufmich spielen in diesem Zusammenhang überhaupt keine Rolle. In einigen Universen sind sogar die Sonnen lebendig. Es gibt eine Galaxis, die singt. In einem anderen Kontinuum, dort drüben«, — Ig streckte die Pfote aus, und für einige Sekunden verschwand sie einfach —, »existieren nur Gedanken, die alles durchdringen. Nun, nicht nur Gedanken, sondern auch Verstehen. Reine intellektuelle Kraft. Aber sie widerspricht *unserem* Wesen. Wie leichtfertig ihr das Wort ›fremdartig‹ gebraucht — ihr habt überhaupt keine Ahnung, *wie* fremd etwas sein kann.

Schon vor langer Zeit gelangten wir zu einem Schluß, aus dem die Creapii derzeit die Konsequenzen ziehen: Als letzte, äußerste Barriere erweist sich die eigene Perspektive. Die Sonnenflößer begreifen allmählich, daß selbst die objektivsten Feststellungen in Hinblick auf das Universum einen subjektiven Charakter behalten, weil sie auf Creapii-Vorstellungen basieren, auf ihren gefühlsmäßigen Einstellungen. Aus diesem Grund eignen sie sich so gut als Botschafter der Völkerharmonie — sie geben sich größte Mühe, ihr biologisch-kulturelles Erbe zu überwinden und ihre Umwelt aus dem Blickwinkel anderer Spezies zu sehen.«

»Und deshalb habt ihr uns geschaffen«, sagte Dom. »Um andere, äh, Perspektiven kennenzulernen? Liegen wir wenigstens in diesem Punkt richtig?«

»Auch damit kommst du der Wahrheit recht nahe —

ohne sie ganz zu treffen. Wir brauchten nur die Voraussetzungen für die Entstehung von intelligentem Leben günstiger zu gestalten. Zumindest das ist nicht besonders schwer — es läßt sich bereits mit eurer Wissenschaft bewerkstelligen. Allerdings war es verdammt problematisch, die richtigen physikalisch-genetischen Kombinationen für Leben auf kalter Heliumbasis zu finden. Übrigens: Die Erdmenschen brachten eine kleine Bombe in meinem Körper unter. Ziemlich gerissen. Aber sei unbesorgt: Ich habe sie längst entschärft.«

Ig legte eine kurze Pause ein und kratzte sich am Ohr.

»Wir hinterließen Artefakte, um euch herauszufordern«, fuhr er fort. »Obwohl wir dabei ein wenig ... nun, gemogelt haben, wenn ihr so wollt. Bevor wir aufbrachen, räumten wir die ganze Galaxis auf. Auf einigen Welten mußten wir völlig neue Krusten schaffen, einschließlich der Fossilien. Wir brachten Metall als Erze im Boden unter, erneuerten Ölfelder und Kohleflöze — um sicherzustellen, daß es euch zu Anfang eurer technischen Zivilisation an nichts fehlte. Wir gaben euch generalüberholte Planeten — und einige Hinterlassenschaften wie zum Beispiel die Türme und Kettensterne und so weiter. Kultureller Unsinn, fürchte ich. Sie dienen nicht zu Informationen, nur dazu, Ehrfurcht zu erwecken. Andererseits: Irgend etwas mußten wir zurücklassen. Das erforderte der künstlerische Aspekt des ganzen Unternehmens.«

»Die dunkle Seite der Sonne«, murmelte Dom. »Der Ausdruck gab uns gleich zwei Hinweise. Erstens: Wenn es nicht in eurer Absicht gelegen hätte, daß wir diese Worte in eine uns verständliche Sprache übersetzen, wäre uns nie eine Transkription gelungen. Sogar bei der Erstübersetzung des Phnobischen konnten wir nicht auf die Hilfe jenes Volkes verzichten. Zweitens: Ihr habt die Intelligenz aufgegeben und seid zu stumpfsinnigen Tieren geworden — das ist mit der ›dunklen Seite‹ gemeint.«

»Ich bitte dich! Wenn man ihr angestammtes Biotop berücksichtigt, sind Sumpf-Igs ziemlich schlau. Wir wählten unser neues Selbst mit großer Sorgfalt aus. Glaub mir, es ist recht angenehm, keine natürlichen Feinde zu haben und im warmen Schlamm zu liegen. Wir mußten natürlich einige Sicherungen einbauen, entschlossen uns in diesem Zusammenhang unter anderem zu einer genetischen Modifikation, die uns in Glücksbringer verwandelte — damit wir nicht gejagt, sondern verehrt wurden. Hinzu kam eine innere Uhr, die dafür sorgen sollte, daß wir uns zum richtigen Zeitpunkt erinnerten. Tja, diese kleinen Körper sind ausgezeichnete Verstecke gewesen.«

Dom räusperte sich. »Um es noch einmal zu wiederholen: Warum ausgerechnet ich?«

»Du lebst zur richtigen Zeit. Du bist für Neues offen, hast keine Vorurteile. Du stammst von Verkehrtherum, und das *war* einmal unsere Heimatwelt, vor langer, langer Zeit. Du bist reich, und deine Stellung ist nicht ohne einen gewissen Ruhm. Sagen wir: Das Schicksal entschied sich für dich.«

Ig blickte durch die transparente Kunststoffkuppel, beobachtete das kalte Glühen des Interraums.

»Entschuldige bitte«, brummte Dom, »aber du siehst nicht unbedingt wie der Angehörige einer Superrasse aus.«

Igs Pfoten tanzten geschwind über die Kontrollen des Matrixcomputers. Er hob den Kopf, sah den jungen Mann an und ...

... und Dom rieb sich die Augen. »Tut mir leid«, sagte er. Einige Sekunden später versuchte er sich daran zu erinnern, was er während des kurzen Kontakts erblickt hatte. Doch das Bild verflüchtigte sich. Es blieb nur ein Eindruck von Erhabenheit und Erkenntnis.

»Danke«, hauchte Ig. »Weißt du, von einem hochentwickelten Volk erwartet man, daß es mit goldenen Raumschiffen landet und verkündet: ›Werft eure Waffen weg! Hört auf, euch gegenseitig zu bekämpfen! Schließt euch der großen galaktischen Gemeinschaft an!‹ Das ist natürlich völlig falsch. Ein solches Verhalten wäre eher für junge Rassen typisch.«

»Was geschieht jetzt?«

»Jetzt?«

... wir kommen zu euch zurück, wisperten Gedanken. Zusammen gelingt es uns vielleicht, das Universum so zu sehen, wie es wirklich ist. Und wenn wir euch gegenübertreten, so als Gleichrangige. Wir alle sind nur Subspezies jenes einen Volkes, das auf der hellen Seite der Sonne lebt, im Licht der Intelligenz. Und das Ganze ist weitaus größer als die Summe der Teile. Jetzt ...

»Jetzt«, sagte Ig, »sprechen wir miteinander.«

Die Flotte schwebte über der schimmernden Kugel von Verkehrtherum. Andere Schiffe kehrten überall im System von Achguckmal in den Normalraum zurück, folgten Doms Interraumschatten. Hunderte von Stimmen drangen aus den Lautsprechern der externen Kommunikation.

»Sie wollen kämpfen!« stöhnte Joan. »Lieber Himmel, sie heizen bereits die Stripperkanonen auf!«

Im Kontrollraum des Flaggschiffes flackerten Statusanzeigen auf einem weiten Rundschirm. Die Männer und Frauen an den Konsolen beobachteten, wie sich die eintreffenden Kreuzer formierten — offenbar hatten ihre Kommandanten von der militärischen Dringlichkeitsdiplomatie Gebrauch gemacht. Sie lautete: Wir verzichten zunächst darauf, uns gegenseitig unter Beschuß zu nehmen. Diesen Spaß können wir uns immer noch erlauben, nachdem die Joker an ihrem letzten Witz erstickt sind.

Asman kletterte von einem der Kontrolldecks herunter und schüttelte den Kopf. »Eine echte Überraschung«, knurrte er. »Verkehrtherum, wie? Die Joker sind mit den Bewohnern dieses Planeten identisch? Nun, so abwegig ist das nicht: Zu Beginn seid ihr nur eine kleine Kolonie gewesen ...«

Das Schiff vibrierte. Eine gewaltige Masse fiel aus dem Interraum ins Einstein-Universum zurück, und die donnernde Stimme der Ersten Sirianischen Bank ertönte auf allen Frequenzen.

»HALLO, LEUTE! ICH WERDE ÖKONOMISCHE SANKTIONEN GEGEN DAS ERSTE VOLK ERGREIFEN, DAS SICH ZU IRGENDWELCHEN AGGRESSIVEN HANDLUNGEN HINREISSEN LÄSST!«

Wachsam flog die Bank näher, schwenkte in eine weite Umlaufbahn.

Dom öffnete die Luke des kleinen Raumschiffs und trat ins All.

Er ging vorsichtig, um nicht den Halt zu verlieren, blieb ein Dutzend Meter entfernt stehen. Ein kaum sichtbares Glühen umhüllte ihn, und in den ausgestreckten Händen …

Ig erhob sich auf den dünnen Hinterbeinen und sprach.

An Bord des Flaggschiffs trübte sich das Licht. Die elektrischen Funken zischender Kurzschlüsse stoben aus knisternden Instrumentenkonsolen, und die Wände erzitterten im Donner der Botschaft.

Eine kurze Pause schloß sich an, und dann senkte der kleine Joker die Stimme, was jedoch nichts an der Bedeutungswucht der Mitteilung änderte. *Landet. Wir, die Joker, die galaktischen Wanderer und Sternbildner, bitten euch darum.*

Ihr habt uns viel zu lehren.

Nach einigen nicht ungefährlichen Mühen beruhigte Dom die wilde Windschale und lenkte sie zum Ufer.

Fast acht Kilometer entfernt landeten weitere Raumschiffe, in unmittelbarer Nähe des hoch aufragenden Joker-Turms, der sich nun als ganz besonderer Scherz entpuppte. Dom schmunzelte, als er daran dachte, daß die legendären Konstrukteure ihrem Namen einmal mehr gerecht wurden.

Die Angehörigen von zweiundfünfzig verschiedenen

Völkern stiegen aus. Sie stapften durch den Sumpf und versuchten mit wenig Erfolg, sich gegenseitig nicht zu beachten.

Dom hatte Ig im Schlamm zurückgelassen, wo er zu einer immer größer werdenden Zuhörermenge sprach. Andere Igs schwammen froh und munter durch die vielen Kanäle. Etwas Neues bahnte sich im Universum an, und es betraf alle Rassen, die große Familie der Intelligenz. Es mochte eine Weile dauern, aber eines Tages würde Irgend Etwas nach Verkehrtherum zurückkehren, die Sümpfe beobachten und sagen: Hier hat es begonnen.

Dom nahm nicht an dem allgemeinen Rummel teil, dachte statt dessen an eine Pflicht, die es noch zu erfüllen galt. Er balancierte auf der hin und her schwankenden Schale, zog den Stöpsel aus seiner kleinen Flasche und schüttete den Inhalt ins Meer. Dann legte er sich auf den Bauch, wich den giftigen Stacheldornen aus und tauchte den Kopf ins Wasser. In der Ferne, untermalt vom ewigen Rauschen, vernahm er ein leises *Danke.*

Er stand wieder auf, blickte zum fernen Strand zurück. Eine Gestalt wanderte am Schilf entlang, in einen Kokon aus goldenem Glanz gehüllt. Sie beobachtete ihn nachdenklich.

Dom lenkte die Windschale durch die Brandung. *Jetzt,* dachte er, *hören wir zu.*